江湖

二部曲 上冊

原罪深淵

關於江湖

緣起於2000年，
隨著當年網際網路興起而匯集了一群嚮往著
「強中自有強中手、一山還有一山高」快意恩仇的武俠迷，
期盼在虛擬網路國度中共同打造一個「江湖世界」
——完全可由武俠迷自行創造人物角色、自由發揮的江湖舞臺。
筆者將大家所扮演之角色歷程撰寫成一部永續的武俠長篇小說，
虛擬轉化實體出版成冊，成為日後回首江湖路時最美的回憶。

當您翻閱【江湖】小說時，
不僅可以只用旁觀者的身分來閱讀這江湖故事，
亦可創造角色闖蕩這虛擬世界，並與嚮往的人事物互動交流，
更能自己創造、改變未來故事走向，進而主導成為當代風雲人物！

願在這無限想像的江湖虛擬舞臺上，
可以讓更多人嘗試扮演更多的角色、創造出更多經典人物、
流傳更多精彩的江湖傳奇，一圓大家心中的「江湖夢」！

主筆序

本作是「江湖RPG」小說計畫的二部曲《原罪深淵》，由不才我主筆，以一場遊戲裡確實發生的「水中月謀殺案」之始末為基礎，穿插真實紀錄和虛構事件，交織成一部橫亙十六年，牽連數十江湖人物的傳說。

本作的創作核心，是來自玩家「十二羽」的構想，他的角色取材源自紫微命格「貪狼、七殺、破軍」，結合佛教三不善根「貪、瞋、癡」，說是不善根，但我以為正是有了這些負面要素，才構成了一個完整的人。我將它應用在小說章節裡，使小說的諸多人物，特別是正派人物，顯得沒有那麼單純，有了各自的心思和心計。這也導致《原罪深淵》的風格，和前一部《江湖：首部曲》有顯著的差異，是好或壞，須由讀者評斷，我惟盡己所能，在有限篇幅去呈現出一個英雄和梟雄並肩，賢愚忠奸都有精采的江湖故事。

我一直相信，一部好的小說，無論類型是武俠、科幻、寫實、言情……，最重要的，在於故事直指人性。我以此為自己目標，雖然離它還很遙遠，但我會繼續努力地接近。

在序言的最後，容我先向未接觸過遊戲的讀者說明一下：

「江湖RPG」有個「命運種子」功能，一旦玩家服下命運種子，往後就有發生「福報」

和「厄報」的可能性，發生福報則當前功力加倍，發生厄報則減半；福厄必定相繼發生，差別在順序是「先福後厄」或「先厄後福」，因此江湖玩家普遍歡迎「先厄後福」，當「先厄」發生時，甚至會互道恭喜！因為玩家每天都會透過遊戲累積功力，「先厄後福」，意味著累積的功力在未來，定有那機會大幅激進，並遠勝過「先福後厄」。

我一直很喜歡這個功能，在這個吹捧年少得志、求務近功的時代，能樂意接受先厄挫折的鍛鍊，會是很珍貴的經驗。當我遭逢真實生活上的大小困頓，就好像遇到「先厄」，只要撐得住，渡過了，熬到「後福」的那一刻，我所努力的一切終得加倍奉還。

而各位「江湖RPG」的玩家和讀者，諸位的評論就像是我的命運種子。假如幸得好評，我必深自感恩；若是負評，我必視如「厄運」珍視，以此勉勵我在這條江湖路上「努力練功」、精益求進。所以在此請各位讀者，不吝於對小說提出批評和指教，謝謝。

乙寸筆

目錄（上冊）

序曲

佛曰，人有三毒：「貪、癡、嗔」，無量惡行，始源於此。

三毒者，始乎人心之欲求，訴諸行動，而犯下世間制訂的罪行。但是嚴格說起來，三毒乃罪惡之原點，卻非罪行本身。充其量，姑且稱之「原罪」。

解了毒，人還會是人嗎？

原罪非罪，乃是人性。

＊　＊　＊

事情要從那年的驚蟄後說起。

時值二更，水都苑終日大雨，街道滿佈泥濘。一道閃電，照亮暗夜中的惡戰三人。臨光和傲天，一左一右，飛簷走壁，又奔騰無人街道上，追著一道不明身影猛打。

「別打！」那人蒙著面，無奈喊道：「是我！」

「當然是你！」傲天怒斥：「鬼鬼祟祟，就是要打你！」

傲天提一股氣，大喝一聲，一個跨步踏出水花，逼近蒙面人側邊，舉槍便刺。蒙面人閃避夾擊，以劍應戰，刃影飛舞雨滴槍影間，刁鑽靈活，像是一只織機梭子，迅速穿梭連綿雨

絲間，和雨勢融合成一體。蒙面人的劍勢足以護身，但他不敢戀戰，且打且走，試圖脫逃兩人的圍殺。

傲天槍勢雖猛烈如閃電，卻逼不近那蒙面人周身半吋，他愈戰愈快，愈快愈焦躁，愈焦躁愈是怒火中生，雷聲大作下，傲天連番亢聲高吼！

「戳死你這王八蛋！」

蒙面人窮於應付傲天的猛攻，一時間忽略了另一側的臨光。臨光算準時機，朝他眼角餘光打出一記緄帶，那人吃了一驚，瞬間，終於露了破綻。

傲天猛然舉槍一刺，槍尖無情，正刺穿了蒙面人持劍的右小臂！蒙面人在慘叫聲中棄了劍，傲天也隨即棄槍，順勢逼前，一手踿住蒙面人右肩，一招膝擊命中他肋間要害，又順勢扯斷他的右臂！

蒙面人又大叫一聲，口噴血如湧泉，雙膝一軟就跪在泥窪中，無力再戰。天際此刻又亮起一道電光，正好讓傲天和臨光，看清他面罩脫落後的真身。

「小四？」

傲天像是被抽乾了全身血水，啞聲問道：「你在幹嘛？」

流雲飄蹤口角仍帶著汩汩鮮血，抓住無力垂盪的右臂，勉強起身道：「沒關係，我還有事，晚點再說明。」

「你要去哪？」臨光也慌了，拿起緄帶就要為流雲飄蹤包紮斷了的傷臂，道：「先回雲樓，你不想要手臂了嗎？」

「我還不能，咳！」流雲飄蹤不再多說，用盡餘力，忽地一個閃身掙脫兩人，身影消失在雨夜中。臨光慌忙喊道：「他往哪去了？」

「好像往南方，我追上去！」

傲天提槍躍上半空，在屋簷間奔走，卻看不到任何身影。他一路往南，不見流雲飄蹤的蹤跡。

翌日，將軍城南百里的大漠邊關，傳開了一道消息：

「流雲飄蹤戰死。」

龍泉客棧（上）

某天，龍虎山降了一場大雨，雨勢不小，沖刷掉行旅過往的車轍、蹄印和足跡。

龍虎山下的某間客棧，店面不大、內裝簡陋，卻有個豪氣千雲的店名「龍泉客棧」。客棧內坐滿八個人，包括高胖的店小二在內，還有一個長鬚寬袍的隱士、一個劍客、一個未脫稚氣的年少書生、一個身穿素雅短衣的年輕郎中、一個慈目低垂的法師、一個橫眉虬髯客、一個猴腮臉。

「今日敝店蓬蓽生輝，來了不少貴客光臨。」店小二邊招呼客人，邊笑著致歉道，「此地窮鄉僻壤，沒多少好東西可以招待各位，還請多多見諒。」

那橫眉虬髯客忽地拋出提議：「各位既是有緣修得同船渡，何不各言來意？」

客棧靜默，沒人賣帳，虬髯客討了個沒趣，逕自又說：「看來諸位當中，有不少人是為了那龍脈源頭的寶泉而來的吧？咱也是，有興趣的話可以找咱合作。」

眾人默然以對，虬髯客繼續自言自語：「話說這龍脈寶泉，著實稀奇，始於驚蟄的第一道春雷，終至立冬的第一場瑞雪，尋遍龍虎山麓，方有機會一見泉水汨出，甚至那龍泉源頭，至今仍未有人發現過。諸位，這泉水之珍貴，凡人啜飲一口便得延年益壽不說，咱等習

武人士，若能覓得龍泉源頭，只消一口源泉，就可增進自身一甲子的修為啊！」

「空談瞎說，無助於事。」

年少書生打斷虯髯客，奚落道：「沒本事獨自尋得那甚麼龍泉源頭，就想找幫手利用，達到目的嗎？」

虯髯客瞪了書生一眼，冷問：「請教小兄弟尊姓大名？」

「未得功名地位，賤名何足掛念？稱我『浮生墨客』即可。」書生吟哦，「一生浮夢日月間，客居筆墨蒼穹下。」

虯髯客哼了一聲，又道：「寶泉難得，不只難在源頭難尋，更難在那守護龍泉的妖魔，不知已吞食了多少覬覦泉源的江湖人。像你這種黃毛小子，妄想區區一人獨享泉源，正是第一個被那妖魔給吃了的！」

「讀書人志在聖賢道，不希罕什麼寶泉。」浮生墨客嘴裡嚼著店小二敬贈的醃蘿蔔乾，回敬虯髯客道，「而且，你該是怕自己成了那個，被什麼怪物給吃了的倒楣鬼吧？否則你也不至於在這坐而夸談，卻不敢起而行。」

虯髯客被這年未及冠的書生說了一頓，臉色由青轉紅，怒而拍桌起身！不待他開口大罵，一旁的猴腮臉冷笑道：「怎麼？被這小鬼說中了心思，惱羞成怒？」

虯髯客轉而怒視猴腮臉，手按刀柄，作勢要打起來。此時店小二遞上兩盤生冷的鹽漬野

菜，鞠躬陪笑道：「兩位大俠，粗茶淡飯不成敬意。」

兩人齊怒瞪店小二，虬髯客罵道：「這種豬吃的東西，就是待客之道？」猴腮臉也怨：「好歹你也燒點熱的招呼我們。」

「不必！這樣就好。」

又一俠客邁入客棧，徒手捏起一片漬菜便吃，嘖嘖讚道：「真懷念！這龍鬚菜就是要生冷鹽漬的才對味！」

此人內穿道服，外披一件鮮綠大衣，原來是蘇家觀下山的傳人，蘇境離。蘇境離讚賞完，問店小二道：「我沒見過你，你是新來的？」

「剛來幾天而已。」

鬧事的兩人見狀，討個沒趣而退，一場糾紛就這麼平息。蘇境離和住客們一一問好，見了那短衣郎中和清風隱士，更是問候得格外慇勤。

「想不到青鳥居士和『山巔一寺一壺酒』賞光，造訪龍虎山。」蘇境離笑問，「特別是青鳥先生，千里迢迢，從春水村來此，難道又是『陪行』？」

「這回不是，」青鳥笑道，「要合帖藥方，幾樣材料只有龍虎山才有。」

「說到龍虎山獨有的，那肯定是『龍虎雙景』：自在龍蟠神泉池、虎據山巔久陽宮。」

清風隱士「山巔一寺一壺酒」笑道：「還有，就是剛才那位仁兄心心念念的，傳說中的龍泉

源頭。」

「什麼龍泉源頭，都是虛妄傳言。」蘇境離環望住客一眼，「甚至連我這個蘇家觀的傳人，也不曾發現那龍脈過。在場如果有這個心的，勸他打消念頭的好。」

天色將暗，旅客們就這麼各自到房裡去睡了，店小二為答謝蘇境離解圍，為他騰出一間相對寬敞的客房。雨後春晚的龍虎山麓，幽暗不可見其陵線，惟依稀可聽到少許的鳥獸吼聲。

隔天清晨，眾人齊集大廳，店小二為諸多貴客準備冷醬瓜配小米干，以為早膳。山巔一寺一壺酒自得其樂地啜著米湯，浮生墨客和青鳥同桌合用一盤醬瓜，劍客粒米未進、凝望窗外，法師早早用膳完畢，闔眼默誦經文，猴腮臉不住地叨念昨晚睡的那床蛀蟲蓆子，蘇境離望著早膳出神徐久，忽地問起一件事：

「那個虯髯客呢？」

蘇境離拉著店小二，逡巡客棧四周時，隱約聽見柴房後頭有野狗哼叫。蘇境離低喃一聲：「不妙。」繞去柴房，果然發現三、五隻野狗正在爭搶著，啃食橫眉虯髯客的屍首。

蘇境離和店小二合力趕走野狗，見屍首僅存殘缺的軀幹和頭顱，感慨不已。他們將屍首抬入柴房暫放，回客棧宣告此噩耗，其他住客聽聞後，反應不一，青鳥居士滿不在乎，猴腮臉沉吟不語，浮生墨客臉色慘白，法師溘然長嘆，劍客求蘇境離道：「帶我去看屍體。」

劍客到了柴房，先是為虯髯客的慘狀唏噓一番，問道：「這屍體已經被咬的支離破碎，難以驗屍。蘇道兄當時在現場，可有發現甚麼異狀？」

「我們已將屍體盡可能保存完好，真要說個死因的話，」蘇境離指道，「死者並無生前中毒跡象、軀幹要害處也看不出任何兵傷，除了遭啃食處外，屍體上亦無任何血跡，那麼，最有可能是窒息而死。」

「窒息而死？」劍客思忖道：「勒頸窒息而死，表情必定不是普通的猙獰，可這屍身的表情，看得出死狀痛苦，但，不像是勒斃。」

「兩位壯士考慮的前提是，兇手是人。」

柴房外忽然傳來一道清朗聲音，問兩人道：「那，如果兇手『不是人』呢？」

兩人回頭一看，原來是「山巔一寺一壺酒」佇立門外。蘇境離問：「『一壺酒』老兄，你的意思是？」

山巔一寺一壺酒明問蘇境離道：「兇手，可能是那死者曾說過的『龍泉妖魔』？」

「不可能。」

「你又怎麼知道？」

「我就是知道，」蘇境離斷然道，「這兇案絕非甚麼妖魔所為。這一點，我可以蘇家觀的名聲擔保。」

「我也這麼相信，」劍客附和蘇境離道，「雖然再無其他佐證，但我寧可這兇手逍遙法外、案子石沉大海，也不願將之歸罪於一隻虛妄的妖魔。話說，咱們都不是捕快，各有各的家務事要辦，為死者做到這地步已是仁至義盡。咱們把屍體稍微處理一下，關起柴房，等將軍城的捕快來勘查此地再說吧！」

蘇境離一揖答謝：「就聽您的了，神疾風副總鏢頭。」

原來那劍客正是名聞天下的「疾風鏢局」第二把交椅，副總鏢頭「神疾風」。神疾風擅自主張，將屍首作簡單的防腐處理後，擱在柴房，和另外兩人回到客棧。這時店小二也匆匆帶來個壞消息：前日的大雨導致山路坍塌，人馬皆不得前行，起碼要費時一日，方可搶修出個簡便棧道。住客們不得不懷著忐忑的心思，在龍泉客棧續住一晚。

神疾風回到客房，找一紙鏢局獨有的便箋，扼要述明命案所見。他又打開一只鴿籠，挑一隻專門往來將軍城一帶的信鴿，繫上便簽，便放往將軍城衙門的方向飛去。

是夜三更，他趁四下無人，又放出另一隻信鴿。

翌日，通往將軍城的簡便棧道搶先通行。衙門捕快馬不停蹄，午時便抵達客棧查案；捕快同時帶來三個人，兩位中年婦女和一個稚齡的小女娃，自稱是為虯髯客奔喪的遺屬。捕快花了一個下午，將客棧上下統統搜過一遍，又找了店小二及所有住客盤問過一遍，獨獨找不到猴腮臉。

捕快趁天尚未暗，搜索客棧周圍，最後在汲水的深井旁發現猴腮臉的屍首，和神情漠然的「青鳥」。捕快圍住青鳥盤問，他辯解：「人不是我殺的。」

「那你為何會出現在命案現場？」

「湊巧的，我聞到新的屍氣，就循著氣味過來。」

「胡謅！」一個捕快斥道：「死者離客棧起碼二百尺，又非上風處，陳屍時間又不到一天，你是要如何嗅到屍氣？」

「這是我的專長。」青鳥答說：「況且，這裡也並非死者被殺的現場。」

「你怎麼知道？」捕快逼問道：「難道你還知情些什麼？」

「我只知道，客棧死了第二個人，死於用粗麻索之類的東西絞碎肋骨，死狀極為不堪，死在某個他處，被星夜棄屍在這。」青鳥聳聳肩，又說：「我知無不言，除此以外，一無所知。」

蘇境離和神疾風也到了。青鳥提議：「如果捕快大人們不介意，何不請屍體領我們，回到祂真正的死處？」

捕快聞之大怒：「要我們？屍體怎走得了路！」

「怎走不了？」

青鳥用口鼻吹出一段段高亢哨音，宛若連串鳥鳴，穿耳卻不刺耳。

「咿呀呀呀呀呀呀呀啊！」

一行捕快驚恐地看著猴腮臉的屍體竟隨著疾速婉轉的鳥哨音，站了起來，就像是繫上四、五條隱形絲線的戲偶般。當中幾個膽小的捕快甚至被嚇得癱軟在地、不省人事，就連飽覽世事的神疾風也不免瞪大了眼，倒是蘇境離極為鎮靜，跟在那「活死人」後方，見祂一步步地、搖晃著往客棧方向「走」去。

活死人走到停屍的柴房外，彎下了腰，作勢要搬起甚麼東西似的。眾人細看，原來砂礫地表藏了一扇灰樸樸的板門，幾個膽大的捕快上前掀開板門，驚見門下竟有一道深暗不見盡頭的石梯。

活死人顛簸走下石梯，青鳥口吹哨音跟隨在後。眾捕快躊躇間，忽聞蘇境離嘆道：「看來，還是瞞不過各位大人，請隨我下來吧！」

蘇境離點亮一只油燈，領著捕快們魚貫走下石梯，石梯幽窄陡峭，僅容一人側身而行，不知走了多久，眼前陰暗的視線忽然寬敞，一行人到了一處可容馬車迴旋的天然石洞，地上潮濕泥濘，不少根熄滅的火把散落四處，四周則是凹凸不平的濕滑石壁，仰望洞頂，挑高約莫有三丈，儼然似一所黑暗宮殿。

眾人看著這奇景呆了，蘇境離道：「這裡是龍虎山的地下水脈入口，而且只是其中一處較大的石洞，沿著石洞走下去，理應能探得龍泉的源頭。但就我所知，百年來尚未有人進去

後還能活著回來的。」

石洞裡，隔著油燈幽暗微光，隱約可見青鳥的背影，以及那無魂的屍體癱軟倒地。青鳥停了哨音，回頭向蘇境離致意：「不知為何，屍體停在這裡不走了？」

「那可得小心了，裡頭的住客隨時會出來。」

「住客？」

蘇境離示意大家退避到石洞入口，留下屍體在石洞中央。忽然從暗處傳出一陣低微的連續窸窣聲，須臾間，一條銀色的巨蟒，像一股冷泉汩汩，輕巧地從黑暗中滑入眾人的眼簾，令人見而失色。

巨蟒用它近數十尺長的身軀，一圈圈地絞纏住屍體，一收緊，彷彿可聽見屍體筋骨盡碎裂的喀啦聲響。就在巨蟒要吞食掉屍體時，蘇境離邁步上前，虎地舉起油燈，不知為何，巨蟒竟迅速鬆開屍體，倉皇曲行，退回黑暗的角落裡。

「這是龍虎山另一樣鮮為人知的特產，『百尺銀龍』，依龍虎山的地下水脈而居。這群巨蟒不知數量多少，以誤闖水脈的人魚蟲獸為食，牠們性喜濕冷，但是厭惡油燈的氣味，只要遞上油燈，就會拋下獵物逃跑。」

蘇境離繼續解釋道：「有一說法是，巨蟒盤據地下水脈，每逢立冬，群蟒入眠時，睡軀正好堵塞住水源，以致地上龍泉中斷，直至驚蟄過後，春雷驚醒冬眠的百蟲，甦醒的巨蟒移

開身軀，龍泉才得以再次汩出。」

捕快頭子凝望石洞中的屍首，自問：「依道兄所言，這死者顯然打算沿著石洞另一端的水路，探索龍脈，結果反被巨蟒所纏殺。可是，為何他沒有被吞食？會是誰照著道兄你的作法，令巨蟒放了他？又是誰將他棄屍在地上？為什麼要這麼做？」

「關於這點，」蘇境離思忖道：「雖然我還沒有明確的證據，但，是誰搬走屍體的，我大概有個底了。對吧，『一壺酒』？」

捕快們倏地回頭，驚見「山巔一寺一壺酒」就站在石梯中央，偷聽著他們的對話。當他聽到蘇境離的質疑，便舉起雙手苦笑。

「蘇道兄，你竟然懷疑起我來？不錯，我約略知道這龍虎山泉脈的事，但我請問道兄，我又何必如此費神，冒險驅趕走巨蟒，將死者移屍到水井旁呢？」

「你是為了引出我。」蘇境離皮笑肉不笑，「只有知曉此山內情的人，才會一眼便知死者乃遭巨蟒纏殺，進而重返石洞一探究竟。說不定，你還冀望著看到我，使出什麼不為人知的手法，避開這群『守衛』，探得龍脈。」

「哈哈，真被你說中了。」山巔一寺一壺酒撫掌笑道，「不錯，我打算一探地下龍脈，打從一開始就激你，試著誘導你出面找到龍脈的源頭。我還臨時找了這位老兄合作，可惜他運氣不好，反被巨蟒所殺。我冒險搶救出他的遺體，移到水井旁，打算再次引出你來。不過

我倒是沒想到，有個擅長奇門遁甲的操屍高手，搶先一步，又因此多費了一番周折。」

「可惜你最後還是白費心機，」蘇境離道，「即便是我，也不知道龍脈源頭的下落。除了油燈以外，我也沒有其他能驅退巨蟒的方法。我對水脈和石洞一事三緘其口，為的是保障諸位訪客的安全，以及龍虎山的命脈不受侵擾。因此我這回幫不了你，奉勸你就此收手吧。」

「悉從尊言，這便收手。有所得罪處還請見諒，希望日後仍有合作的機會。」

捕快們不願再見到青鳥用哨音操屍，引起巨蟒注意，於是他們自行抬起屍首，吃力地爬回地面上。青鳥、山巔一寺一壺酒、和蘇境離則尾隨在後，魚貫登石梯而出。

石梯走到一半，山巔一寺一壺酒忽然停了下來，押尾的蘇境離便問：「老兄，還有何貴幹？」

「這回我利用你，為了補償，就告訴你另一件事。」山巔一寺一壺酒問，「你難道不想知道，我們怎麼發現這裡的？」

蘇境離一愣，反問：「難道你原先不知道這石洞？」

「不知道。我昨晚二更時，和夥伴發現有扇半開著的板門，這才發現別有洞天。」

山巔一寺一壺酒低聲警告他身後的蘇境離道：「這裡還有別人知道這龍脈入口的事，而且來意不明，你若是不想龍脈再受騷擾，最好找出他們來。」

龍泉客棧（中）

汕陵，曾經的不老仙泉，如今泉水乾涸，人煙罕至，惟昀泉十二氏的遺族雜居其間。驚蟄過後，林木稀疏，亂石密布，但見一人盤坐巨岩上，戴著一副玉白面具，有隱者風骨，怡然袒裎天地間，深吐長納間，神態恍然，彷彿血肉身軀與自然萬物融合為一體。

昀泉四位司姬隨侍在後，古琰捧著隱者的衣物和浴巾，神情極其不悅又無奈。

「爹爹，你要打坐，好歹也遮條浴巾！」

隱者原來是葉非墨，昀泉十二氏的耆老之一，也是古琰的父親。徐久，但見他緩緩接過衣物，從容穿上，笑道：「身體髮膚，受之天地父母，當示諸天地以彰其仁德。」

葉非墨領著滿臉不以為然的小司姬們，來到某處聖殿，說是聖殿，其實徒留遺址。中年侍者已為諸人備妥餐食，五人便在空盪大廳間簡單用膳，葉非墨問道：「這幾天，沒見到宗主和影子？又出門了？」

「各自去尋人。」容纏懶洋洋地答說：「宗主領著小宗主和離總管去談事，護衛呢，又是為了那個秋霜夢焉。」

「難得我回汕陵一趟。」葉非墨笑道：「大人物就是坐不住。這下子，又要熱鬧了。」

「爹爹，此話怎說？」

「為了秋霜夢焉，影子必定再度找上『琉璃堂』，」葉非墨解釋，「當年秋霜的事跡，盡載於『江湖百曉經』，但如今流傳江湖的百曉經多有散佚，當中最完整的版本，正留存『琉璃堂』裡。」

「這事咱們早都知道，前輩何需解釋？又，熱鬧在哪？」

「熱鬧在於，當今『琉璃堂』的主人，沐琉華，最近聽說收了一個讀書認字的學生子。不是別人，正是妳們認識的那頭小貓。」

「他？」容纓失聲而笑，「果然要熱鬧了，可那頭賊貓怎會找上『琉璃堂』？」

「一無所知，」葉非墨聳聳肩，「大概，是為了同一個人吧？」

「為了一個秋霜夢焉，搞出這麼多事。」古琰忽地嘆道，「假如不是因為他喝過昀泉水，又好死不死的活過這麼大把歲數，咱們昀泉人也不必活的這麼辛苦。老實說，甚至連咱們都無從知曉，他到底是不是千年前那個『秋霜夢焉』？」

「乖女兒說的是，」葉非墨頷首道：「生在寶窟，反而是種詛咒。在大漠南端，曾經和昀泉齊名的龍泉，也是搞出了不少腥風血雨。」

葉非墨所說的龍泉，正是龍虎山巔的龍泉水脈，江湖間長年口耳相傳，此地泉水彙集了天地精華，倘若習武之人飲下龍泉活水，等同接受了天地穹蒼之氣，功力修為不可限量。為

此，不少江湖中人對龍虎山泉趨之若鶩，歷代朝廷也想方設法，意欲奪取龍虎山。

然而……

「龍虎山也是大漠百年來，諸多關外異民族的『聖山』，中原諸君，特別是駐紮邊境的武官，為了打通帝都往龍虎山的『漠路』，和不夜城的『天道』，可花了不少力氣。」葉非墨嘆道，「說起來，咱們昀泉算走運的，起碼還有人活到現在。南方大漠的關外部落，從龍虎山到將軍城一帶，再到天山諸方，可是殺到一個人都沒了。」

未時剛過，初春的陽光依舊冷冽。葉非墨簡單吃個半飽，起身哈了哈腰，戴上面具，問司姬們道：「妳們有誰，知道現在『大漠案』的發展？」

四司姬面面相覷，由古琰答道：「當年主導大漠血案的邊境命官，在朝廷聲勢已衰，其九族俱收押禁見，列入斬監侯也是遲早的事，而且這案子還會繼續牽連下去，甚至，連江湖中人也要波及。」

「江湖中人牽連此事，實屬無妄之災。」葉非墨思忖道：「話說，『他們』為求自保，也有行動了，對吧？」

＊　＊　＊

酉時，龍虎山下，一班捕快齊集龍泉客棧，為的是兩樁離奇命案。一個死無全屍的虬髯客，一個死因淒慘的猴腮臉，兩名死者，或許，也是為了同一樣寶物而死。

一干捕快吃力抬著猴腮臉的屍首，魚貫走出銀色巨蟒環伺的水脈密道。山巔一寺一壺酒跟隨在後，正要走到出口，卻被押後的蘇境離叫住。

「一壺酒老兄，再和你談個交易。」蘇境離帶著笑，一個邁步趨前，「遠來是客，這筆交易當然不會讓你吃虧。只要你告訴我，究竟還有誰知道這密道入口的事？」

山巔一寺一壺酒背著蘇境離，答說：「我只知有人先我一步，開了這扇隱藏的板門，其他的，一無所知。」

「當真一無所知？」蘇境離又逼近道，「我開個好條件，買你幾句老實話如何？」

不等山巔一寺一壺酒回應，蘇境離抽劍一閃，劍刃正好架在山巔一寺一壺酒的脖子上，映出一道冷芒。

「這就是您說的好條件？」山巔一寺一壺酒停下腳步，拉下了臉，「要我無償招供，保我性命？」

「你說呢？」蘇境離話風一轉，神色冷然，「我知道你還隱瞞了一些事，做成這筆交易，咱們雙方都有賺無賠。」

「山巔一寺一壺酒」嘆道：「早知如此，就不該告訴你太多事。」

蘇境離的劍依舊架在山巔一寺一壺酒的頸子旁，受脅迫的一方從容道：「道兄你猜的沒錯，我和那夥伴不只發現半開的板門，還發現那呆子受困在密道中。」

「那呆子？是誰？」
「就是那位什麼，浮生筆墨間的書生老弟台。」
「他？」蘇境離瞇起眼睛，「『浮生墨客』？為什麼他會在那裡？」
山巔一寺一壺酒撇了撇嘴，又道：「我暫且驅離巨蟒，救出那書生呆子，想問個究竟，可他什麼都說不清楚，只說有人要殺他，又有人教他從密道逃脫，我姑且叫他幫我，把那倒楣鬼的屍體棄屍在水井旁，等有緣人上門。」
說完，山巔一寺一壺酒攤開雙手，表示再無隱瞞。蘇境離緩緩放下了劍，神情卻益發困惑。當兩人離開密道，山巔一寺一壺酒反問：「我說蘇道兄，不，蘇家觀的下任掌門人，你這次重返龍虎山，又是為了什麼？」
蘇境離半玩笑、半正經地答道：「就是要把像你這種覬覦龍泉的逼寶客，從龍虎山趕出去。」
「說句老實話，道兄既然選擇再次下山，又何必牽掛山上的一條泉水？」山巔一寺一壺酒又問，「難道現任的掌門人，開給你什麼條件？」
「這不是你該知道的事。」
蘇境離簡單粗暴地結束這段對談，從柴房走回客棧。他走的很慢，緊抿著唇，一步一步，苦思著某件事。冷清的客棧裡，神疾風和浮生墨客，各坐一角獨飲著，而那兩位為虯髯

客奔喪的婦女，正哄著年幼的娃兒玩。娃兒一看到蘇境離就撲上去，但見她身高僅及蘇境離的雙膝，抱著他的雙腿笑道：「叔、叔！」

蘇境離朝兩位婦女拱手一揖，問候道：「死者尚停屍在柴房，且由我領兩位遺眷前去守靈。」

婦女點了點頭，將稚女託給神疾風，便隨蘇境離進了柴房。柴房裡還有那慈眉和尚，正為虯髯客和猴腮臉誦經祝禱。

蘇境離向那誦經的法師致意道：「打擾了，空虛禪師，我們借此地談些事情。諸位都是雲樓人，想來不用擔心機密外洩。」

兩位婦女聽到蘇境離的話，彼此相視一笑，隻手卸下臉上的偽裝，竟是雲樓高人臨光和雨紛飛！

蘇境離道：「兩位假冒遺眷，遠道前來龍虎山，想必『無事不登三寶殿』。」

「我們的確是為了某件事，要來找某個人。至於是什麼事情，暫時不方便說。」

「和那小夜繁娃兒有關嗎？」蘇境離指的，正是那溫王府的稚女，夜繁。他又問：「您該知道客棧出了人命，仍執意帶著那娃兒一同前來？」

「那倒不是。小夜繁是個意外，她趁喻溫侯造訪將軍城，與雲樓諸人會面之際，擅自潛入我的行李中。」臨光雙手一攤，苦笑道，「這娃兒身手之靈巧，竟沒人查覺到她的蹤跡，

前途真不可限量。」

這時，一旁的雨紛飛又問道：「黃袍將軍，您呢？我以為您既然入關，和蘇家觀已再無牽連，如今為何又重返龍虎山下？」

「和兩位一樣，為了某件事找某個人。」

「和龍脈源頭有關嗎？」臨光問「我聽神疾風說道，你一到客棧就不時告誡諸貴客，勸退那些可能打著龍脈主意的人。這可是樁說難不難，說容易也不容易的無聊事，不該由你這等身分的人來做呀？」

蘇境離默然，臨光便笑勸他道：「不妨和我們說說看嘛！蘇家觀的掌門是許了你什麼條件，能令你返來幹這種下等差事？」

「我並沒有隱瞞諸位的意思，只是，唉，家事不足為外人道。」

一向心思敏捷的蘇境離，遇著臨光的疑問忽然躊躇了起來，吞吐間，臨光大致瞭解了他的來意：原來蘇家觀當代掌門人，也是蘇境離的師父，十四年前曾遇見蘇境離的私生子。當年，那孩子的母親上山，求見蘇境離一面，卻被道觀弟子趕下山去。掌門人則不動聲色，記下年幼孩子的樣貌特徵。如今，掌門人以此情報為條件，半脅迫地要求蘇境離重返龍虎山，為蘇家觀掃除騷擾龍脈的不肖江湖中人。

臨光聽完亦深表同情，慨歎道：「沒想到你為了那從未謀面的孩子，竟如此費盡心思，

果然是『血濃於水』。放心，你一定會找到他的。」

「各位，我們先找到了一樣有趣的東西。」

神疾風領著夜繁，站在柴房門口。蘇境離上前一揖問道：「神副總鏢，請問是找到了什麼？」

「蘇兄對此客棧甚為熟悉，理應知道這兒還有另一個儲放醃菜的地窖。」神疾風指著小夜繁道：「這娃兒四處蹭，竟給她發現了那地窖，還有裡頭的肉票。」

「肉票？誰？」

蘇境離和眾人齊奔至無人看守的地窖，赫然發現裡頭綁了一個人，竟是客棧原本的店小二！蘇境離為店小二解了繩索，直問道：「誰綁了你？綁了多久？」

「我不知道啊，蘇家少掌門。」店小二虛弱回應：「我好幾天前就被關在這裡，只能啃些碗裡的狗糧過活，不知過了多久，終於等到您來救我了。」

神疾風思忖著：「那起碼是五天以前。所以，招待咱們的店小二很可疑！」

「著實可疑，先找出他來！」蘇境離又問道，「話說，神大俠您竟然就這樣把店小二放在地窖，無人看守，不怕有心人想殺他滅口？」

「我是叫那『浮生墨客』看顧他，顯然我託付錯了人。」

一行人將店小二救出地窖，本欲找那浮生墨客，卻四處都找不到其蹤影。正當一行人思

忖道：「他隻身一人，會往哪去？」時，巧遇搜山歸來的捕快們。捕快頭目聽聞店小二和浮生墨客的事後，道：「天色晚了，得張羅火把，安排夜搜。此外，我等在山林間發現外道邪術人士的蹤跡，肯定來意不善，諸君若要夜搜，請務必小心。」

蘇境離亟欲揪出那冒牌的店小二，便安排火把，夜搜龍虎山。臨光、雨紛飛、神疾風亦隨之同行，走了約莫三刻鐘的山路，一路上但見火把上的圈圈火光外，環望四周盡皆黑暗，伸手不可見五指。

眾人行走的同時，警戒四周，不敢鬆懈。忽然雨紛飛挺直身子，道：「有人！」

臨光和神疾風旋即吹熄了火把，將身形隱藏在黑暗中，他們的四周陸續傳出快步的窸窣聲，環繞伴隨著尖銳的冷笑聲。眾人心知來者不善，迅速擺出鐵桶陣，警戒四面八方。

雨紛飛揚起了頭，闔目閉耳，深吸長吐，忽地，她喊道：

「右邊！」

臨光看都沒看一眼，立馬甩出緄帶，打向雨紛飛右側的黑暗中，隨著「啪它」一聲，和一道極不明顯的悶哼聲，有一個不速刺客倒下了。

蘇境離靠聽聲辨位，低聲警告：「至少還有四個，小心！」

話剛說完，一陣冷得駭人的極陰旋風，掃向蘇境離，蘇境離抽出配劍，掃出一道烈焰金光，揮散了陣陣陰風。他趁此逮住了敵人的方位，大喝一聲，提劍邁步，奔前又是揮劍一

橫，刃端甩出一抹炙熱陽氣，燒上了某個邪道的人頭，那邪道抱著燒著的頭，宛如一團鬼火般，盲目亂竄、連聲慘叫後倒地不起。

慘叫聲間，三道黑影竄出，朝眾人圍打出一陣陣陰狠旋風，臨光和蘇境離各自以緄帶和烈焰劍氣，打散襲來的陰風，神疾風靠聽聲辨位，抽劍應戰，然而那雨紛飛似乎更高一籌，一手指向黑暗，隨即從背後發出宛如連綿雨絲的莫名暗器，割裂了黑暗，濺出陣陣鮮血，她旋即又持細短劍，舞得一手似沐雨春風的落雨劍法，以一敵三，竟與那群外道邪術戰得不分上下。神疾風趁勢抓住敵人破綻，一步逼前，快劍一閃！但見一抹冷光，染上三道血光，三個邪道被劃開了咽喉，頹然倒地而亡。

就在此時，蘇境離的雙眼逐漸適應了黑暗，這才驚覺還有一尾漏網之魚，躲在眾人目光之外。蘇境離脫口喊道：「別跑！」

話未說完，那漏網之魚搖搖晃晃到眾人面前，竟然只剩下一副無頭身子走著，須臾，隨著一柱血泉噴出，倒地不起。而那冒牌的店小二就站在死屍後頭，輕鬆甩掉劍上的鮮血。

不等臨光等人反應，蘇境離一個墊步向前，揮砍向店小二！

劍鋒劃開店小二的腹部，黑暗中，流出汩汩黑水。眾人見之盡失了臉色，惟有店小二，他竟笑了！

「蘇兄，少掌門將軍，」店小二戲謔道，「還想下次在不夜碰頭的話，記得賠我一只好

皮囊。」

蘇境離定睛一看，原來那冒牌店小二將一只大水囊貼肉綁在腹部，藉此變造身形、掩人耳目。店小二見水囊遭蘇境離劃破，偽裝敗露，索性將臉上易容也一把抹掉，眾人一見他的真面目，又吃了一驚。

「想不到是你，無始劍仙！」

往昔的「無心三劍」，當今的「天下五絕」。無心門的高人，同時也是不夜賭城的闊客、蘇境離等賭城常客的好對手，現在正一邊拆下身上的偽裝，一邊解釋道：「我是為了這群邪修中人而來的，假冒成店小二，埋伏在龍泉客棧已經五天。說來慚愧，這幾個人都是無心門的叛逃弟子，不服上官的管教，遁入天道一帶，和邪修士鬼混在一起，竟然給他們練出這門陰風術。這陰風若侵入口鼻中，可抽乾肺裡的空氣，瞬間致人於死地。」

蘇境離低喃道：「那個虯髯客。」

「對，前一天的那死者，是他們的傑作。」無始劍仙拱手道：「這群惡徒本該由我來祭諸門法，沒想到諸位快我一步。在此向你們道歉，同時也要向你們道謝。」

眾人不禁笑了，彼此一揖稱謝後，無始劍仙從樹叢後揪出一個人，問道：「附帶一問，我在搜索時發現這小子，說要討救兵的，有誰能夠幫個忙？」

那人竟是失蹤的「浮生墨客」。蘇境離見了驚詫不已，上前逼問道：「是誰告訴你那水

脈密道的入口？你又為什麼要逃跑？」

「有人要殺我！」浮生墨客不理會蘇境離的質問，兀自哀求，「誰可以救我？」

「沒有人會被殺，只要你好好地，回答我的問題。」

蘇境離咬著牙，一字字又問一遍，但浮生墨客貌似驚魂未定，只不住地搖頭，說不出個清楚的答案來。莫可奈何下，蘇境離領著浮生墨客，再次點燃火把，欲循著原路返回客棧，半路上，眾人卻驚見大塊土石泥沙如奔流般，斷絕了來時的山路。

「這段路的土石本就鬆軟，極易在大雨過後塌陷。」蘇境離嘆道，「這兒離『自在莊』或『久陽宮』都太遠，咱們又不能就這樣在山上過夜，看來，只好帶各位走條捷徑，但還請諸位貴友對此暫且保密。」

蘇境離憑藉火光，摸索到一處布滿藤蔓的山壁，藤蔓後頭竟有一處半個人高的洞穴。蘇境離引導一行人摸入洞穴，起初甚窄，得彎著腰、幾近攀爬而行，走了約莫一刻鐘後，忽然別有洞天。眾人來到一處洞廳，四面一望無際，挑高大概二丈，地面有汨汨泉流、泥濘不堪，偶有幾根零星青苔石柱，貌似在支撐著洞頂。

蘇境離向前指道：「這裡，這出口可通往客棧的密道入口。」

此時，眼尖的臨光發現了身旁的一處洞口，隨口問道：「那，另一出口通往哪兒？」

蘇境離臉色一懍，默然不言。眾人見此狀，心神領會，不再多話，惟那浮生墨客，巴巴

地望著臨光所指的洞口，低喃道：「龍脈源頭嗎？」

「你最好打消追尋泉源的念頭。」不等蘇境離開口，無始劍仙先勸道，「我看過太多意圖追尋龍脈的武道中人，為了龍泉，走火入魔，迷亂了心智。再者，你以為你有那本事驅退盤據地下水脈的蟒蛇群，包括那條身長十丈的『銀龍王』？」

浮生墨客聞言不語，順從地隨著眾人往客棧的方向而去。行走間，蘇境離忽然問浮生墨客道：「如果你恢復神智了，有些話暫且在這裡問個明白：你為何來龍虎山？又為何要逃走？又是誰告訴你客棧的密道？」

浮生墨客凝視著蘇境離，壓抑住顫抖的聲音，緩緩答道：「有人要殺我。」

「誰？」

「我不知道，」浮生墨客茫然搖首，「我本住在邊關附近，打算明年赴帝都考試。可是這段日子，一直有人跟蹤我，幾個我熟識的鄉親都死於非命，我好怕下一個被殺的就是我，這時有封密信，要我到龍泉客棧避禍。我來了，卻又發生這些禍事！」

「那是誰告訴你密道的？」

「我不知道。」

「不知道？」

「事情是從前天晚上開始的，我在房間讀書，忽然來了一個神祕人，站在我背後，戴

著面具。我看不見他的臉，只聽出他的聲音很尖細，說追殺我的人來了，要我趕快從後山逃跑。」

浮生墨客嚥了口口水，繼續說：「我聽他的話，從後山小路逃走，卻遇到那個虬髯客。我差點被那個虬髯客殺了，卻冒出和剛才一樣的妖道，殺了他，接著還想殺我！然後，」

「然後？」

「那個虬髯客的屍體忽然動起來，趕跑了妖道。那個操縱屍體救了我的人，說他名叫青鳥，我為了謝他，就拜他為師。」

「果然連那隻青鳥也牽連其中，」蘇境離一嘆，又問：「但，是誰告訴你密道的事？青鳥嗎？」

「不是，他只是用道術操縱屍體走去柴房，並要我隨他回客棧歇息，當作什麼事都沒發生過。可是隔天晚上，我又遇見那神祕人，他說大雨沖毀道路，我留在這裡太危險，於是教我走客棧旁邊的密道。可是我一下去，就聽見後面傳來兩個人的聲音，我嚇壞了，以為他們是殺手，便找個暗處躲了起來，然後……」

說到這，浮生墨客再說不出話來，但這些訊息已足夠蘇境離拼湊出事情的大致樣貌。

「真不知該說你聰明，還是蠢？」蘇境離嘆道：「那位三番兩次教你逃走的仁兄，才是真正想殺你的人。雖然我還不知道他的動機為何，但我可以稍微假設一下。」

蘇境離邊走，邊解釋道：「那個人，他想殺你，卻不願親自動手。於是他設法引誘你來龍泉客棧，伺機安排謀殺。第一次，他安排你在後山被虯髯客殺死，你卻被邪道人和青鳥救了一命。第二次，他設計你誤闖水脈密道，企圖讓巨蟒吃了你，可是一壺酒老兄尾隨你潛入密道，壞了他的計劃。」

浮生墨客臉色慘白，蘇境離又道：「如果我的假設正確，第三次，也許他已等不及，打算親自動手了。」

「會、會是誰？」

「我還不知道，但或許就在此時、此地。」

眾人聞言，停下腳步。

蘇境離隔著火把，望著詫異的雨紛飛、冷漠的臨光，神疾風凝望著蘇境離不發一語，而無始劍仙的嘴角浮起一陣壞笑，反問道：「所以，你以為這位浮生小子遭遇的一切狗屁事，都是我們當中的某人所為？」

「我是這麼猜的。」

「我們，可包括道兄你在內喔？」

「正是，你們也可以懷疑我。」

「我沒你那個興致去猜兇手。再說，你的賭運一向，唔，不太好。」

「而且你的猜測，從一開始就大錯特錯。」一道尖細的嗓音，在洞廳間悠然響起：「我之所以安排這一切，正是因為我不想殺他，更不想在這裡殺他。」

蘇境離聞言，臉色一失，浮生墨客更顫抖著，指著一人道：「是你？」

龍泉客棧（下）

青鳥不知從何時起，便尾隨在蘇境離一行人的後方。他步伐安靜，宛如滑行的鬼魅。蘇境離手中緊持住火把，幽動的火光映照著青鳥閑淡的臉龐。

「是你？」浮生墨客聲音發顫，質疑青鳥道：「可是，你的聲音？」

「身在江湖，學到一些改變聲調的皮毛小術，不是甚麼大不了的事。」青鳥用一副尖細如蟲鳴的嗓音，笑道，「假如有心，我甚至可以假冒他人聲音，亦非難事。」

青鳥隨即恢復平時的嗓音，向眾人解釋道：「我本是帶著這個傻徒弟一起走的，誰知半路走散了。我好不容易，循著諸位身上的血腥味，找到這處洞穴，跟了進來。」

面對諸多疑慮目光，青鳥對浮生墨客道：「我欠你許多解釋，可是這兒不便久談，總言之，我無惡意。」

「既無惡意，何不一開始就以真身分示人？搞什麼神祕？」臨光問，「又何不早點現露身形？何必刻意隱蔽氣息，跟蹤在我們背後這麼久？」

「諸多顧慮，一時說不清。」青鳥答道：「我這趟來龍虎山，乃受死者之託，尋找某件東西。」

說著，他掏出一只玉符，問浮生墨客：「你可知道這塊玉？」

浮生臉色慘白，取出掛在頸子上的，一只一模一樣的玉符。

「果然是你。」青鳥笑道，「我只知道你和死者有些許相像，但是又怕認錯人，所以一時先不說破，姑且找個方法接近你，一探究竟。」

「師傅，」浮生墨客沙啞問道：「您是何時見到亡父的？」

「在他死了三年後吧？」青鳥又一次重申，「這裡不好多說，早點離開為妙。有東西來了。」

話剛說完，從四周的暗處傳出窣窣漉漉的低微聲響，蘇境離臉色一變，舉起火把，隱約可見到數條銀蟒，緩緩逡行。

「麻煩來了，」臨光吁了一口氣，「這群蟒蛇數量看來不少。」

無始劍仙問道：「蘇兄，這條路不會錯吧？」

「不會錯。」蘇境離答，「周圍的『蛇路』會變，但這條水道不會變，路上會碰上幾處小蟒群聚，只要不遇到『銀龍王』就好解決。」

「『銀龍王』，指的是牠嗎？」

無始劍仙舉起火把向前，照著一尾前所未見的銀鱗巨蟒，牠身長起碼十丈，蛇尾藏在黑暗中，伏著時的身軀便有二尺高，一雙盤子大的蛇眼，瞳孔宛若兩撮黑豆。牠碾開周圍的小

銀蟒，吐信而進，離眾人約莫五步之遙，抬起蛇頭，起碼又高了半丈，嘴裡發出不祥的「咻咻」一聲。

蘇境離蹙起眉頭鐵青了臉，脫口說：「不可能。」

「原來這就是『銀龍王』？」臨光同高舉火把驚嘆，「確實有幾分騰龍的架勢。無怪乎蘇家觀上下，無不流傳這條巨蟒乃金龍化身，他日將蛻下銀鱗、成龍升天什麼的。」

「爬蟲就是爬蟲，升天什麼的都是刻意吹噓。」無始劍仙一手抽劍，「這條『銀龍王』對蘇家觀的意義匪淺，但現在看來，咱們要不斬了這群大蛇，要不就是回頭，摸黑另尋他路。蘇兄，咱們從你的意見，你打算怎麼做？」

一票劍客陸續拔出武器戒備，看是要退？或進？蘇境離隔著火光，仰首凝視銀蟒，正好與一雙晶亮蛇眼對望。

他幽然自問：「註定，你就是要纏著我嗎？」

問畢，蘇境離緩緩拔起背後的長劍，幽暗中，眾人竟可明視出滿溢刃芒間的熾烈劍氣，殺氣騰騰，貌似連蟒群都為之退讓三分。

蘇境離遞出火把，舉劍向前，迎上「銀龍王」，但見牠弓起蛇頭和前軀，從蛇尾處傳起「沙沙」響聲。蘇境離心知，這條巨蟒的攻勢將迅如閃電，只消轉眼翻掌間，即可飛撲上身，咬下他的人頭，當視牠如一個身手矯捷的高人來戒備。

正如青鳥所說，此地不宜久留，當下不可猶疑。決定，就在一瞬！

蘇境離大喝一聲，一個跨步，順勢掃出一道熾烈光芒！

＊　＊　＊

龍虎山巔的明月劃過半個夜空，樹影隨風颯颯作響。

龍泉客棧四下已無人，僅留一盞晦亮的油燈，照著空虛禪師和小夜繁兩人。但見禪師凝神端詳眼前燈花，好動的夜繁，貌似受了這股氣氛感染，一反往常，靜靜地，盯住禪師不放。

就在此時，敲門聲叩叩響起。客棧真正的店小二慌忙應門，迎進一位矮小的不速之客。

太歲邁步入廳，佇立在空虛禪師旁，抱拳一揖道：「禪師大人晚安，我等恭候多時。」又環望而問：「這裡發生什麼事？」

空虛禪師秉守「不語戒」，不予回應。太歲不以為忤，掏出一把小刀和木片，隔一張桌，與空虛禪師對坐，藉著昏暗燈光，低頭雕刻木片。一旁的小夜繁睜大眼睛，望著他的每一個動作。

「我道深夜來客是誰？原來是『暗部判官』。」這時有道聲音自客房而出，笑問太歲，「老兄，你想知道這裡的什麼消息？」

太歲頭也不抬，問：「山巔兄可知無不言？」

那人正是山巔一寺一壺酒，他哼笑一聲，反問：「就看我有什麼回報？」

太歲停了一會，答：「對你，我有一個壞消息、一個好消息。」

「太歲兄又在拐彎子說話。」

山巔一寺一壺酒笑著拉張板凳，坐定太歲旁，將這兩天血案所見所聞，徐徐道來。說到關鍵處，他停下問道：「話說，有什麼壞消息給我？」

「你不是想找出龍脈源頭？」太歲答：「壞消息是，你註定白費功夫。」

山巔一寺一壺酒微微蹙眉，再問：「那好消息是？」

「雖然你註定白費功夫，但起碼能保住性命。」

他一撇嘴，嘆道：「運氣不佳，盡做些虧本交易。」

「端看你怎麼解讀這盈與虧的意義。」太歲轉問，「這兒沒有其他住客？」

話剛說完，客棧的門又打開。蘇境離等人魚貫而入。原本神情已陷入迷濛的小夜繁頓時驚醒，一見到臨光便撲了上去，不顧臨光身上的血和泥濘，笑咧了嘴，囫圇地討著抱抱。

「小娃娃怎麼還不睡？」臨光笑著抱起她。

太歲說明來意道：「我特來迎接空虛禪師，至大漠邊關的流雲別府。」

蘇境離問：「原來如此。棧道已搶修完畢？」

「天明後，車馬俱可通行。」太歲答道：「我聽說客棧出了事，不放心，所以先跑一

趟。」

雨紛飛笑道：「幸好前輩你白跑一趟，事情大致上都解決了。」

「你們做了些什麼？」

聽到太歲這一問，無使劍仙便從實道出他們今晚所經歷的一切，包括他們深夜惡鬥邪道人，闖入龍脈密道，並遇上了盤居水脈的蟒群之事。

「你們遇上『銀龍王』？」太歲又問：「該不會？」

「是啊，」蘇境離呷一口店小二奉上的冷茶，回答：「我斬了牠。」

「斬了？」

「正是，還有擋路的幾條蟒蛇，為了清出通路，趁早離開水道，便殺之殆盡。」

太歲吁了一聲，山巔一寺一壺酒則問道：「『銀龍王』一死，蘇家觀世代死守的龍脈源頭，可就少了一道重要關卡。蘇兄殺的果斷，著實令人佩服，但是你對蘇家觀那兒怎麼交代呢？」

「性命關頭，還管什麼龍脈？」蘇境離嘆道：「再者，我早就該這樣做，斬了龍脈的念頭，與蘇家觀斷的乾淨，也不至於生出如此多事。」

「說的好。」無始劍仙亦嘆之，「在不夜城交手數回，我早就想勸你，當斷念時，就該斷的乾淨。」

「劍仙，此話何意？」

「你可知你的賭運為何不好？」無始劍仙答道，「你太貪。見好就該收手時，你捨不得，見虧應當離開時，你放不下。就和你的人生一樣，既想著你的任情自在夢，又意圖在中原出人頭地，又放不下蘇家觀和過去的一切。最後，瞧你一副茫然，不知何所措的模樣。諷刺的是，什麼都貪的，往往什麼都得不到。」

無始劍仙說的蘇境離一陣默然，他見狀又笑道：「哈哈，我說得一副自視清流樣。當然不，我也會貪，換做我在你的處境，或許就會和你一樣，捨不得放不下。不過，蘇兄，看來今晚你想通了一些，我還是佩服你。」說完，無始劍仙舉手一揖。

「幸好大家都平安歸來。」雨紛飛又道：「現在，就只差一件事要釐清。」

雨紛飛說完，和浮生墨客一致把眼光飄向青鳥。青鳥安坐一處，把懷中的玉符擺在桌上，並向眾人娓娓道來事情始末。

「我是在年前的一趟『陪行』遇到這玉符的主人，那時祂約莫已死了三年。」

青鳥解釋道：「祂的意思，貌似是要我靠著這信物，找出祂失散已久的獨子。我只知道這是塊稀罕的塞墨美玉，便從將軍城一帶開始查起，花了好些時間打聽到，龍虎山下，一個不起眼的小村，一個不起眼的書生，窮到連小米糠都吃不起，還死守住身上一塊美玉不賣。」

浮生墨客臉色青白，紅著眼望著桌上的玉符。

青鳥繼續說：「不過我到村子時，你已離開。我本打算就此打住，然而到了龍泉客棧，竟然就這麼遇到你。我想探清楚你的來歷，就不先說破玉符的事，以一個蒙面神祕人的身分，來指引你逃脫殺機，想不到，還是生出這麼多事端來，所幸最後是有驚無險。」

此時，浮生墨客潸然淚下：「讀聖賢書又如何？連自身性命都顧不住，到頭來，會不會是一場空？我周圍的人接二連三遭逢死劫，我一直有預感，下一個死的就會是我。這麼一想，我便無心課業。明知我這麼做有愧家父的期望，可是，我真的還不想死！」

「所以你才會心口不一，」蘇境離插話道，「那天客棧初會，你嘴裡說不屑龍泉，心卻嚮往之，以為龍泉能助你逃避那無聊的劫數？」

「什麼無聊？」浮生墨客噙著淚反問，「難道你不怕死？」

「我不敢斷言自己不怕死，但是對死生之事，是比你看得淡些。」蘇境離嘆道，「話說，你冀望龍泉力量能嚇阻要殺你的惡徒，是白費心機了。」

「這，什麼意思？」

蘇境離頓了一頓：「告訴在座諸位亦無妨，龍虎山的龍泉源脈，早在兩年前毀了。」

眾人乍聽到這消息，無不一驚。山巔一寺一壺酒脫口問道：「毀了？」

「沒錯。天災人禍俱有之，一言難盡，總之，一個身披墓碑的奇人『赤巽濡』，毀了龍

虎山的龍泉源頭。」蘇境離慨然道，「如今所謂的龍泉，只是普通的泉水，沒有任何神效可言。然而，蘇家觀的掌門人，死命地掩飾這件事，煞有介事的強調龍脈並不存在，驅退閒雜人等，重重戒備著肖想龍脈源頭的惡徒們，一切就是想擺出龍脈尚存的假象。專程找我回龍虎山，也是故作態勢。」

臨光嘆道：「真是鬧劇。」

「可不是？」蘇境離道，「為了這鬧劇，這裡短短三天內死了兩個人。不過，我是想通了，終究紙包不住火。」

「蘇家觀的人，一向死命保護龍脈的祕密。」山巔一寺一壺酒又問，「我們怎麼知道，如今你這番告白不是另一齣『欺敵之計』呢？」

「一壺酒老兄，你怎麼就想不到：我若不是早知曉龍脈已毀，今晚又怎會如此果斷地斬殺『龍王』？」

山巔一寺一壺酒聞言而嘆，深以為然。浮生墨客則慨然道：「說起來，我也想通了。」

「小兄弟，你想通什麼？」

「功名誘人，但我還是趁早到江湖闖一闖。」浮生墨客凝視兩只玉符，「或許，我同亡父一樣，骨子裡終究是江湖人，想往『飛雪連天射白鹿，笑書神俠倚碧鴛』的生活。」

「江湖可沒這麼美好，會死人的。」臨光笑笑著告誡道：「有句話說：『初入江湖，天

下走得，再入三年，寸步難行』，江湖人之間的牽絆和糾葛，背後關係著彼此的名利和死生恩仇，這可比考取功名複雜多了。」

「或許吧？可是，」浮生墨客咬牙道，「我不想再這麼窩囊的活著了，連自己的命，都不能由自己作主，還算是什麼男子漢?!」

「那，也罷，你的人生，就由你作主。」臨光又道，「既然如此，你跟著青鳥學，理應能學到立足江湖的本事。接下來，就看你的造化。」

「正是如此，」浮生墨客轉向青鳥行弟子禮，誠心道，「弟子浮生不才，還懇請師傅賜教！」

於是青鳥當著眾人面前，又認了一次徒弟，道：「當年受你亡父所託，找到了你。或許冥冥之中，一切皆是注定。」

浮生墨客聞此，拿出身上掛著的另一只玉符凝視著，哽咽而笑：「我自從七年前，就不曾再見過家父。他生前總對我說，他一介遊走江湖的匹夫，出身寒門，此生註定與功名利祿無緣，還說，他冀望於我，要我別走上他的路子。這對玉符，就當我將來進京求功名的盤纏。可是，我終究走上了同一條江湖路。」

浮生墨客說罷，客棧又陷入一陣沉默。這時蘇境離似乎突然想起了什麼：「青鳥兄，還有一事請教。」

「什麼事？」

「浮生小弟說，你三番兩次指點他逃脫之道，甚至指引他入龍脈。」蘇境離問，「當時虯髯客就停屍柴房，為何不先以『操屍』為浮生小弟探路？反要他自行涉險？若非一壺酒老兄攪局，或許今天就不是猴腮臉，而是浮生君慘死巨蟒口中。」

「我原先就打算照你說的去做，」青鳥辯解，「當晚我叫這傻小子等我，待我為殘屍『泥塑』好雙腿。可這傻小子太心急，逕自下去密道，我阻之不及啊！」

浮生墨客聞言，頓時臉色一白，反問：「不是師傅您說『可以下去了』嗎？」

「我那時可沒這麼說。」

「我那時守在密道門口，真真切切，聽見師傅您的聲音！」

「聲音是可以模仿的。」青鳥思忖道：「難道當時還有他人在場，誘騙你擅闖密道？」

「所以你也不知道龍脈中的『住客』一事？」

「不知道。事實上，我也是因『某人』提及，才知曉密道一事。」

「那個『某人』是誰？」蘇境離又問：「話說，青鳥兄，你說你造訪浮生的村子時，他已經離開。那，又是誰指引浮生墨客到龍泉客棧？」

「都是我。」

一道耳熟的嗓音，說話的，卻不是青鳥。

神疾風話甫出口，同時一劍，刺向浮生墨客的咽喉。

那是他最快的一劍。

劍鋒逼到浮生墨客喉前一寸停下，一股柔絲纏住了劍。

雨紛飛操弄這股細若蠶絲、似弱亦剛的柔白鋼線，止住神疾風的攻勢。臨光和太歲冷然旁觀，悠悠輕嘆。

雨紛飛勉強遏止顫抖，虛聲問道：「前輩，為什麼？」

神疾風苦笑一聲，反問：「小雨兒，妳竟能這麼快？該不會妳一開始就察覺我的意圖？」

「我只知道，前輩您不太對勁。」雨紛飛又問一遍，「可是，為什麼？浮生兄弟他做錯了什麼？」

「他沒做錯什麼。」神疾風放下劍，嘆道：「他只是，背負了他爹留下的包袱。」

浮生墨客又一次逃過死劫，虛聲問道：「您認識我爹？」

「令尊為疾風鏢局賣命了十年。」神疾風頓了頓，坦白道，「他生前是鏢局的重要人才，鏢局託負了諸多任務給他，無意間，讓他知道了許多事，包括，大漠一案的始末。」

客棧眾人靜默，聽神疾風繼續說道：「令尊死後，我們設法掌控住他生前涉及的所有案件，所有相關的人事物，僅剩他唯一的孩子。令尊將你保護的很好，我們花了好一番功夫，

才查到你這獨子的住處。」

「我？」浮生墨客又問：「我什麼都不知道！」

「我也這麼希望，可惜，情況不允許我這麼想，朝廷查『大漠血案』，勢不可止，我能做的，僅是力保鏢局免禍。這當中的關鍵，就在於已亡故的令尊，究竟曾留過什麼證物或口供給你。我將你引來龍泉客棧，為的就是支開你，才能託臨光好好地搜查你的住處。」

臨光抱著夜繁，開口接著說：「不過，如浮生小子你所說的，你家什麼都沒有，看來確實是什麼都不知道。」

「話雖如此，留著你，始終是鏢局的危險。若是你為他人所用，屆時會發生何事？後果不堪設想。」

神疾風凝視著浮生墨客，又道：「我也不喜歡這件骯髒的工作，是故利用青鳥居士，兩度設局，想說就這麼了事即可，沒想到你都活了過來。我本想說，或許是上天要留你，那這件事就此罷了，我也圖個心安。」

「那，剛才的一劍又是為何？」

「因為狀況變了，」神疾風答道，「說來慚愧，連我都給瞞了十三年，今晚才知道，原來令尊出身寒門。」

「出身寒門又如何？」浮生墨客啞然反問，「咱家窮錯了嗎？」

「我倒希望你說的這句是真心話，」一旁臨光突然道，「若是老實百姓人家，倒也罷了。當今的老江湖人，膽敢自稱出身寒門者，幾希矣。」

這一說，令一旁的蘇境離和雨紛飛也滿腹困惑。蘇境離問道：「寒門就是寒門，不然會是什麼？」

「那是一個至今幾乎被遺忘的組織。」臨光解釋道，「如今江湖的情報網，當以昀泉氏族的『鳳顏』、和我雲樓『暗部』勢力最盛。然而，二十年前，黑暗時代剛落幕不久，有一個神祕至上的組織，洞悉江湖的一切。無人知曉其名、其事、其人。惟一知道的是，當他們互通消息前，必白謙稱『寒門』。」

「於是乎，『寒門』成了他們的代號。」太歲亦道，「寒門的可怕，在於他們虛無飄渺，彷彿無處不在。他們能潛身萬人眾中，埋伏十數年，竊敵情資，取敵首級，飄然而去，無人得知其行其蹤。這匿蹤的本事，甚至在我『暗部』之上。」

浮生墨客試著辯駁：「可是我真的什麼都不知道！」

「無奈的是，據聞『寒門』中人，父業子承者，所在多數。」神疾風道，「若令尊確實來自『寒門』，浮生小弟，你的供詞，上頭又會採信多少？」

雨紛飛在一旁求問道：「神前輩，這事情是會有多麼嚴重？嚴重到你不惜違背本願，光靠一句無心之言，就要逼死一個人？」

「此事嚴重，關係太多人的安危。」神疾風望著雨紛飛，「當年主導『大漠血案』的朝廷命官，俱已獲罪，行刑在即。帝都主事者，還想就這麼刨根下去，任何一丁點蛛絲馬跡，都能當作他們呈堂的『重大證詞』，我怎麼能不疑？」

「阿彌陀佛。」

正當浮生墨客百口莫辯時，空虛禪師開口道：「神施主，勇者當無所疑懼。」

「禪師大人，我一點也不勇敢。」神疾風苦笑道，「臨光所說的江湖『再入三年，寸步難行』，我這幾年便有切身感受。凡事牽連甚多，皆由不得我一個人勇敢。」

「其實，我老早就想說了，」臨光嘆道，「不單是你想保全鏢局和弟兄們，我們也想保全你啊！否則，我和小雨兒兩個雲樓人，大可置身事外，又何必助你一臂之力，為你分勞？」

「諸君為鏢局所做的，疾風深感其恩。」神疾風一揖道，「只能說，這是疾風鏢局的劫數，或許咱們打從一開始，就不該沾染到這筆血債，圖個輕鬆乾淨。但坦白說，牽連『大漠血案』，我和夏總鏢頭一點也不後悔。畢竟，」

神疾風深吸一口氣，仰首徐然道：「正因為參與其事，我們才救得出流雲。」

此時，天將破曉。

邊關夜色

事情要先從驚蟄前十天說起。

時值初春，旭日初昇，殘冬朔風仍舊吹得緊。冷清的朱紅衙門外，有一攤子，賣著糖葫蘆串。

「嘎答，嘎答……」

賣糖葫蘆的矮小老闆，遠遠的乍看老成，細細觀察，年紀其實不大。他手上搖著波浪鼓，招呼來一個年輕女客，女客披著一件晶白的禦寒毛裘，步履綽約，要了一支糖葫蘆。

老闆遞上糖葫蘆串，附耳低聲道：「沐老闆娘，岳濤死了。」

女客正是上城書舖「琉璃堂京報」的女老闆，人稱「左圖右史，藏書千萬」的沐琉華。她聽到這消息毫不驚惶，僅報以一聲輕嘆，咬下一口糖葫蘆，含糊咀嚼著說：「怎麼死的？」

「如同當年的流雲飄蹤一樣。」

「誰動手的？」

「無始劍仙。」

「意料之內，只是可惜了獨眼雙刀，中原排行前二十名兵器。」女客咬下第二顆糖葫蘆，又問，「你可知浮生墨客？」

「誰？」

「聽說是個『老手』的孩子，貌似他本人並不知情。說起來，很久沒見過其他『寒門』弟子了。」

「我還以為『寒門』早已為世人所遺忘，豈料一件莫名其妙的大案，又再次給拱上了戲台。」糖葫蘆老闆亦嘆，「曾經的『邊關大捷』，如今的『大漠血案』，同一場殺戮，是立下戰功或滅族重罪，全都看朝廷背後的那隻翻雲覆雨手。」

「別說太多，當心隔牆有耳。」

「無所謂。」老闆苦笑一聲，道，「我的人，都死的差不多了。」

「死了？誰？」

「問這個是為了什麼？」老闆答說：「就當作妳什麼都不知道吧！」

「這麼說，你是柳家最後一人了。」沐琉華咬下最後一顆糖葫蘆，語氣充滿關切，「千萬保重自己。」

「放心，我就像這糖葫蘆。外表滑不溜揪，糖心可是硬的。」

老闆又遞給沐琉華一支烏梨心糖葫蘆，悄聲說：「咱們被盯上了。」

「我知道，可是這仁兄真奇怪，還不出手。」

「看來他是個謹慎的人。」糖葫蘆老闆環望四周，「只怕我倆聯手也贏不了他，我拖住他，妳走上城求援，兵分兩路。」

「我去求援，那你怎辦？不如我們一起上？」

「妳在殺手樓還有十一萬的懸賞金，絕對是敵人首要目標，千萬要小心。」老闆笑著反問：「聽話，小琉華。妳知道的，沐家和柳家，哪個對我重要？」

說完，糖葫蘆的老闆推著攤車離去，徒留她一人佇立衙門外的三丈大道上。她往反方向邁開步伐，奔走間，又咬下一顆糖葫蘆。

「瞎扯，說什麼糖心是硬的？」

沐琉華咀嚼著多汁的烏梨糖心。

＊　＊　＊

夜半三更，若要尋一處城池，滿城浸淫通明燈火，美酒如流水，弦笙似鬧市，擲籌盈谷，舉觥蔽月，尋遍中原南北，恐怕也只有一處地方。

浪蕩不羈，不夜城。

官方掛牌的合法賭場，盡在不夜城。這裡小賭怡情，大賭爽氣！賭博，憑的從來就不是算計，而是一股氣！憑著一股氣，多少人在一夜間，從一貧如洗翻身萬貫巨富，又在同一夜

間跌回谷底！正因為如此，不夜城才會令人著迷，令江湖諸多豪俠留連忘返，而無始劍仙亦是其中一位。

今晚，一座賓客滿堂的大賭場，有一場三十萬兩本錢的大賭局！只有闊客中的闊客、名士中的名士，方得入內一睹光彩，否則都會被那高壯的圍事給擋在外頭。圍事自嘲「癡肥」，實則一身鐵皮鋼肉，憑一招橫練十年的「青布衫」，真正是「泰山崩於前而色不改」，一個響噹噹的鐵漢子。

賭局由無始劍仙做莊，他將兩旁那兩座如山高的籌碼往前一推，「洽浪浪，洽浪浪」的搖起骰子，隨即倒扣玉杯，嘴唇狡獪一咧。

「吃我一記！」無始劍仙朗聲笑道，「技壓四方，八路通殺，先機在握！不怕死的，下好離手！」

他的對手意外的，是個年輕小姑娘。面對年長十數歲的無心三劍、天下五絕，和環伺身旁數十雙垂涎的、懷疑的、不懷好意的雙眼，毫無怯色，把眼前的兩座籌碼也推了出去，看看數量不夠，又從布囊裡掏出滿滿一把銀兩，灑到桌上。

「我也三十萬兩，」小姑娘笑道，「如果這把輸了，從此我就改名古淡，淡泊江湖。」

此言既出，眾皆嘩然，叫好的、叫囂的，諸聲大作。這是不夜城今晚最大的一場賭局，然而等不到開盤，賭局就硬生生被一個人打斷。一個女劍客昂然邁入賭場，冷迎眾多賭客的

狐疑眼光，高喊：「昀泉司姬古琰可在此？出來一較高下！」

賭場老闆見狀不對，連忙喚圍事上前趕人。「癡肥」一走近，女劍客頭也不回，信手一轉，一掌拍上他的肚腩。癡肥不慌不懼，雙腳踏定，氣貫丹田，張起「鐵布衫」，接下這一掌。

豈料，女劍客「哼」了一聲，掌心稍一施勁，頓時癡肥感到彷彿有萬陣烈風朝他呼嘯，一吃驚，頓時亂了雙腳，踉蹌個退了兩三步，一回神，女劍客凜冽如風割的眼神，便將癡肥給震懾住。

女劍客朝著賭桌上的小姑娘背影，喊道：「古琰可在此否？」

「我正是古琰。」賭桌上的小姑娘淡淡地別過頭來，睨著女劍客問道，「妳又是誰？」

女劍客昂然答道：「柳青澐。」

古琰又問：「找我幹嘛？」

「為了討個公道。」

「什麼公道？」

「立春前夕，」柳青澐緩緩吸了口氣，娓娓道來，「妳是否在一夜間，殺盡飛鷹會十大惡徒，並將七萬兩贓款揮霍殆盡？」

「哦，我懂了，」古琰嘆道，「原來妳是飛鷹會的親朋好友，來報仇的。」

「不是。」

「那妳是七萬兩的債主，來要錢的？」

「也不是，」柳青澐喝道，「我為了殺光飛鷹會那幫惡棍，苦練三年劍法，如今總算有些小成，正要一償宿願，妳竟然搶先我一步！叫我情何以堪？」

這真是極其荒謬的理由！圍觀群眾忍不住朗聲大笑。訕笑間，柳青澐臉上毫無窘色，目光依舊如炬，瞪著古琰不轉。古琰知道，她無論如何是擺脫不掉這個突來的挑戰了，於是嘆問：「要打是可以，能不能等這局莊家開完再打？」

「囉嗦！」

柳青澐一喝，邁步拔劍一揮，劍影如白虹穿雲，又似一瓢銀泉灑向天際，就這麼砍翻了賭桌，桌上紅白籌碼、骰子、玉杯，劈劈啪啪散落了一地。

「好啊！妳自找的！」

古琰縱身向旁邊一躍，閃過這一招，她怒紅了臉，迅速甩起白綾，打向柳青澐，纏住了她的劍鋒。柳青澐將計就計，自指間發勁，氣貫劍刃，要將白綾給斬斷。而這邊古琰亦不退讓，同樣發勁迎敵，兩個小姑娘就這麼一人持劍，一人持絹，劍絹交纏不讓，兩位俠女亦怒視彼此，僵持著分不出勝負。

無始劍仙趁喧鬧之際，棄了籌碼，從櫃檯拿走自己的銀票，悄悄離開賭場。他抬頭看月

色皎潔，想起剛才的鬧劇，竊笑不已。

這時有道聲音，從他背後響起：「我是殺手，逃嗎？」

「逃，當然逃。」無始劍仙嘴裡說著要逃，腳步不動分釐。

「懦夫，你這做莊的，竟然還逃？」

「怎麼不逃？」無始劍仙得意道：「其實我早知盅裡搖出一副『鱉三』，本以為輸定了，所幸天降好運，怎能不好好利用？」那人聽了，亦會心嗤笑一聲。

換無始劍仙問他：「想不到是你來，上官呢？」

「他往大漠邊關去了。」

「為了流雲府嗎？」

「對。」

「他也太心急了。」

「別管他，難得見面，請我吃飯去，由我挑館子。」

那人領著無始劍仙到賭場百尺外的某間酒樓，樓前是不夜城當前第一花伶「散華椿櫻」登臺獻曲。無始劍仙要了張角落的桌子，待一坐定，那人便點了一壺淡酒，簡單三兩樣清粥小菜。

無始劍仙笑問：「難得見面，這麼清淡？」

「清淡，正好看廚子本事。」

他舉起筷子，無始劍仙看他懸空的手腕顫抖著，嘆道：「你的傷還沒好。」

「這傷沒那麼容易痊癒，需要時間，很長的時間。」他回道，「想想流雲飄蹤，相比之下，我這不算什麼。」

「對，還有老墨。」

「說到流雲飄蹤，我倒想起來了：我們那天就是在這裡碰頭的。」

「沒錯，老墨難得的大賭局。」

兩人回憶過往，先是一同笑了，然後沉默了，最後嘆氣了。

「老墨。」

那人微微點頭，回道：「流雲。」

「上官。」

「傲天。」

「靈薇。」

「水中月。」

然後，兩人不再搭話，就像心有靈犀似的，明白彼此接下來想到的，是同一個名字。

同一個難以碰觸的名字。

無始劍仙挾起一口菜，沒頭沒腦冒出一句：「恩怨能這麼輕易放下，江湖就不江湖了。」

「假如恩怨能輕易放下，我也不必受這重傷。」

「你是自己無端跳進來捱一槍，根本白受的。」

「不是白受，」他駁道，「當年我不這麼做，局勢真會不可收拾。」

無始劍仙一臉的不以為然，卻也不再駁他，盛粥挾菜，斟酒敬之。酒過數巡，那人忽然又道：「現在想想，我還算幸運。」

「因為你還活著？」

「不只如此，」他嘆道，「至少，我知道自己敗在一個高手之下。假如是擁有一身高強武功，卻死在一個名不見經傳的小人偷襲之下，那才更叫人感到不值。」

「在過去，這種事倒是見多了。光是煮一碗麵的時間，就能害死一個高手。」無始劍仙道，「要嘛，就是這高手還不算高手，或者，他的確是高手，可是殺他的小人，卻是更厲害的高高手。」

「確實是這樣。」他說，「如果是我熟識的人，遇上了這種事，我會勸他放下罷。」

「說的真輕鬆。」無始劍仙挾一把菜到那人碟子裡，「不過話說回來，我們五人當中，就屬你說『放下』兩字，最有分量。」

「總之，現在我想，自己還算幸運的。」

「你能這樣想也挺好。」

無始劍仙舉杯再敬，兩人就這麼吃吃喝喝一番，邊聽著台上樂伶奏曲。絢麗的不夜城，彷彿不知江湖幾多愁與恨，笙歌不輟，永不落日。

＊　＊　＊

過了驚蟄，某天，任雲歌與一名陪從，在通往大漠邊關的二丈驛道上，他們已趕了三天的路，前往流雲府的大漠別府赴約。這條驛道自帝都開始，穿過將軍城、大漠邊關，一直通到「關外」的武都、塞墨之間。

這是旅程的最後一段路，任雲歌也不急著趕路，兩人兩騎，答答信步在方正石磚舖成的大道上。任雲歌一騎在前，陪從尾隨在後，看似主從有別，然而從兩人馬上閒談間，任雲歌那敬重謹慎的語氣聽來，陪從顯然絕非泛泛之輩，甚至地位身分更在任雲歌之上。

「前輩，我問你，」任雲歌忽然問道，「你可想過，自己會怎麼死？」

「沒想過。」陪侍的聲音聽起來溫雅柔和。

「我呢，經常做同一個夢，夢裡，我看見自己是怎麼死的。」任雲歌又問道：「你想聽聽看嗎？」

「你想說就說吧！」

「那是個像現在一樣的午後，一樣的南方驛道，而且，」

任雲歌話未說完，前方突然一陣砂煙騰騰，隨著蕭蕭馬鳴聲，橫出一批約莫數十騎的馬隊，一見任雲歌便迅速擺開陣形，重重包圍他們。

「而且就像現在一樣的重兵埋伏、進退不得。」任雲歌見隊伍行事訓練有素，絕非普通搶匪，遂勒馬高喊，「叫你們頭兒出來！」

前方讓開一條路，走進一個濃眉漢子，竟是「疾風鏢局」總鏢頭夏宸！夏宸和江湖各大幫會盡皆友好，眼前的任雲歌又是流雲兵府所收的螟蛉子、雲樓樓主凌雲雁的高徒，即便夏宸輩分在他之上，也理應有所禮遇才是。然而此刻的夏宸，手按腰間寶刀，冷眼凝視任雲歌，殺氣溢於言表！

任雲歌下馬一揖，朗聲問道：「總鏢頭，何故為難後生晚輩？」

「我只問你，」夏宸沉聲喝問，「朝廷重啟大漠案，你知道多少？」

任雲歌輕嘆了一口氣，答道：「一無所知！」

「你是當年的血案中，一族最後的倖存者。」夏宸問，「你理應是朝廷重啟此案的關鍵人物，何以說自己一無所知？」

「前輩太抬舉我了，」任雲歌反問，「邊關大捷也好，大漠血案也好，都是朝廷權臣派系間相互傾扎的結果，我區區一個初及冠髮的江湖人，何德何能，得以撼動朝廷視聽？」

「就算你自稱沒那本事，憑你的身世，要為那朝中有心人所利用，亦非不可能的事。」

「大漠案時，我才兩歲。」任雲歌頓了一下，笑問，「我為什麼要牽扯進一件自己壓根沒記憶的事？」

夏宸不答話，抽出腰間銀月寶刀，鋒芒在頂頭烈陽下泛著冷光。陣中劍拔弩張，眼看局勢將一發不可收拾。

「總鏢頭，別白費功夫。您威脅不了我。」任雲歌淡然而笑道：「我不會死在這裡。」

夏宸鐵青了臉，刀指前方，一個邁步，宛如飛鷹俯空獵野兔一般，逼向任雲歌！銀月寶刀朝前一劈，眾人只聽得騰騰刀氣，在暖寒不定的空氣中，宛如初春的第二道雷聲般，「虎！」的炸出一道聲響。

刀鋒停在任雲歌英挺的鼻樑前三寸，任雲歌依舊文風不動。夏宸又一次逼問：「任公子，你真不怕死？」

「總鏢頭，晚輩不會死在這裡。您心裡有數，」任雲歌道，「其一，『大漠血案』發展至今已成燎原大火，即便殺了我一人，也擋不住火勢延燒到疾風鏢局。其二，如果您真懷疑我就是那個在朝廷出面，指認涉及血案名單的證人，現在殺了我，反而更難捉摸到那策劃、重啟此案的幕後主使。」

任雲歌又道：「話說回來，一個有本事將當年以『剿滅關外匪窟』，出師有名的『邊關

大捷』戰功，一舉扭轉成了滅族血案，並將一干功臣打為殺人重犯的幕後主使，肯定是個厲害角色。」

任雲歌話說到此，不再開口。他心忖夏宸乃久涉江湖的老手，一定聽得懂他尚未說盡的話中話：幕後主使如此狡猾難纏，僅憑疾風鏢局恐怕難以克敵、扭轉局勢，此刻若盲目殺他，徒然令局勢更難捉摸，並得冒起同時得罪「流雲兵府」和「雲曦迴雁樓」兩大幫會的風險，使鏢局的形勢更加不利！與其這樣，還不如好言相談，與諸幫會派系保持良好關係，令江湖人同仇敵愾，心甘情願與疾風鏢局站在同一陣線，才是上上策。

夏宸一雙肅目，凝望著任雲歌的雙眸，看得出他在盤算著。此時，陣形突然又一陣騷動，突入一騎快馬使者。使者帶著一只包袱，下馬不及喘息，急奔至夏宸身邊，附在他耳邊密言幾句。夏宸聞之臉色一變，大聲說：「打開！」

使者當眾打開包袱，裡頭竟是一件染上大片血跡的布衣！

夏宸大聲問使者道：「你說，這衣服的主人，叫什麼名字？」

「浮生墨客！」

現場眾人包括任雲歌在內，看到這件血衣無不議論紛紛，沒人注意到任雲歌身旁的陪從，臉色忽地一變。

夏宸又問：「所以，疾風還託你帶了什麼？一起拿來。」

使者小心翼翼地，以雙指勾起兩條項鍊。那是一對成雙的玉符，以上等的塞墨美玉打造而成。

夏宸長吁了一口氣，收起收下項鍊，揮個手勢，鏢局人馬旋即收束陣形，為任雲歌兩人讓出一條路來。

「我要的東西之一，已經拿到了。」夏宸對任雲歌抱揖致歉，「適才對任公子多有冒犯，還請見諒。正如你所說，我不能殺你，殺了你無助於大局。不過，我還是想和你談談。」

「晚輩正要去赴流雲義兄的約。如果前輩有事相談，何不到了大漠別府再說？」

「當然，我也要去找他。出發吧！」

說罷，夏宸與鏢局人馬踏起一陣煙塵而去。任雲歌與那陪從走在後方，陪從開口嘆道：「任公子，虧得你剛才如此鎮定！」

「其實，我怕死了！」任雲歌吐舌，一臉戲謔地悄聲，「要不是我知道自己不會死在這裡，我還真想轉身就逃！」

「對手可是銀月刀夏宸，公子竟有如此信心能逃得過？」

「哪逃得過？」任雲歌笑答，「我只知道，在夢中，我並非死在刀下。夏宸使的是銀月刀，所以不是他。」

「公子真是有趣，夢境也可以當真？」陪從又問，「那麼，你在夢中是為誰所殺？」

「是一招快劍，」任雲歌稍稍收斂起神色，凝望前方。

「那應該會是我此生看過，最快的一劍。」

＊　＊　＊

同日，大漠邊關，夕陽甫落，在天際和無垠砂海的交界處，留了層疊的橙紅與黃。

流雲家在大漠邊關有一處別府，近日上下忙成一團，只為接待久違的少主流雲飄蹤。當晚，流雲飄蹤倚立矮牆邊，望遠方砂海興嘆：「如此奇景，中原難得一見。」

此時，他背後浮現一道身影，恭敬道：「啟秉少主，據探子回報，太歲昨天就出發了。」

「他出門啦？」流雲飄蹤笑道：「還以為他會再等個一天，看來還是坐不住。」

「您要當心太歲，」那身影貼近流雲飄蹤的耳邊，「他是臨光老祖提拔，凌雲雁樓主一手栽培的情報頭子，而且和少主看來並不對盤。倘若有一天……」

「咱們暫時毋須擔心太歲，真要說的話，先管好你的手下吧，米亞！」

被喚做米亞的男子問道：「少主所指何事？」

「五天前，你是不是透過『百輪轉』，從湛盧老爺子那邊要了一批兵器？」

「少主，」米亞伸出雙手，抱拳一揖致歉道：「屬下唐突，未經您的同意，便私下派人

叨擾湛盧老前輩。可當今江湖局勢紛亂，不得不未雨綢謬。」

「是嗎？那可辛苦了。」流雲飄蹤笑了一笑，忽又話風一凜，「不過，你也太不小心。」

「少主此話何解？」

「正因時局紛亂，人也好、武功心法和兵器也好，流向都要格外注意，切莫資敵而不自知。」流雲飄蹤冷問，「你可知那批兵器，最後流到誰的手中？」

「誰？」

「不管你是真不知情，還是裝蒜？米亞，你該明白，我的敵人是誰？」流雲飄蹤又問，「說起來，『百輪轉』一眾行事，惟你是從，若非經過你的授意，這兩個月下來，又怎會任由上百支弓箭和利器，甚至連流雲府私藏的數部上等祕笈，盡皆流入『罪淵閣』？」

「少主，」米亞受此質問，面不改色，反勸流雲飄蹤，「罪淵一眾，特別是當今主事的独孤客，是畢生難得一見的英雄，他們受世人誤解太深，抑鬱不得志。和雲樓、無心門這些虛偽做作的世俗凡夫相比，咱們更應該和罪淵閣聯手，屆時一掃江湖諸雄，亦非遙不可及。」

「聲勢終有衰微的一天、地位亦將有他人取代。」流雲飄蹤勸道，「米亞，你的才具不同於他人，因此更要多花些心思去想，什麼才是生存在江湖最重要的事？」

說到這，流雲飄蹤語氣一凜，轉而警告道：「還有，我知道你一向和独孤客走得很近。但他不是你能對付的人物，從前不是，現在更不是。已經流出的軍資，我會另外派人設法追回來。而我得提醒你，傲天對於此事很不滿，我好說歹說，才幫你掩飾過去。」

「少主毋須對傲天如此忌憚，」米亞道，「那廝妄稱『命運聖門』聖主，不過區區一介無謀莽夫，論其修為、智略，絕非少主對手。而他卻屢屢出言不遜，得罪江湖諸雄，甚至連少主都不放在眼裡……」

「我不聽離間的讒言。」流雲飄蹤打斷米亞的話，「你該知道，『霜月三妖』和我的交情，非比一般。」

「少主心胸寬大，可是您難道忘了？若非當年傲天莽撞，重傷了您，您當今的武功修為，絕對遠高於此。」

「我記性好得很，」流雲飄蹤斷然道，「好了，話就說到此。你在外頭辦自己的事，我無所謂，自己多注意點，別觸到我的忌諱就是。」

米亞不再多說，行禮而退。流雲飄蹤一人倚著橫欄，凝望大漠的砂黃春色。恰巧天邊起了一陣風，吹開遠方的沙丘。

流雲飄蹤凝神半晌，忽然笑道：「出來吧！我早聽到你的聲音。」

少年貓神怯怯地從門口跨出半步，尷尬地笑笑，稟報流雲飄蹤道：「老大，任公子他們

到大廳了。」

「他們？」流雲飄蹤轉身問道：「還有誰跟他在一起？」

「疾風鏢局的總鏢頭，還有好幾個護鏢師傅。」

「哈哈，該來的，果然總是要來。誰肅客迎接？」

「老管家正招待他們喝茶吃果。」

「好！吩咐下去，今晚烤兩頭全羊，開六甕『大漠孤魂』，好好款待，使賓至如歸。」

流雲飄蹤領著貓神前往招待貴客的大廳前，又隨口問了一句：「你呆在那兒多久了？」

「一，一刻鐘。」

貓神本充出一副神氣樣，聽到這問題，忽地氣餒下來，垂著頭，抬起眼睛，一副做錯事被發現的模樣。

流雲飄蹤又問道：「那麼，你聽得一清二楚了？」

「對。」

「他離開時，也發現你了？」

「對。」

「他對你說了甚麼嗎？」

貓神不再答話，他的神色很明顯地，是不敢再答話了。

「我不逼你。」流雲飄蹤氣定神閒，淡然接話道，「他對你的態度，我都看在眼裡。只要你記得，我的原則是什麼？誰是我的敵人？這樣就好，明白嗎？」

「明白。」

「好。附帶一問，純粹好奇，」發問前，流雲飄蹤忽然噗笑了一聲，「他允諾你什麼職位？還是什麼好處？」

貓神猶豫半晌，虛聲細氣、吞吞吐吐的據實以答：「他說如果我投靠他這邊，將來就有一個什麼王朝執金吾的官兒的。」

「執金吾？哈哈哈！」流雲飄蹤乾笑一陣，「真是，一同以往的小家子氣！」

「老大，」

貓神剛開了口，卻又閉了起來，硬是把話吞了回去。這引起了流雲飄蹤的好奇心。

「怎麼了？有話直問。」

「老大，最近好像不太安寧。」貓神緩緩道出他心裡的困惑，「這幾天，我看大家開口閉口都在講什麼血案。又來了好多人做客，表面做客，私下到處刺探事情。雲樓派了使者過來，疾風鏢局也是，還有朝廷……」

流雲飄蹤聽到朝廷兩字，話鋒一銳：「幫會還是其次，你怎麼知道朝廷派人來過？」

「他，他也來問過我，嚇唬我說他是什麼欽差還是四大密探、什麼狐狸啥的。」貓神結

巴道，「我就很老實的說啦，說我什麼都不知道。他本來還不死心，想要闖進東廂房那兒去看個究竟。」

「那你給誰進去了？」流雲飄蹤喝問。

「誰也沒進去過啊！」貓神神色慌亂，連忙辨明，「想闖進去的，都給我死活拖住了，誰也沒進去過哦！」

「好，記住，沒有我允許，誰也不准進東廂房，特別是那第三個房間。」

「知道了。」貓神又問，「可是老大，那個？」

「我知道你想問什麼，」不等貓神問完，流雲飄蹤便先答道，「時機到了，我自會讓你知道，東廂房裡究竟藏了什麼。『好奇心害死九命貓』，不該是你現在要知道的事，你就別瞎猜，觸到了我的忌諱，誰也救不了你。」

「知道。」

貓神垂頭喪氣，再不發一語。流雲飄蹤見狀，也不忍心再板起一張臉，於是笑笑著抓弄貓神一頭刺短柔軟的黑髮，領著他去大堂應酬一干賓客。

＊　＊　＊

入夜後的上城，一片寂靜，只有「琉璃堂」依舊一如往常的燈火通明。

今晚的琉璃堂主人，沐琉華，招呼著一位常客。只見這位常客赤著一雙天足晃著，一屁

股坐在成疊淩亂不一書堆間，像是狗兒舒服地盤躺在安樂窩中，邊攤開一捲軸書，邊哼著鄉野的歌兒。若不細瞧，恐怕是看不出眼前這個咨意隨性的野丫頭，竟然是那鬧靜閑隱的萍蓮居士！

「小心點，我的好居士大人。」沐琉華叨念著，「當心妳手上那卷《血小板傳》，外頭如今已找不到了。」

「這麼多書，分一點給我收藏有何不可？」

「錢呢？」沐琉華伸手問道：「親姊妹也要明算帳，何況我們非親非故？」

「別計較那麼多嘛！」涼空翻一個滾，朝沐琉華問道，「我看妳最近心情不好，發生什麼事啦？說來聽聽？」

沐琉華頓了一會，回答：「柳家的人都沒了，我去收拾善後。」

「啊……」涼空聽到這消息，收斂起嘻笑神情，肅坐而問，「那妳發現了什麼？」

「只剩一本糖葫蘆的食譜。」沐琉華搖著一本斑駁的線裝冊子，「這是柳家最後的遺物。妳要的話，就謄一份副本去，好好收著。」

涼空垂目又問：「最後的柳家人，是怎麼死的？」

「那是十幾天前的事，他為了保護我而死。」沐琉華道，「他捨身絆住殺手，讓我得以逃到上城討救援，撿回一命。」

「可是，為什麼妳會被盯上？總不會跟『寒門』有關吧？」

「這個嘛……」

「因為『魚鱗冊』？」

涼空和沐琉華聽到這把陌生又熟悉的聲音，同時轉頭望去，看見葉非墨戴著一副玉白玄彩面具，穿著一襲夜黑袍子，踏進琉璃堂的內室，宛如入無人之境。

「大師晚安，」沐琉華語帶戒慎，問候道：「請問您有何貴幹？」

「我聽說萍蓮居士在此，便來聊個幾句。」葉非墨高高舉手中拎著的一只竹籃，笑道：「七顆上等『秋霜果』，數年方得一穫，可補血、益精氣，今晚咱們切開了吃，邊吃邊聊。」

「聊什麼？」

「就聊大漠血案和疾風鏢局，如何？」

涼空神色一凜，反問道：「聊這個做什麼呢？我們都是局外人。」

「妳敢說自己不曾牽涉其中嗎？」葉非墨笑道，「論當今江湖兩大錢脈，一者是疾風鏢局，另一者，就是妳的『萍水商會』了。疾風鏢局為了運鏢無阻，在中原四處購地蓋分部，目光精準，長久下來，儼然成了江湖第一大地主，而妳，反其道而行，專注經營萍蓮當地，以醒神黑茶為首要大宗商品，五穀雜貨生意無所不包，務求錢貨暢行四方，生意遍及兩江南

北間。妳們兩家可是彼此最大的競爭對手，如今夏宸涉及血案，若受牽連，最大的得利者，正是居士妳啊！妳敢說，自己不曾牽涉其中？」

「我要競爭，也是堂堂正正的競爭！」涼空雙目炯炯，臉有慍色，「大師這指控含沙射影，令人深以為憾。」

「別生氣、別生氣，真要說的話，我等昀泉人也有著利害關係呀！」葉非墨隻手在胸前擺盪，「咱們的汕陵老家，雖說地處邊陲，近年來也受到疾風鏢局的擴展所威脅。如果鏢局在這件案子裡倒了，對昀泉人而言，無疑也是一大解脫。所以，為數不少的江湖人懷疑咱們也參了一腳。甚至還有些聲音說『龍泉、昀泉百年前，南北沆瀣一氣，意欲瓜分中土；今日正好藉著翻案，密謀扳倒江湖中原諸雄，進一步推翻朝廷。』哈哈！什麼瞎說都有！咱們哪來的閒情逸致，為這百年前的一點蒜毛關係，跳出來惹一身血腥事啊？」

「所以，大師您談這些陳年舊事，到底想說什麼？」

「別急，我這就解釋。」葉非墨答道，「到底是誰掀起這場大漠血案，幕後主使仍無人知曉。但是居士，妳和咱們昀泉人一樣，成了操弄此案的首要嫌犯。也怪不得江湖上都這麼想，畢竟我們都和疾風鏢局有利害衝突，對吧？」

說到此，葉非墨轉向沐琉華道：「至於沐家琉璃堂，因為當年『寒門』眼線遍佈四方的關係，不少人懷疑：此案最攸關夏宸生死命運的證據，『魚鱗冊』，正落在沐家手中，因此

沐家後人才成了有心人的首要目標。否則，沐老闆娘的人頭也不至於被懸賞十一萬的高額獎金，而近來的幾個『寒門』後人，也不會為此死於非命，不是嗎？」

見到涼空和沐琉華專注聽著，葉非墨便提議道：「既然咱們都難以從此案脫身，何不就此合作呢？互通情報，進一步揪出幕後主使，一洗嫌疑，當然是最好，否則，退而求其次，先尋自保之道，亦不失為良策。不知兩位意下如何？」

涼空和沐琉華沉吟半晌，默不作聲。是涼空先開口道：「只要不違棄江湖道義規矩，不傷及雲樓樓主，怎麼合作，我都可以談。」

葉非墨報之欣慰一笑，沐琉華啜一口花茶，反問道：「我也可以談，不過我想先知道，那『魚鱗冊』指的是什麼？」

葉非墨笑道：「我自然會告訴妳們。來，切果子。」

＊　＊　＊

今晚的流雲大漠別府，歡騰了好些時辰。約莫三更天時，晚風撫月，忙了一整天的雜役們，在西廂房尾的大通鋪，一個個沉沉入睡。此時，有個小小身影悄悄爬起，鑽出通鋪，不曾驚動任何人。他輕盈地遁出西廂房，在銀色月光下，漫步中庭走廊間，像隻貓兒般的，不發出一點聲響。

這少年白天是貓神，現在則是「神貓」。在投靠流雲兵府的這段日子，他已習慣入睡一

個半時辰後便起床，趁夜半四下無人，藉著月色，鍛鍊流雲飄蹤所傳授的內功和步法。

這時，他注意到東廂房的某一房間，竟隱約透出了些微燈火。神貓大為疑惑：為何流雲老大再三警告，不可靠近的別府東廂房，這時候竟然有人在裡頭？他偷偷摸摸接近透出燈火的窗子，正想一窺究竟，卻被一道極為耳熟的聲音叫住：

「你在這兒幹嘛？」

神貓一驚，慌忙間，驀地轉身一揖到地。

流雲飄蹤一身雪白輕衫，一手提酒壺，一手托杯盤，神色自在，不若傍晚訓誡貓神時那般嚴肅。他仔細端詳神貓，又問：「你現在是，唔？神貓？」

「我現在正是神貓。」神貓反問道：「老大這麼晚不睡，在這做啥呢？」

流雲飄蹤躊躇了一會，輕聲慨然道：「還睡不著的話，不如你也進來坐吧！」

「我？東廂房？」神貓吃了一驚，表情猶疑不定，「這樣子好嗎？」

「今晚之前，我要求你們不許接近；現在已經沒關係了。」流雲飄蹤笑道，「你的內功練得不錯了，今晚好好休息。睡不著的話，就陪我們坐一會。今晚不談機密，聽聽無妨。」

神貓順從地點頭，跟隨流雲飄蹤步入東廂房。這裡並沒有神貓原先幻想的什麼密道或機關，也沒藏匿任何財寶、神劍、或是祕笈。事實上，這房間極其空曠，刷上四面潔白牆壁，打掃得還算乾淨，擺兩張石矮几、四張石椅子，以及一張烏石高檯，檯上供奉一只牌位。

房間裡已有兩位客人。任雲歌背對眾人，佇立牌位前，神貓看不見他臉上的表情是笑、是怒、還是悲？夏宸雙手抱在胸前，端坐椅子上闔目養神。流雲飄蹤坐到夏宸身旁，為他斟一杯葡萄酒，並自己先舉杯敬之。

「那是你的親生父母，和你的族人們。當年，你們的家就在這東廂房的位置。」流雲飄蹤手指牌位，望著任雲歌的背影，輕輕問道：「雲歌，你可會恨我？」

「義兄，我早忘了。」

任雲歌轉過身來，臉上帶著微笑。他坐在流雲飄蹤對面，問道：「義兄，你答應的，今晚可會知無不言？」

「盡我所記得的，知無不言，言無不盡。」

流雲飄蹤垂下他濕亮的雙眼，道：

「這是我的贖罪。」

白倆（上）

江湖人盡知，任雲歌並非土生土長的中原人，他出生關外，混有關外民族的血統。他在兩歲時，為流雲府收養為「螟蛉子」。然而他兩歲前的故事，尋遍中原，只剩一人最為知曉。

＊　＊　＊

任雲歌的生父來自中原，是位行腳醫，旅行至大漠邊關外的某個部落，娶了個該族女子為妻，住了下來。不久，他的妻子便生下了任雲歌。

任雲歌出生時體弱多病，湯藥從不間斷。周歲時，他起了一身斑紅疹子，高燒不降，神色恍惚，藥石罔效，眼看性命垂危。任父救子心切，要了匹大漠快馬，急馳將軍城調配方子，喊開城門出關時，已是夜半。

任父顧不得關外天黑路險，單手持一火炬，披星奔馳夜路，行至半途，忽然被一名神祕的蒙面人給叫住。

「嘿！醫生！」

任父不欲搭理這莫名的危險人物，快馬再加鞭，心想就這麼衝過去，沒想到這人物的身

手卻十分了得，一伸手，便抓得任父，踱下馬匹。任父吃了一驚，只感到一陣天旋地轉，那神祕人竟徒然單靠隻手，便攙扶住他，使不至於摔倒在地。

他迅速拍了拍任父身上的砂塵，又道：「醫生，我知道你的本事。這死人就拜託你。」

任父發覺此人身旁有副石棺，棺裡躺著一年輕男子，說那是死人，但見他雙眼微闔，鼻頭嘴角，尚存著絲微餘氣；說那是活人，但見他動也不動，渾身上下有無數大小傷口，特別是那條從右臂蔓延到左胸的大塊血漬，一望即知傷勢之重，跟死人也沒什麼兩樣。

那神祕人道：「這是意外，我沒打算殺他，也不想讓他死，但憑我的力量救不活他。你有這個本事。」說完，他便一個縱身，躍入漆黑夜空，再不見蹤影。

任父亟欲甩掉眼前這個半死不活的包袱，但終究放不下這瀕死的傷患。他只得無奈長嘆一聲，重新點燃火炬，打開藥包，為傷者的患部上一層藥，簡單處置後，便用馬匹拖著沉重石棺，回他住的關外部落。

馬蹄步緩，任父的心卻急得像閃爍不停的火花跳動，甫到帳外，妻子倏地掀開幕簾，他一見狀，以為來了噩耗，驚得快跌下馬來，渾身顫抖如沉進雪海冰冷的湖水中。

「孩子的爹，他、他沒事了！」

任母再承受不住心裡的壓力，緊抱住她的夫君，嚎啕大哭。

＊＊＊

若說巧合，那真是巧的離奇。自從任父帶那傷患回到部落開始，任雲歌的身體就一天天好了起來，可以搖頭晃腦地學著步伐，和其他年齡相近的孩子一起玩耍，半年後，他已結交不少朋友，一同笑鬧著追趕初長成的羔羊，逡繞部落的牧場賽跑。

至於那石棺中的傷者，在任父連日的悉心醫治下，恢復了神智，然而他依舊口不能說，身不能行，且貌似喪失了他的記憶。前三個月，部落的族人們見他終日枯坐在帳篷前，用一雙無神眼睛呆望著遠方。部落的人背地裡，總暗叫他一聲「白倆」，亦即關外通語：「災厄」。

關外部落，普遍對中原人懷有敵意，是故上至族長，下至看羊的牧童，無不以憎惡的眼光看待「白倆」。惟有任雲歌的雙親，始終相信他是挽救愛子命運的福星，力排部落眾意，將「白倆」留在家中照顧。於是族人們看在任父的醫術，不得不勉強接受「白倆」。

日子久了，「白倆」逐漸能行動，臉上表情也多了，他對稚幼的任雲歌，總是報以溫暖的笑容。任雲歌一開始對「白倆」敬而遠之，漸漸的，他會與白倆分享同一塊粟米煎餅，把他心愛的天馬布娃娃托給白倆守護；玩累了，他會靠在白倆的身邊，對他牙牙說話，像是把他當成了摯友般地，傾訴一天的遭遇。

「白倆」口不能言，但顯然是聽得見的。面對任家人溫暖的情誼、或部落住民敵意的耳

語，他盡皆報以微笑。任父來自中原，遂將「白倆」視若同鄉，找到時機就拉住他，用懷念的中原語來攀談。

「看來，你是個江湖中人。你可知當今江湖局勢？」一天，任父用中原語，與他閒聊道：「去年，独孤客現身霜嶽頂巔，行刺皇上未果，事後朝廷論功行賞，以『雲曦迴雁樓』和『無心門』護駕最力，封賞也最為光榮。然而大家都以為，經此事後，這兩大幫會理應走得更近，相互應合，齊心維持江湖和平才是。我卻看到，它們隔閡日深，內鬥勢在必然。」

「我雖師承歸燕谷的醫術，但志在救人，江湖上的殺戮糾葛，能避則避。我於是乎選擇關外，想說討個好老婆，生個孩子，在此行醫，快活終老。可惜，事與願違，我越是想避開江湖，江湖似乎就越是找上我。」

任父繼續自語道：「當今江湖，檯面下是兩大幫在暗裡搞合縱連橫，為終有一天將爆發的幫會大戰做足準備；檯面上呢，則是四方異族、各宗各教百花齊鳴，美其名是百花齊鳴，實際上呢，是不亞於亂世的製造紛亂、爭奪人心。朝廷上，仍由儒、釋、道三家，輪番把持政局。在野間呢，有盛行數十年之久的『命運聖教』，和來自北兇境、竄起甚快的『傲寒神教』相互抗衡。」

「像那傲寒神教的教主夫婦，『劍奇白龍海』和漣漪女俠，他們的確是一雙很登對、慈愛互敬的奇俠佳侶，廣交江湖各幫各派的奇人能士，收為養子義女。江湖中人一聽到『龍

家』的名啊，莫不稱羨！但暗地裡，龍家夫婦倆也殺了很多異教分子。就我所知，像是有位和內人同宗的關外豪族，叫啥阿扁巴巴的怪名字來著？還有一位來自東瀛的『絕世豔姬』，據傳都死在白龍海大俠手中。雖說是為了宣教、捍衛教義什麼的，但這檔事終究和他們所主張的傳愛宗旨，大相逕庭。」

「不過在我來到關外後才知道，中原雖紛亂如此，尚可稱做和平，關外呢？那可是明著屠殺的腥風血雨了。一切的癥結，都源於人心的貪。」

任父遙指遠在大漠另一端天際的高聳山峰，在無垠黃砂間格外傲然。他向安靜的「白倆」解釋道：「那是『龍虎山』，也是關外各部落心目中的『聖山』。各部落信奉的神靈不一，但有個一致的說法，就是這群神靈最後均隱居『聖山』中。所以這些部落彼此間或有矛盾揪葛，但他們都可以為了捍衛『聖山』而死。偏偏，這關外的淨土，給咱中原人染指了。」

「約莫是二十年前吧？以蘇家觀為首的一批道家人，在朝廷失了勢，轉而隱遁到龍虎山，這幾年來，儼然成了一面之王。他們與朝廷遙相為合，想打通龍虎山一帶的御用驛道，將中原版土擴張到大漠南北。可想而知，這關外各部落，怎會善罷干休？以往，關外和中原常有交易糾紛，小爭小鬥不斷，咱中原人仗著帝都強大的禁衛軍捍守南疆，這才鎮得住關外各族。但現在呢，將軍城裡主事的新太守，不知是從哪兒竄起的一個將軍，據傳他貪求戰

功，不惜捏造事端，屢次揮軍關外。第一群遭殃的，就是武都附近的部落們，然後，塞墨一帶的住民也被殺盡。被屠盡的部落，全都給冠上了『匪窟』、『罪民』的惡名，連一點尊嚴也保留不得！咱這裡呢，多虧了族長還算明智，和將軍城、聖山道觀都保持著好關係，才得以保全至今。可是從這些日子的情況看來，似乎也……」

任父滔滔說了一大串後，發覺「白倆」神情有異。他一反往常示以外人的慵懶雙眼，反而雙目炯炯，像是逡巡空中的獵鷹。任父見氣氛有異，亦不自覺停了下來。

「白倆」倏地起身，往遠方的小丘奔去。任父一路辛苦地追著，到了丘頂，但見四周黃砂滾滾，雜以枯草錯落叢生，除此以外，看不到任何人的蹤跡。

「沒人呀？」

任父滿腹困惑，招呼著「白倆」下山回家去。他們離開後，從山下的砂丘裡，冒出一個矮小醜陋的身影，任頭頂黃沙傾瀉而下，雙目直視白倆的背影不放。

＊　＊　＊

「史冊上的大事，絕無突然發生的道理，凡近果必有其遠因，萌發於初始無形間。」

將軍城的蘇家酒樓，樓高三層，表面上是酒家，實際上則是「雲曦迴雁樓」的分會所在。某夜亥時，三更將至，城內城外一片幽暗，惟獨酒家三樓燈火猶明。燭盞之間，但見雲樓樓主凌雲雁，跨坐石椅，手持書卷，忽發自肺腑地感慨一番。

此刻三樓另有一貴客，正是疾風鏢局的總鏢頭，夏宸。在當時，江湖才剛安然渡過了「五絕案」和「霜嶽案」兩大風波，疾風鏢局雖然並未牽涉其中，然而也趁著兩案過後，朝廷重新正視江湖諸幫時，致力於擴展鏢局業務，儼然成了幫會以外的江湖一大新勢力。夏宸聽到凌雲雁的慨歎，不免要問個明白：「雲樓樓主，您所指的是什麼？」

「很多事，一言難盡。」凌雲雁答道，「遠的，是這江湖的未來；近的，是總鏢頭您將參與之事。」

「我知道你想說什麼。」夏宸回道，「這回將軍城太守出兵關外，鏢局只是順帶助陣，不過老實說，心知刀下要殺的，都是無辜的普通老實人，即便他們是關外人，我心裡的確也是不舒服。」

「那又何必牽涉在內？」凌雲雁勸說，「雖然雲樓與鏢局，素無瓜葛，但身為江湖同輩，雲雁為總鏢頭此舉所沾染的無端罪過，深感不值。」

「樓主有這份心思就夠了，」夏宸一笑，回抱一揖謝道，「有句話說『人在江湖，身不由己』，你我都很清楚，朝廷進軍關外，是勢在必行，殺戮，亦在所難免。今日我不屠，他日亦有他人將之屠戮殆盡。往好處想，若是鏢局得藉此一戰，將勢力擴展到大漠邊關外，起碼我們接地氣的鏢頭們，會比那些在上位者，更懂得怎麼和關外人長久相處。」

「但願，一切盡如總鏢頭您所盤算，」凌雲雁放下書卷，又道，「今日主事的將軍城太

守，連雲雁也摸不著他的來歷，僅知其為人殘酷狡詐，不下独孤客。這回鏢局與他合作，務必當心。得功還在其次，切莫招罪上身。」

「這當然，我一定記住你的話。」

說罷，兩人舉杯互敬。酒後，凌雲雁又嘆：「中原與關外異民族間，何以獨有相互毀滅這條路可走呢？如我雲樓『白玉虎狸』，以和平特使之名馳騁中原，得保其部落族人長居久安，難道不是另一種更好的選擇？」

「樓主說的有理，可惜兩者不能相提並論，」夏宸亦嘆道：「別忘了，曲無異姑娘來自雪山部落，憑恃天險，朝廷無從進軍，再加上當地有兩位江湖高士：雪海雀道人、夢仙觀宗主，兩位都通曉當地民風，這才能與山住民們和平共處，相安無事。這和大漠關外的狀況，是不能相比的。」

「夏宸兄所言甚是。」凌雲雁又問：「不過話說回來，古書云『師出有名』，不知這回將軍城密謀出征，打的是什麼名義？」

「好像是指控那關外部落，擄人勒贖，要救出身陷其中的江湖要人啥的。」夏宸聳一聳肩，「我也沒仔細聽，管它呢？就像樓主您一開始說的，凡是結果必有遠因，這太守老早就想出兵了，什麼救人，都只是藉口。」

凌雲雁深以為然，一嘆置之。待左右幫眾送貴客離開酒樓後，凌雲雁獨飲燈火下，沉吟

間，忽又開口問道：「事情查得如何？」

燭光未及的暗角，傳出太歲低啞嗓音道：「差不多了。」

凌雲雁向外攤開右手掌心，以為太歲會像以往一樣遞上「暗部」報告，豈料太歲動也不動，凌雲雁一時困惑，睨眼追問：「東西呢？」

「此刻不宜呈上報告，」太歲身形如鬼魅般，滑到凌雲雁的耳邊，低喃道：「關於將軍的底細，屬下已掌握十之八九。但，為了雲樓的安危，現在還不宜說破。」

凌雲雁心中的困惑溢於言表，但他選擇相信太歲，「喔」的一聲，點頭收手，就這麼把事情給帶過了。

「屬下順帶查到一件事。」

太歲用更低沉不可辨識的語調，在凌雲雁身邊耳語數句，凌雲雁聽了，露出難以置信的表情：「不會吧？」

「不可信其無，」太歲答道，「當下一時間，屬下也以為自己看錯了，但憑屬下遠遠所見的那容貌儀止，不無可能。」

凌雲雁頓時手足無措，起身徘徊屋內數巡，又問：「老祖可知道了？」

「還不知道。」

「好吧，先別告訴他。如果這是真的，屆時夏宸那兒一定會有消息。」

是時，夏宸離開酒樓，披著一肩璀亮星光，信步將軍城下，在護城河邊，他遇見了臨光，臨光獨坐河畔，凝望閉關的高聳城門。

夏宸向前一揖，問候道：「想不到臨光老祖也一起來了。」

「嗯。」

臨光若有所思，心不在焉地應了一聲。忽地，他似乎想起了什麼，問夏宸道：「聽說，鏢局三天後，將和太守聯軍出戰關外？」

「是的。」

「幫我打聽一下消息，」臨光語帶哽咽求道，「你知道我說的是誰，我隨樓主來此，就為這一件事。」

「這？」夏宸面帶為難的神色，勸道：「都過一年了，老祖何苦還放不下？」

「他不會就這樣死的！我就是知道！」

「可是，連屍體都入殮了。」

「那都是假的！」臨光信誓旦旦，「我騎過他的肩膀不下數百回，怎麼認不出他的模樣？為了息事，我才選擇靜默，可我知道他還沒死！」

「老祖您可想想：當年他負重傷逃來將軍城，又遇上夜襲。就算我們不能憑一句傳言就定論生死，憑他當下的傷勢，又怎能熬過這整整一年？」

「我不管！」臨光脫口而出，「只要知道有誰救出了他，要我認那人做師傅也行！」

「老祖這話可說的過頭了，」夏宸不禁失笑，「好了，我夏宸身為後生晚輩，當然會幫大前輩這個忙，但是，懇請老祖切莫過度期盼，我不敢保證會有好消息。」

＊　＊　＊

翌日午後，任雲歌的生父給部落的長老給喚了過去。長老面帶肅容，以部落語問任父：「醫生，『白倆』還住在你家？」

「是的。」

「這裡不能再留他了。」

「長老？」任父詫異問道，「這是為什麼？」

「中原人的使者才剛離開，」長老沉聲答道：「他們誣賴我們，說我們綁架了中原人，想要勒取贖金，如果我們不放人，三天後就要出兵救人，滅掉部落。」

任父驚恐無言，長老繼續說：「這裡的中原人，就剩你和『白倆』，我們族人們都很敬重你，歡迎你住在這裡。但是『白倆』，我們不能留他，他會給中原人留下把柄，我們一定要趕走他。」

「他住在這裡已經一年了，是我們家族的一分子！」任父憤慨不已，「他目前的傷勢還沒完全痊癒，不可能獨自存活大漠，現在把他趕走等於害死他啊！難道我們就不能帶著他去

將軍城，找太守解釋一切？」

「我們不能帶『白倆』去將軍城，那等於坐實了中原人的誣賴。我們別無選擇，只能把他趕進大漠。」

「我們絕不會趕他走！而且，他也不叫『白倆』，雖然他沒告訴我他真正的名字。」

「他就是『白倆』，」長老臉色鐵青，換上一副再無商量餘地的神情，「我們全族人都尊重你，所以才忍受他這麼久，但，對我們全族而言，他就是個『白倆』。這件事已經過其他族人一致決定，醫生，我們一定得趕他走。」

「我們不會趕他走，」任父憤然起身，「要走，也是我們全家一起走！」

白倆（下）

當任雲歌的生父給部落長老喚去後，留下任母、「白倆」，和年幼的雲歌在家。此時來了一群年輕訪客，來意不善。任母遠遠的見了，便吩咐「白倆」領著小雲歌去遠處的牧草小丘玩耍。

訪客都是部落族人，由一個壯丁為首，是主持部落會議的副長老，陪同著副長老的，還有好幾個手持矛戈的精壯護衛。

白倆不曾帶著小雲歌去牧草小丘，相反的，他們悄悄繞道訪客身後，躲在下風處的芒草棚架，聽任母和訪客們用部落語交談，起初兩方聲調尚且和緩，而後越說越激烈，任母甚至一時憤起，手持長鏟叉，直指眾訪客亢聲怒責，幾個護衛見狀也舉起手上矛戈，一時氣氛極為緊張！最後是副長老張開雙臂擋住兩方，遙指長老的帳篷，草草留下幾句話，雙方就此不歡而別。

白倆聽不懂部落語，但他聽得明白。

黃昏時分，任父返家，將長老的訊息轉達他的家人們。他們夫婦做了一個決定，而且當下就要做。

行程匆促，任家人當晚草草收拾食物飲水，確保一家四口能在大漠渡過起碼三、四天。白倆抱著雲歌，無神地坐看任父徘徊屋內打包行李，還須不時停下來安撫啜泣不已的任母。

「清晨雞鳴前，我們就離開這裡。」

是夜，任母哄著小雲歌一同入睡後，任父稍停歇一會，斟兩碗水，一碗遞給白倆，自己乾了另一碗，又道：「我不怪他們。自古關外人對中原的敵意，其來有自，咱們只得概括承受。只是委屈了雲歌的娘，她大可選擇留在部落裡頭，卻為了我，唉！」

任父盯著空碗，千頭萬緒一時湧上，遂不得眠，拉著白倆，閒聊他往昔在關內的時光。

「我臨湘出身，是那拳劍世家流雲府的同鄉，喝同一條湘河水。我尚未及冠，便給家人送到霧都古城，當年可是那天下五絕之首，上官風雅，力抗江湖諸惡，揚名三都：霧都、水都、帝都之際。家人指望我在霧都闖出個名堂，可我啊，逃到了霧都旁的歸燕谷，就這麼稀哩呼嚕的學了些皮毛，下山行腳，在鄉親的眼中也算是混得不錯的一個人。是啊，如果就這麼行醫中原四處，算也是挺有出息。可就在這時，讓我遇上了雲歌的娘，來到了大漠關外，」

任父凝視著妻兒的臉龐，又嘆道：「在關外待了這麼多年，老婆娶了，兒子也生了，可對他們而言，我們終究是外人。」

一夜下來，白倆未曾露出困倦的神色，就這麼靜靜的聽著任父訴吐，不知不覺，月亮已

行過半空，就要西沉入砂海邊緣。

「奇怪？這時候該聽到雞鳴了？」

任父掀開帳門，凝望門外漫天星斗，自喃道：「似乎太安靜了點？」

此時，白倆忽地站起，貌似察覺了什麼。任父頓悟到哪兒不對勁，心頭一驚：是看羊的狗兒被某些人殺了，而動機只有一個！

任父亢聲高喊：「土匪偷襲！」

喊聲未歇，殺伐頓起！先是成串的咻咻響聲，一簾光幔張起夜空中，竟是來自四面的鋪天火箭雨！火箭紛紛搭搭落在帳蓬上，隨即燒了起來。火光中，但見部落族人驚惶奔出，多半還不及檢點自身武器裝備，便迎面遇上兵分八路、自四面襲來的敵軍！敵軍各個身穿夜行衣，口銜束草、手持兵刃，凡遇見非同樣裝扮者，二話不說，就是一刀兩段！顯然這群夜襲者絕非一般土匪游勇，若非身經百戰，便是訓練有素，得以在此刻展現如此有效率的殘酷。

任父驚惶間，見到其生活已久的部落，如今成了黎明前的一片血池火海。他瞪大的雙眼被熊熊火光照得近乎瞎了，雙手憑空摸索黑暗，張目竟貌似不見眼前慘象，只聽得到此起彼落的哀嚎聲，當中還夾雜了羊群和狗兒的嘶叫，甚至有嬰兒孩童的哭聲。

任父身旁的一聲尖叫將他喚回現實，那是手持長叉的任母，準備衝出帳篷與族人共生死。任父費了好一番勁壓制幾近發狂的任母，按住她雙肩，沉聲喝問：「我們一起上！可是

雲歌怎辦？」

任母怔怔地望著她的夫君，晶亮的雙淚眼中滿是悲淒的絕望。

他們夫婦倆回頭望了帳篷裡的雲歌最後一眼。

任父對白倆苦笑著，懇求道：「對不起，朋友一場，小雲歌暫且拜託你照顧。」

白倆緊抿住唇，點了點頭。待他目送任家夫婦離開後，便轉身回帳篷裡，摸黑到熟睡的小雲歌身邊，雙臂環抱著孩子。

他找了條布巾將孩子緊縛在懷間，又罩了一件斗篷護身，並信手抓一只鼓滿水囊繫在腰間。此時，一團火燒在帳篷頂，火勢隨即蔓延開來，就在幾聲爆響後，帳篷燒塌了，而白倆趁隙帶著小雲歌逃了出來。

說巧不巧，白倆甫一衝出火場，迎面便遇上敵軍，見白倆遍體燒傷，又一副重傷未癒的病容，且懷中尚有要保護的孩子，遂有恃無恐，擺出包圍陣。待成陣形，眾人齊聲一喝，舉起槍戈便刺向白倆。想不到白倆竟隨一聲「叱」！猛然跳起，踩著銀晃晃的槍尖躍上半空。白倆在空中作凌波微步，落地時踉蹌數步，抱著小雲歌，往大漠的方向逃去。

這一大一小的逃難者，在火紅夜色中極其顯眼，吸引到不少追殺上去的人馬，在大漠邊緣將白倆和小雲歌再次包圍，當中一個為首者，身騎五花駿馬，抽劍直指白倆笑道：「想逃？沒那麼簡單！」

「慢著！」

一道穿破天際的震撼怒吼，正是夏宸！他帶了一批疾風鏢局人馬，匆匆趕上官兵。夏宸沉聲一喝，一個飛躍，身如破風獵鷹般劃過半空，颯然落在白倆和小雲歌身邊，以刀護人，喝道：「劍下留人！此人明顯是中原人氏，為何還要為難他？」

「鏢大爺，這是朝廷公事，切勿插手。」

說罷，官兵們非但不罷干戈，反而更加縮緊了陣形，其他鏢局人馬亦紛紛憤而抽刀，而那為首將官竟無懼腹背受敵，又笑道：「諸位江湖弟兄，夏總鏢頭可是涉嫌包庇重大逃犯，如今被我等圍困。難道你們還想多生事端？」

夏宸和鏢局弟兄，就好比被這輕描寫意的一句話給緊縛住手腳，陷入動彈不得的窘境。那將官更是從馬上俯視夏宸道：「只要您回我一句話，不，一個字就好，我可以開條路讓您離開。奉勸鏢大爺您等且迴避，眼不見為淨就好，別為了一時意氣，折損了將軍的功績。」

「折損的功績，用你們的命來換，剛好。」

官兵們和夏宸倏地轉頭，目光齊望向那發話的聲音。聲音來自一個神祕的人影，身披漆黑斗篷，蒙起面孔，露兩顆赤紅黑瞳。夏宸認出了那身影，卻又不敢說破。

為首將官冷問蒙面人：「就憑你？」

「我的劍法不精，」蒙面人沉穩道：「但，要殺你們，足矣。」

說完，男子劍指官兵，劍尖頓時起了數縷異常黑煙，而官兵們身上也莫名竄起黑色火花，短暫慘叫聲間，泰半官兵瞬間燃成一團團黑色火球倒下。但那將官竟即刻一深吐長納，大喝一聲，逼散了身上的黑焰，惡狠狠道：「西夷殺人奇術！」隨即率領殘存將士們切換陣形，逼向蒙面人！

未料，天邊忽然飛來一條銀亮的鎖鏈，舞得虎虎作響，如一道水流劃過兵陣上空，頓時打的官兵們腦崩漿噴，紅的灰的白的飛散一地。而打出那條鎖鏈的，正是雲樓「白玉虎狸」，曲無異！

將官見部隊吃了這一記側襲，神情一驚，而此時又一陣白光劃過，他跨下的馬兒忽地嘶鳴一跪，就這麼自背脊到馬腹，活生生給一招剖成前後兩段！兩段馬屍噴了一地的內臟和血，眾人見狀盡皆凜然，惟夏宸泰然道：「疾風，多虧你來解圍！」

那將官反應快了一步，及早跳離馬背，避開殺招，騰躍半空中，豈料曲無異望之一笑，一個轉手，順勢將鎖鏈打向將官，正中下體！將官臉色一陣青白，蹙眉一聲悶哼，貌似傾盡所有力量，擲下手中長戈，如此不巧，長戈貫穿曲無異的左腿，痛的她頹然倒地，使力嘶喊道：「五芒，趁現在！」

神祕的蒙面人聞言而舉劍一揮，那將官再不能以真氣護身，就這麼在半空中化作一團黑焰。見官兵俱亡，威脅盡除，蒙面人便卸下面具，正是雲樓右使，西夷奇人五芒星。

「可惡，這傷，」曲無異吃力道，「大概一年半載，好不了了。」

「我找人護送妳回臨湘養傷。」五芒星俯身查看曲無異的傷勢，又抬頭環望四周焦屍，「不過，事情鬧大了，挺麻煩。」

「麻煩歸麻煩，倒也不是什麼大問題。」夏宸抱拳答謝兩人後，吩咐前來助陣的神疾風和手下鏢師道，「把屍體的衣服除下，頭割下來，就當作『戰功』吧！反正屍體都燒了，身分也無從辨識。」

交待完，夏宸轉而慰問白倆的傷勢，他凝視白倆，神情是驚疑交織，欲言又止，迂迴一問：「壯士，我似乎在哪見過你？」

白倆則是一臉茫然，時而又蹙眉苦思，貌似嘗試著想起某些重要的，遺忘已久的往事。

夏宸亦不逼迫，借了一套鏢師的裝束給白倆換上，又指著他懷中的小任雲歌問：「壯士，你可打算回戰場去尋找這孩子家人的遺物？」

白倆點了點頭，就這麼混入鏢局的隊伍，回到戰場的這一路上，未曾再被任何人察覺。

當天邊露出了一抹橘紅，戰場殺聲終歇。微曦晨光可照清這群夜襲部落，盡殺無辜的惡徒，身上穿的竟是帝都禁衛軍的夜行兵裝！禁衛軍將士鳴金收刀，三三兩兩分成數支小隊，四散翻找可充戰功的人頭或戰利品然而遍地焦黑，分辨不清腳下踩著的是男或女、老或幼，於是乎，凡是看到頭顱尚稱完整的，他們就割下來，或插在長戈上成一串，或信手拋到推車上，

堆的山高。

白倆身上仍緊縛著小任雲歌，不敢鬆開，四處環望這不堪的戰場。過了好一會，稍一俯首，才發覺身上的孩子已清醒許多時間，睜著惶恐的雙眼和他對望，一丁點聲音也沒有。

白倆感覺到小雲歌將小小的額頭貼在他胸前，嘴裡含糊不清的嘟囔著：「阿爹，阿娘？」

說著，孩子便哭了起來，他從沒在白倆面前哭過，這哭聲，似乎喚醒了白倆某些事。

白倆輕輕抱住眼前心碎的兩歲孩子，安慰他道：「別怕，還有我在。」

眾人在側，包括夏宸在內，全聽的清清楚楚：「白倆」說的是標準中原話，而且是字正腔準的湘河口音。

流雲氏一族的鄉音。

夏宸長吁了一口氣，又一次向「白倆」抱拳行禮道：「看來，你想起自己是誰了。」

「對。」

白倆撐著傷軀，勉強對夏宸回禮。

「晚輩流雲飄蹤，向夏總鏢頭請安。」

＊　＊　＊

「事隔多年，我才知道『白倆』是什麼意思。」

是夜，流雲大漠別府，流雲飄蹤扼要說完了那一年的故事，嘆道：「仔細想想，那些關外人這麼稱呼我，真是說對了。是我害了任家夫婦，令雲歌少孤，我也害了那部落的住民，對他們而言，我的確是『白倆』，一點不錯。」

「流雲少主無須為此自責，」夏宸寬慰流雲飄蹤，「當年，將軍城太守預謀出兵已久，綁架勒贖也好，人質也好，都只是個讓他們師出有名的幌子。」

說到此，夏宸又嘆：「我的罪過更是深重，我務求將鏢局的生意做到關外，而參與了那場『邊關大捷』，才因此如雲樓樓主當年所說的，招罪上身了。」

夏宸啜了一口溫酒，自白道：「當年，疾風鏢局不求表功於朝廷，但求邊關防務可為此網開一面，給鏢局許多方便。是故，太守在上表戰功的功勞簿上，將疾風鏢局全體一筆抹煞，隻字未提，然而如今查案中，疾風鏢局卻又名列在調查名單內。」

「曩時出力無功可賞，今日卻又得承擔罪過，」任雲歌雖是當年「大捷」的受害者，亦發出不平之慨嘆，「這，就是人情冷酷嗎？」

「感謝任公子的慰問。」夏宸苦笑一聲，又思忖道，「言官彈劾當年涉案人員，我等明明未曾表功，如今卻榜上有名？這點著時可疑，最有可能的是，言官不知哪來的管道，得扣住了當年邊防出入關記錄的『魚鱗冊』，這才查得到鏢局人馬的記錄。」

說著，夏宸又取出神疾風交上的那對塞墨玉符，繼續說道：「當時我也不是沒想到，事

情要做得乾淨才好。所以我交辦神疾風，從鏢局裡找到一個平常頗為能幹的雜役，囑咐他蒐出所有對鏢局不利的證據並銷毀。但是，那個手下一去不復返，如今只留下這一對玉符。」

塞墨地瘠民貧，除了美玉之外，幾近一無所有，要活下去，就得想出點花樣來謀生。無怪乎塞墨工匠，以精巧的木石機關著名於世，諸如九層寶盒，九重機關，一重接一重，各自生出九轉花樣。

夏宸將這對玉符兜在掌心裡把玩著：「相傳那鳳霞金冠，非得找來塞墨的金匠，方可將那諸多登天高人的『穹蒼』收納在內。而塞墨的玉匠，甚至能在如指頭大小的玉石中，鑿出可藏匿密籤的機關，或許這玉符，就暗藏這般玄機。」

任雲歌心生好奇，要了玉符來研究，神貓也好奇地湊上去。流雲飄蹤又問夏宸道：「總鏢頭，話說鏢局近來生意可好？」

「苦撐囉！」夏宸苦笑一聲，「生意不免受到影響。外頭傳言不斷，說什麼鏢局一干鏢師俱涉及血案，為朝廷一網所獲，鏢局棟樑傾折、危在旦夕什麼的。還多虧旗下弟兄們，個個有擔當，力保鏢局不受外侮。」

流雲飄蹤點頭附和，啜了一口冷酒，道：「貴鏢局有夏總鏢頭您，加上神副總鏢頭、珞三當家共同主持局務，再加上新興『疾風四龍』助陣，可不是這麼簡單就坍臺的。」

「謝過百韜少主。可惜光靠一身武功，尚不足以破解流言蜚語。」夏宸嘆道，「俗話說

『眾口鑠金』，如今我可深切體會到了。自家人坦白說，此刻朝廷換代不久，又來了這麼個大案，一個弄得不好，便可興起大獄，給當權派一個整肅的機會。這個節骨眼，兵府為求自保，也不該和我們走這麼近。」

「夏老闆此言過分了，既然兵府、疾風已結為盟友，理當休戚與共，鏢局有難，豈容我等袖手觀之？」

「謝過你這句話。少主一諾，遠勝萬千兵馬。」夏宸舉杯高敬流雲飄蹤，兩人一仰飲盡美酒。

放下杯子，夏宸又嘆道：「若我猜的不假，這玉符必定暗藏了當年戰事的某些情報。假如有人能參透這玉符裡的機關就好了，可惜，看來沒這麼容易。」

「喀答。」

任雲歌和神貓各執一塊玉符摸索了一時半刻，偶然湊在一起，隨著一聲輕響，一邊玉符開了個小孔，落下一捲細小的紙籤。廂房裡的四人盯著那卷紙籤，盯了半晌。

結果是夏宸俯身拾起紙籤，攤開來瞧，蹙起眉頭讀著上頭細麻的字跡，慨然而嘆，巧施勁於彈指間，撚碎紙軸。

「所幸，我們託付對了人。事情仍有轉機。」夏宸今晚頭一回，寬心地笑出聲來。

流雲飄蹤滿面疑惑，欲再詳問那紙籤的內容，但夏宸起身一揖，先辭別道：「時間也晚

了，我不宜打擾主人家太久。不如先散會，有事待明早再商議如何？」

流雲飄蹤只得附和著說：「說的也是，明早還有與空虛禪師的約定，不能耽擱了時間。」

四人再次講好，明早良辰吉時，和空虛禪師等一干江湖要人，相約流雲「宗祠」。說罷，眾人拜別四散，流雲飄蹤親自護送夏宸回客房歇息，神貓則陪著任雲歌回北側的臥房去。

任雲歌和神貓，一前一後，走在空無一人的長廊，任銀色的月光映照他們的臉龐、拉長了他們背後的影子。神貓忽然問道：「任公子，所以咱家流雲老大說的故事，都是真的？」

「應該都是真的。」

「那你不會，唔，生氣嗎？」

「生氣？為什麼？」

「為什麼？因為……」

神貓話剛說出口又止住，欲言之卻不敢說盡。任雲歌多少摸到了他的心思，淡然一笑：「我說過，我早忘掉那麼久以前的事了。況且，流雲府於我有養育之恩，雲樓樓主更是我的尊師，我不能，也不會為了這些往事，與他們為敵。」

神貓默然以對，任雲歌又道：「這些年，我學會一件事：江湖恩仇，往往不是表面那麼

單純，更多的，是背後的情感和算計。」

正說著，忽然有道飄然人影，無聲無息竄過長廊，引起兩人的注意。

神貓覺得那身影很眼熟。

「他？但是他不可能出現在這啊？」

「哆。」

一只梅花脫手鏢，打入長廊上的樑柱。任雲歌見狀，立馬抽劍護身，神貓亦迅速擺出架勢，警戒四周。

忽地起一陣風，吹開一件黑紗，遮住兩人視線。任雲歌暗叫一聲：「不妙！」然而遲了，一道黑色身影，逼向神貓。

「原來你也在。」

過客殺手祁影，身穿夜行衣，持蟬翼匕首，只消信手一揮，就能劃開神貓的咽喉。

「慢一秒。」

這把不溫不火的嗓音，聽得祁影一陣心驚，慌忙將手一揮，果真遲了一秒！任雲歌得及時將神貓拉開，避開殺招。

任雲歌劍指刺客，擺開架式。祁影亦退了兩步，調過氣息，正要再次發招。

「等等，先別打啊！有話好說嘛！」

少年瞬間換回了「貓神」，忙對祁影喊道：「你看你看，我如果這樣一大叫，會把全部的人都吵醒喔，這樣祁大人你也很難逃掉吧，對不？不如今晚先休戰，您回家好好休息，改天我們再戰，怎麼樣？」

「改天了，然後呢？」祁影冷笑一陣後，反問貓神，「又是人在塾堂求學問不宜開戰？還是天氣陰冷身手施展不開？或者是其他藉口？」

「快別這麼說呀！」貓神一邊陪著笑臉，一邊靠往任雲歌，「師傅您可是江湖第一過客殺手，您看上的目標，再沒有誰能動得了喔！等我陪著咱流雲大人回到本家，我一定，當個乖學生子，來到您大師傅面前。」

「然後，再乖乖的逃之夭夭，逃回流雲府中？」祁影鼻子嗤一股氣，滿臉不屑，「你倒有自知之明，我看上的目標，再沒有誰能動得了。我就看你能躲到何時？你最好能躲出一身九重天的身手，洗好脖子等我。」說完，不過目光一瞬之間，祁影便消失在兩人眼前。

任雲歌見四下再無他人，舒了一口氣，收劍回匣，對貓神一笑道：「你的身手普通，膽識倒是驚人。」

貓神勉強收攝尷尬的神情，故作泰然。任雲歌又道：「不過你也無辜，那過客殺手今晚的目標，應該另有他人。你是受到牽連了。」

「他人？誰呢？」

「應該是我，」那不溫不火的聲音又憑空冒出，「抱歉，小神貓。我是說，貓神。」一道灰色身影現蹤，原來是任雲歌白日的陪從，但見他一襲長衫，露出一頭銀灰長髮，嘴角微微一咧，向貓神問候道：「沒想到你也在這。說來也是，你是兵府的人。」

貓神微微皺起眉頭，應一聲「哦」，不再答話。任雲歌道：「難怪你一整晚都不見人影，原來又被那殺手給纏上了。」

「他纏不住我的。」陪從淡然答道，「我只是討厭人多的地方，躲了起來，不巧被他發現，就陪他練練。」

「你們認識？」

貓神困惑地看看陪從，又看看任雲歌。任雲歌笑道：「我邀他一起赴明早的約，所以他也算是兵府的貴客。」

「噢？」

「倒是你們也認識？」

「我是在上城的琉璃塾堂遇到他的。我拜塾堂女主人學識字，他是女主人的書僮。」

「原來你是沐琉華的學生？」任雲歌恍然道，「怪不得，怪不得。」

兩人正說話時，那陪從悄然消失。貓神見長廊剩下他們兩人，低聲道：「可我討厭他。」

「討厭？為什麼？」

「就看他不順眼，」貓神嘟囔道，「老是裝得高高在上，把我當小孩子看。哼！哪天我學成了課業，不靠他了，非要偷打他一頓不可。」

「難道，你當他只是個書僮？」任雲歌瞪大眼睛，「你不知道他的名號？」

「他沒說，我哪知道？」貓神反問，「不然他是誰？」

任雲歌將要脫口而出的話又藏了回去，改口含混道：「就是個兵府的客人，我這幾天的陪從，也沒什麼重要的。」

貓神不疑有他，陪著任雲歌回房後，便自行悄悄潛回雜役們的大通鋪睡去。睡了約莫一個半時辰，天將破曉，一天又要開始。

破曉

深夜，想要出入關卡的人，一律得「叫城門」，喚醒入睡的守關將士。夜半叫城門叩關，費用高出一倍不止，程序更是額外繁瑣。

「谷藏鋒，你這是霧淖的通行證。」

守城的衛官睜著睡眼，藉著油燈，盯著眼前的小鐵匠。

這鐵匠谷藏鋒，說他「小」，可他身長一丈有餘，是個人高馬大的鐵漢子；說他「大」，他卻又生得一副稚齡臉孔，帶一雙無辜的水汪眼睛，就像是五歲娃兒的頭，錯長到十八羅漢身上去。

谷藏鋒脹紅了臉，幾欲嘶吼，勉強壓抑道：「所以我就說了，這文件沒錯啊！」

「這是霧淖的通行證沒錯，」衛官道，「可是這兒是將軍城。」

谷藏鋒臉上青一陣、紅一陣。

衛官把谷藏鋒手上拿反的地圖扶正：「你不會看地圖？」

谷藏鋒搖搖頭。衛官又高指城門上巨大的「將軍城」三字，問道：「你也不識字？」

谷藏鋒又搖搖頭。衛官嘆一口氣，他不是個壞人，事實上，他或許會是谷藏鋒這一輩子

所見過最好的人。但，他人再好，終究是個官，而且是軍官。

「臨時辦證，不是不行。」衛官開價道，「晚間叩關，開辦費三百兩，此外，要請城內的住戶來為你做保。擔保人的車馬行資得自付。」

衛官看著欲哭無淚的小鐵匠，和他背負的滿身行當，嘆道：「我也不想為難你，但這已經是上頭的公定價，我沒添『帽子』。我建議你且找到路子，進城再說，再來該怎麼辦，就得看你自己。」

「總算碰到你了，小谷頭兒！」

谷藏鋒背後忽然出現兩人，一人身穿青衣，一脈輕鬆地高舉右手，搔搔谷藏鋒寬碩的肩膀，就像是許久不見的親戚故友般。而另一人，年紀尚輕，臉色慘白，左胸至肩膀處有一道傷口，用一塊白巾包紮起來。

谷藏鋒張口結舌，正要搭話，青衣人又笑著搶道：「我三天前就告訴你，咱們約在將軍城省親，可你真夠胡塗，怎會辦成霧淖的通行證了？多虧我提早出門，總算找到了你。這叩關的事，交給我來辦。」

衛官狐疑地盯著青衣人，問道：「你們認識？」

「當然，他是我多年不見的親戚。我們……」青衣人正要多加解釋，被衛官一手制止。

衛官轉問谷藏鋒：「他是你什麼人？」

「是，是我……三叔？」

衛官的視線在他們三人身上掃視著。

此時青衣人遞出兩張通行證，陪笑道：「我們兩師徒的通行證在此，擔保人住西市第三街，姓鄭。軍爺您且看看。」說完，他又從懷裡掏出一布包的碎銀加銀票，道：「這是我們三人的叩關費，請軍爺點收。」

衛官哦了一聲，拆開布包瞧了一眼，又看一眼通行證，最後，視線回到谷藏鋒身上。

「他是你三叔？」

谷藏鋒吞吐不敢答話時，城門後頭來了另一個衛官，招呼道：「小嚴，城門查完了快關好，城裡有可疑分子，施將軍下令，要列隊搜城。」

衛官聽了，便匆匆收了布包，揮手催促道：「好了，三個都進城，別逗留。」

就這樣，三人總算都進了將軍城。谷藏鋒趁四周無人關注，謝過青衣人，青衣人擺一擺手，又拿出一只布囊，塞到谷藏鋒懷裡，殷殷囑咐道：「幫人就要幫到底，不管你接下來有何打算，今晚先找個地方落腳再說。這裡頭的盤纏應該夠你度過兩三天，小心收著，財不露白，就算被惡徒纏上了，也別輕易丟了它。」

谷藏鋒感激涕零，一再道謝，小心收起布囊便辭別二人。青衣人目送他遠去的身影，嘆了一聲，便拉著那受傷的隨從，往反方向走。一路上，但見捕快和守城衛兵們三五列隊，舉

著火把，攜弓提槍，四散在城下市町各處，佈署仔細，只為了搜捕某人。

「如果是要出城的人，此時早該離開了。」青衣人看著一路擦肩而過的官兵，低喃道：「且不管他們，我們去酒樓等人。」

城中有一棟落成已久的酒樓，樓高二層，二更時分依舊燈火通明。兩人挑了一張邊邊角角的桌子坐定，看著大廳中央喧嘩的住客和酒侍們。

「這裡還算安全，人多聲雜，既不會被偷聽，也不容易中了暗器，除非，」青衣人看了一眼店小二送上的免費敬菜，接續道，「除非你不識相，吃了下毒的酒菜，否則，你理應不會死在這。」

傷者本要挾菜，聽了這話，立刻停下筷子，縮手不敢妄動。他問青衣人道：「話說，師傅您真慷慨，幫助那小鐵匠這麼多！他可真是您久違的親戚？」

青衣的「師傅」哼了一聲，一笑反問：「徒兒，你說，我們像親戚嗎？」

「可是，您一開始就知道他姓谷？還喚他小谷頭？」

「是他先我們一步『叫城門』時，我聽他親口報上的名號。」師傅嘆道，「難道，即便我們僅離他數十尺外躲著，你的耳朵也是閉著的？」

傷者脹紅了臉，轉而又問：「可是入城後，您又送上他大筆盤纏呢！」

「你沒想透，我為什麼這樣做？」青衣師傅覷了他一眼，「所以你也沒發現，從將軍城

外五里處，就有人盯上了我們？」

徒弟吃了一驚，環望四周，被師傅低叱一聲：「別亂看！」嚇得筆直坐好。

師傅壓低聲音解釋：「是誰派他們來跟蹤我們？有何企圖？現在還看不出來，但他們看到我們和那小子一同進城，還送上一只看不清內容的包袱，是不是會分一點人馬，轉而去盯那小鐵匠？盯住我們的人馬少了一些，有什麼狀況，起碼容易應付的多，是不是？」

徒弟聽得張大了嘴。

「浮生，你還年輕，要知道這江湖可不光是刀光劍影，更要學學為人行事的竅門。一個弄不好，就像那晚在龍泉客棧，差點就要了你的命。虧得你當下夠識相，這才逃過一劫。」

徒弟正是曾在龍泉客棧經歷重重死劫的浮生墨客，師傅則是操屍道人青鳥。浮生墨客因一時口快，引來殺機，雖然奇蹟的逃脫，付出的代價卻是自己重要的回憶。

「放棄那對玉符，遵照神疾風的要求留下『血衣』，你算是做對了。」青鳥又開示他道，「別惋惜那對玉符，『寒門』的東西，本來就不是你能承擔的重任。即便那是令尊留給你的遺物，你執意握在手中，只會招惹更多危險。話說回來，你能活下來，也是因為神疾風，並不是非要殺你不可。他真要痛下殺手，甚至連雨紛飛，也攔不住他的快劍。」

見浮生墨客默然垂首，青鳥接著勸道：「可是你還不算安全，當年血案的漏網之魚，朝廷翻案的幕後主使，都有充分的理由來搜出你的下落，無論死活皆可。此時你最好暫且先隱

姓埋名，避禍邊陲。你還年輕，要馳騁江湖，也不急於這一時。」

待浮生墨客木訥點頭，青鳥的眉頭舒展一些：「至於隱姓埋名這事，你別擔心，我們今晚來這酒樓，正是要見一位擅長此事的朋友，而且是我信得過的人。」

正說著，第三個人走向青鳥和浮生墨客，青鳥轉頭見了，頷首招呼道：「狐狸大哥，你可來了。」

三人在嘈雜酒樓中的角落，密談好一陣子，待大廳賓客漸散，方乘歡而別。青鳥師徒直接在這酒樓找了個房間住下，直到天色破曉。

＊　＊　＊

將軍城中，有一道神祕人影，趁著夜色避開衛隊搜捕，竄出將軍城外，疾行了二里路，聞到一股誘人的肉香。

肉香來自約莫四里路外，某間仍透著燈火的店。那人循著香氣而去，尚未到達店門口，就隱約聽見連聲怒斥夾帶驚呼，一陣碎裂響聲後，遠遠的就能看到有個人被轟出窗口，隨著一聲慘嚎，在滿天星空下劃出一道弧線，跌墜到店外十尺遠的土丘上。

那是間馳名大漠一帶的名店，中原兩江南北，江湖豪俠名士們，凡是聞其店號莫不抬起頭來，滿臉飢渴地嚮往。店老闆名叫田季發，拿手好菜是烤全羊：選用上等周歲羯羊羔，去蹄及內臟，塗抹田家獨到醬料，穿棍入坑，嚴蓋坑口，翻動觀察，耗費約莫半個時辰，方得

撲香烤全羊上桌。

那人走進店裡，但見食客們分成兩邊，彼此叫罵。他聽著兩方叫囂，逐漸將事情的前因後果，理出個頭緒來：看來是某位食客趁著酒醉，調戲店內女侍，反被發怒的女侍一掌打飛，破窗而出！醉客的友人為之憤慨，要女侍賠罪，旁觀者當中有正義感重的，也跳出來為女侍直言。

就在兩方人馬吵的快要大打出手時，「咚」的一聲，一把油晃晃的三尺半月屠肉刀，插在兩方人馬之間，將他們都嚇退了半步。

「吵什麼？」田季發抽起刀子，睚了鬧事的酒客們一眼，碎念道：「人家自己摔出樓的。不信？出去問他，然後別再回來。」

酒客們忿然不平，挽袖伸腿，又要搞事，忽然又沉重一聲「喀答」響，那女侍用兩根指頭，拎起一罈半身高的「大漠孤魂」，擺到酒客面前。

她算不上是個絕世美女，可是不知為何，人們就是很難把視線從她身上移開。她挽起一頭黑緞長髮，簡單梳條尾巴，有些毛燥，但不失俐落漂亮。她在臉上略施脂粉，忙碌一天下來已被汗水浸透，脫落不少，反像是朦朧的月暈，托出一輪細緻的月光。

她每一處五官、每一吋露在衣外的肌膚，分開了看，無一不柔媚的可愛，合在一起，卻又有一股傲人的神氣，宛若一匹睥睨天下的雌狼，一位山林的女王，卻為了情郎而甘願化做

人間少女。

「剛才得罪了，這是賠禮。」

說完，她笑了，嘴角淡淡一咧。

酒客怔怔地開罈對飲，店裡緘默了約莫半分鐘，落箸聲再次錯落響起，逐漸恢復熱鬧。女侍見風波平息，擦擦手，轉身要進廚房，卻給田老闆叫住。田老闆一把將她拉到角落，塞把碎銀子到她手掌心，吩咐道：「明早進城，找工匠來修窗子，這是預墊的工錢。」

她惦了惦銀子的重量，有些困惑：「修個窗子，這工錢給多了。」

「多的就當加薪，今天也辛苦妳。」田季發道：「妳做得不算錯，小雨兒。對付那種忘八，根本不用客氣。」

「原來姑娘，妳也叫小雨兒？」

蘇境離、神疾風二人也在店內，遠坐一旁靜觀多時。神疾風笑道：「我知道另一個小雨兒，和妳一樣年輕，一樣厲害。」

「顯然我不是她，」女侍回答，「我叫狼煙雨。」

神疾風笑而拱手，請走狼煙雨，並向田老闆要了一間包廂，包廂狹隘，僅容二人旋身，但已足夠商議密事。

二人要密談的話題正是大漠血案，和疾風鏢局的安危。神疾風低聲問蘇境離道：「蘇道

兄，可否助我等一臂之力，找出當年大漠邊關留下的『魚鱗冊』？當然，給道兄你的謝酬，必定十分豐厚。」

「我大致明白貴鏢局的窘境，」蘇境離反問，「不過，何以你會認為，這關乎全鏢局安危的關鍵，竟然在一本小冊子上？」

「魚鱗冊，可不是普通的小冊子，」神疾風思索一會，向蘇境離通盤詳釋，「大漠邊關的關防，會將當年度每一筆入關出關的人員、物資，鉅細靡遺，一字不漏的登記在一本冊子裡，那冊子上的字，細麻如魚鱗，因此別稱『魚鱗冊』。當年將軍城太守派使者，假意要求那關外部落三天內交出人質，實則遣使當晚便出兵夜襲部落。但部隊需出示『令牌』方可行動，令牌的動向，也就是部隊的出入，必定記載於魚鱗冊中。」

蘇境離「哦」了一聲，神疾風又道：「所以，我派人蒐出『邊關大捷』那一年的魚鱗冊，查裡頭對於鏢局人馬進出關外的證據，能改則改，不能改便銷毀。」

「但是這魚鱗冊怎會到朝廷言官的手上？十幾年前的簿冊，早該銷毀作廢了才是。」

「曾經我也是這麼想，所以一度置之不理。怎料得到，當年不曾在功勞簿中留名的總鏢頭，如今竟出現在言官彈劾的名單上，這怎麼想都不對勁。惟一可能，就是言官確實掌握了魚鱗冊。」

「假如魚鱗冊真是關鍵，這翻案的幕後主使必定將它藏得很好，怎麼找出來？」蘇境離

問，「況且，即便找得到，也只是其中一份抄本，就算改了，又何助於大局？」

「就算只找到一份抄本，那也就夠了，」神疾風壓低聲音道，「倘若蘇道兄肯助我等一臂之力，不只是為了鏢局，也是為你自己。」

蘇境離聽到「為你自己」四字，望著神疾風，緩緩問道：「怎麼說？」

「我聽說過，你想找出的那對母子，親臨蘇家觀尋人而不遇，而那年，正好是『血案』發生的同一年。」神疾風道，「那對母子若要到龍虎山，必先出大漠邊關。孤女攜幼子，外觀極其明顯，哪怕是外貌、行蹤、甚至姓氏名號，都有可能在『魚鱗冊』留下一筆。無論機會如何渺茫，這總是個線索。」

蘇境離吟哦不語，但從他臉上神色看來，心中必然已下了決定。

夜色益深，羊肉店燈火益發明亮。狼煙雨注意到有個人影，他趁夜深悄悄的來，什麼菜都沒點，又悄悄的要走。狼煙雨便在門口叫住他，問：「你不吃肉，來做什麼？」

「我從將軍城來，為了追到某人。」那人回答：「我以為會在這裡找到他。」

「追人？夜半三更，是要追哪個惡徒還是竊賊？」

「都不是，」他又答：「我為了追逐影子而來。」

答完，那人一躍而別，徹夜趕路，直到天色破曉。

＊＊＊

在龍虎山的一端，有間古寺，夜色正濃時，星月在寺頂披上一層透白的紗，點綴著偶爾自山巔傳來的狼嚎。

寺裡幾位旅客，借宿正堂，點起兩支燭臺，藉著燭光做事。臨光一手翻書卷，一手撫著熟睡的小夜繁，雨紛飛專心拭劍，太歲舉起一小只碎木塊，用小刀削下一片片木花。

臨光忽然抬起頭問道：「禪師大人，該休息了？」

燭光不及的暗角，一位入定的僧人默默撥著手上佛珠，對臨光的問候宛若聽而不聞。

雨紛飛對臨光道：「前輩……師兄，你也該休息了。」

「我不累。」

「你說謊，」雨紛飛聲柔而面有慍色，「你才是最累的那一個。」

「哈哈，眼光真利。」臨光苦笑道，「確實，我總覺得這一兩天做事使不上勁，反應也鈍了。可我還沒老呢！」

「誰叫你一心多用！攬了一缸子事，扛在自己肩上，當然累！」

「一心多用，確實是累，而且一分心，就會出差錯。」臨光又嘆道，「所以我擔心師傅。血案帶來的風波已經夠令他心煩，他卻又涉入流雲府的邀約。」

雨紛飛隨之嘆了一口氣，不再答話。臨光伸手又要撫弄小夜繁的疏短秀髮，但摸了個

空，這才驚覺懷裡竟空無一物。

「夜繁呢？」

雨紛飛驚覺不對，倏地起身，慌忙道：「她前一刻還在師兄你懷裡睡著的？」

「我果然不該分心！」

臨光一咬牙，轉身一躍，撞開古寺中門，飛奔外頭，環望四周，但見星斗滿天、荒丘四佈，哪有孩子的人影？

「夜繁！」

「找人嗎？」

聽到這滿懷惡意的問候，臨光和雨紛飛猛地轉頭，但見一男子，慈眉藹目，一臉和善的叫人心驚，身著軍鎧，體態豐腴卻不過於臃腫。

他向兩人深深一揖，再一次笑問：「在找你們的孩子？」

「『貪狼星』軍龍羽！」臨光咬牙斥問：「夜繁在哪？」

小夜繁的襁褓自黑暗中現形，現形在某人的懷裡。那人的神貌與軍龍羽宛若天地之別，一雙怒眉似兩把熾火燒上了臉，兩隻吊三角的三白眼，瞪視著臨光、雨紛飛，嘴角擠出輕輕一抹冷笑。

「竟然連懷裡的娃兒丟了也不知，」那人嘖嘖數聲，蔑笑道，「大前輩，你確實不該分

心，你太高估自己了。」

「真想不到，為了一個孩子，竟令『羽家三兇星』全員盡出！」臨光冷道：「『七殺』、『貪狼』，叫十二羽也出來。」

「破軍大哥說他傷軀未癒，不便出面，」一旁的軍龍羽拱手笑道，「還說，靠我們兩個，就夠了。」

「挾持孩子做人質，算什麼江湖好漢！」雨紛飛忿然喊道，「鷩神羽！別囉嗦！你們想要什麼？」

「別擔心，我們不會傷害孩子，」

「七殺星」鷩神羽臉上的獰笑更深了：「空虛禪師陪我們走，我就奉還孩子。」

臨光緊抿雙唇，臉色慘白，遲遲不能決定。這時，禪師忽然現身在臨光身邊，身披玉白袈裟，姿態宛如松柏，手持禪杖，迎風佇立。

「來的好。」鷩神羽笑道，「禪師大人，請丟下禪杖，再往前走十步。」

禪師聞言，放下禪杖，緩緩邁步向前，兩方人馬盡皆緊盯著禪師的每一步，眼睛不敢瞬移半刻。到了第十步，鷩神羽忽然大吼：

「好！孩子在這！」

他一提氣，竟將手中的襁褓，奮力扔向空中！

「危險！」

臨光抬頭一望，隨即將手中羅紋打向夜空中，捲住孩子的襁褓。

「師兄危險！」雨紛飛忽然大喊，「這是陷阱！抽手！」

然而遲了，一聲巨響，襁褓竟轟然炸成一團火球，還燒上了臨光的寒蟬羅紋！

「夜繁！」

臨光一聲驚叫，雙膝一軟，就這麼跪在地上，怔怔地看著火球落地，燒成一團灰燼。

爆炸的同時，驚神羽一個墊步，逼近禪師面前，他迴身抽刀，順勢橫刀一轉下，下殺禪師雙膝。

「要您雙腿一用，請見諒。」

雨紛飛見狀驚呼：「中計！」欲拔劍相抗，卻晚了一步，眼看驚神羽冷刀無情，就要將禪師雙腿自膝下給斬斷。

豈料，禪師輕靈一閃，一個旋身避開了橫刀殺招，並順勢屈膝蹲身，從袈裟暗層裡抽出一柄古劍。但見他採東瀛居合斬勢，劍鋒由下往上，宛若一道銀泉，逆襲驚神羽！驚神羽驚懼交織，奮力收勢，勉強避開，卻仍被鋒刃劃到軍甲，鍛鐵鑲接而成的軍甲中，竟硬生生給劃出一道裂痕！

「你！」驚神羽踉蹌退了幾步，亢聲高喊，「你不是空虛禪師！」

「我可從未說過，自己是空虛禪師。」

「禪師」說完，起身得意一笑，卸下身上袈裟和法冠，露出一襲寶衫，寶衫映著月光，透出多重玄妙光彩。他又道：「阿彌陀佛，從你們跟蹤在後的那天起，我忍了好久，現在總算可以說話了。」

「你是誰？」

「謙善公子！」雨紛飛三兩步飛奔至假空虛禪師身邊，寬慰而笑道，「幸好你沒事。」

「『天山一劍』謙善？」驚神羽咬牙道，「原來你們早有準備，好！幹得漂亮！」

「說漂亮可不敢當，」謙善笑道，「畢竟，孩子還在你們手中呢。」

「沒錯，剛才我扔出去的，只是團包了火藥的假人。」驚神羽大笑道，「孩子還在我們手中，想要孩子平安，還請諸位恭送空虛禪師本尊出面。」

「抱歉，這辦不到。因為孩子不在你們手中了。」謙善指著驚神羽後方，努一努嘴。

驚神羽和軍龍羽聞言大驚，猛然回頭，但見太歲竟不知何時潛伏在後，殺了兩羽所帶的隨從們，並將真正的小夜緊抱在懷裡。

「趁我們將注意力集中在『天山一劍』時，繞後偷襲嗎？」軍龍羽搖首嘆道，「罷了，這回真得認栽了。」

「開什麼玩笑！」驚神羽再次抽刀，直指臨光一行人，「我還沒認輸！」

「形勢不利，別逞強啊！」軍龍羽反勸驚神羽道，「從咱們打算用那小娃兒做人質開始，就已經入對手的局了。這時姑且求個全身而退，回頭捱大哥幾聲罵就算了。」

驚神羽拳頭死握得緊，不肯就此放開，但眼下似乎正如軍龍羽所言，除了撤退，別無選擇。除非，局勢再次變化。

「阿彌陀佛。」

真正的空虛禪師，從古寺的另一端現身，向兩羽拱手一禮道：「兩位施主，意欲貧僧到府上說法，毋須生事，只消說聲『請』字便可。」

「哼！」驚神羽一臉不屑，「那末，禪師大人，『請』隨我兄弟倆走，嗯？」

「好。」

兩方一聽得這「好」字，全都呆了。此時臨光從太歲手中接過小夜繁，一把摟著，邊望向空虛禪師緩步至驚神羽面前，詫異道：「禪師？」

「臨光施主，請代貧僧向流雲施主致意。」空虛禪師背對臨光，徐然道：「貧僧此番失約，若得生還，必擇日登流雲兵府致歉。惟貧僧此生之志，乃度化世間諸不善根，即身處修羅地，命懸一線間，貧僧亦無悔矣。」

「禪師大人想度化我們兄弟？有趣、有趣！」

驚神羽不禁笑了出來，先是竊笑，然後仰首大笑。笑完，他從懷裡掏出一只小藥瓶，

道：「妖姬‧妲己義姐，所調配的『三日喪』，禪師，請用。」

「不可！」謙善一聽那「三日喪」之名，驚惶喊道，「『三日喪』藥如其名，若在三十六時辰內不服用解藥，便會七竅流血而亡！禪師大人！切莫……」

不等謙善說完，空虛禪師接過藥瓶，拔開塞子，如飲玉露美酒般，將毒藥一仰而盡。謙善和雨紛飛眼睜睜看著這一切，看得怒目咬牙，卻又無可奈何。

「多謝禪師大人如此的合作。」軍龍羽笑道，「早知道您這麼好講話，咱兄弟倆也不用費這麼多心機，還怕會耽誤您的行程呢。」

「耽誤？」臨光聽到軍龍羽話中有話，臉上露出困惑神情，「難道，你們不是要挾持禪師回羽將軍府，還是『罪淵』？」

「不、不，」軍龍羽擺擺手，「咱兄弟倆確實有事要求助高僧大人，但是咱們也知道高僧有要事在身，不便失約，所以咱們只請委屈禪師大人，帶咱兄弟倆一同赴約便可。」

「赴約？」臨光冷道，「原來如此。」

「正是如此，」驚神羽面露獰笑，抱拳行禮道，「請空虛禪師為咱兄弟倆引見，到那流雲宗祠，一睹『鳳霞金冠』。一旦事成，我必奉上解藥。」

「我們只知道明天一早赴流雲宗祠之約，可不知道那裡頭有什麼？」臨光反問，「你們兩個又如何一口咬定，那宗祠裡的祕密一定是『鳳霞金冠』？」

軍龍羽嘿嘿一笑，反問道：「除卻金冠，還有什麼能助流雲飄蹤，從一介廢人重新爬起，甚至能斬下『深淵的惡魔』？」

就這樣，臨光一行隊伍中，多了兩名不請自來的「貴客」。眾人靜待黎明破曉時，出發前往流雲飄蹤的大漠宗祠。

＊　＊　＊

破曉時分，另一行人馬浩浩蕩蕩，自流雲別府出發，前往大漠邊關外的某處。

流雲府的私軍，和疾風鏢局的鏢師們，分成兩路，護衛著一輛馬車，車裡坐了流雲飄蹤、任雲歌、夏宸、米亞、以及貓神五人。貓神以隨侍身分上車，看四周環坐著四位江湖高人，緊張的神情溢於發白的臉色。

「流雲老大，我還不明白，」貓神開口問道，「你剛被救出來時，那麼重的傷勢，是怎麼恢復的？」

「原來你還沒聽說過？」流雲一笑，眼神飄往馬車外，「那是另一段往事了。」

浪子（上）

驚蟄過了，春天也過了一半，空氣中瀰漫濕暖的氣息。

城外有片櫻花林，繁英正茂，繽紛滿地。酉時三刻，皓月東昇，但見林間立起火把，在櫻樹下擺開數道酒席，已經有幾十罈好酒開了封條，酒香四溢。三十個姿態姣好的女僕，穿梭蟻行酒席間，為酒客們送上一盤盤好菜。莽漢們大吃大喝，大笑大鬧，好似大年初一般的熱鬧。

「好！今天老子心情舒暢，就學文人雅士來賞一賞花！」

一幫江湖中人，一眼望去皆非善類，他們全是「罪淵閣」的食客，或坐或臥在一張張繡花毯上，舉杯對飲大笑，喝不夠的，乾脆拿起酒甕，來個醍醐灌頂。櫻花林四處充斥著喧鬧聲，惟有一處地方是安靜的。

林子的正中央，一棵貌似半百年的老櫻樹，樹高十丈，樹幹需一個成年人方能環抱住。樹下獨坐一人，身邊放一只玉潤酒瓶和一只月見杯。

來了一群人上前敬酒，為首一人讚嘆道：「閣主，虧您當年想得到，在閣內栽下這片櫻花林。真是個好地方。」

樹下的閣主應了一聲，那人又道：「這段日子著實痛快，那些老是找我們麻煩的正人君子，這下也栽了跟頭。挫挫他們的銳氣，免得他們老是自以為是江湖的中心。」

又一人問：「閣主，何不跟大夥玩一玩？」

「不了，」閣主開口，其氣虛，其聲深沉，「你們好好的玩。」

「羽閣主盡管養傷，切莫心急。」為首者笑道：「如今独孤客代管閣務，上一次閣主慘敗『黑風劍』後，被打散的人又開始聚攏過來。虧得独孤大俠插手相助，令罪淵又一次興盛，名震江湖，朝廷又開始有支持我們的聲音。」

另一人附和道：「大哥說的好，說不定哪天，莫說是『黑風劍』了，甚至連雲樓或無心門都要敗給我們！就讓羽閣主與独孤大俠，率領我等共治中原，豈不快哉！」一群人盤算著未來的大好前景，撫掌大笑。

罪淵閣主，十二羽，淡然一笑以應，藉故起身離席，任罪淵諸眾在櫻花林喝酒吃肉，他則獨自回到居所。一開門，便有一道奇香，是藥香和花香，還有濃淡合宜的脂香。但見一白髮美人，穿一襲剪裁合身的東瀛和裝，繡上春蝶舞花叢，托出胸前脂白瑞雪。她一見十二羽歸來，便為他解下外衫，並端上一杯蔘茶，茶中摻了濃郁的牛奶調味。

美人侍立在旁，問十二羽道：「這麼早就回來啦，閣主大人？」

十二羽啜一口奶茶，凝望燭火不言，美人見了，嚶嚀一笑，一股坐上十二羽的大腿，雙

臂似鶩鳥展翅，摟住他的脖子。

「嗯哼，」美人問道，「哥哥，不高興？」

十二羽聽若未聞，一雙三角吊眼往旁邊一探，伸手輕撫頰邊的美人纖細玉指，嘆道：「妹妹，妳的手指做事粗了。」

美人臉一紅，迅速收手，卻被十二羽一把握住。他那一握既快又輕，將那隻小手蹭到頰邊，望著美人道：「這些日子，辛苦妳。」

語罷，美人怔怔望向他。他抱下美人，起身看窗景道：「今晚不過是虛應一下了事，我也是，他們也是。敬我於十尺外，美名稱我閣主，實際不過當我是一個架空的印璽圖章。」

說到這，十二羽咯咯苦笑，續自嘲道：「也是，連一把不知來由的『黑風劍』都勝不了，遑論統領一幫罪無可赦的江湖惡人？說什麼『閣主與独孤大俠，共治中原』？我可有自知之明，何德何能，敢與當今罪淵的真主子比肩並論、共治一幫？」

正說著，春夜乍暖還寒，一股朔風吹進屋裡，吹的十二羽蹙緊眉頭，緊按胸口。美人趕緊為他披上斗篷。十二羽道：「力不如人，敗的無話可說。坦白說，只要羽家軍一息尚存，即便閣眾心異，我也不怕。最可惜的，就是那片櫻花林，給他們白白糟蹋。」

十二羽轉身按住美人細滑雙肩，啞聲道：「妲己，我的好妹子，哥哥答應妳，總有一天我會奪回，只屬於妳一人的櫻花林。」

白髮美人，妖姬．妲己，擁有不下「藥涼空」的蠱毒技藝，罪淵閣首席藥師，此時就如同一個普通女子，癡望十二羽，任他輕撫自己的卷雲雙鬢。

十二羽又道：「流雲飄蹤，曾經功力幾近全失。當年的他，可比我現在苦得多，我親眼見過，所以我知道。」

妲己不解：「怎麼說呢？」

「傷勢還是其次，最教人痛苦的，是遙遙無期的希望，生不如死的絕望。在那之前，他確實靠著自己的天資修得拳劍雙宗，但更多的，是生來繼承了流雲府的祖產。在大漠邊關，他頭一回失去一切，跌下雲端。我在不夜城見過的他，和現在的他，是天壤之別。」十二羽道，「他都站起來了，他都辦得到，我何嘗辦不到？」

說完，十二羽改問：「今天可有訪客？」

「來了一位，是昀泉的使者，自稱管家。捎了一封密信來。」

「喔？燁離大總管親自造訪？」

「不是喔，他自報名號，叫何二生。」

「那就先擱著。『七殺』、『貪狼』，今天可有消息回來？」

「還沒呢。」妖姬．妲己反問，「哥哥，你想那流雲墓中，真的藏了『鳳霞金冠』？」

妖姬．妲己所問的「流雲墓」，其實並非流雲飄蹤的葬身處。那年，當流雲飄蹤戰死的

消息傳出，流雲府再三派人到大漠邊關，卻找不到他的屍體，就為他立了一處「衣冠塚」。當流雲飄蹤平安歸返中原，便在大漠邊關置產，設立別府，並將此衣冠塚移至別府三十里旁的某福地，視同流雲氏的宗祠。

當流雲飄蹤死後重生，江湖便不時傳著這般謠言：流雲飄蹤之所以再次奮起，是靠著密奪「鳳霞金冠」的配件，並藉此獲得九倍於己的「穹蒼之力」之故。傳言亦云：流雲飄蹤將之暗藏在邊關的流雲宗祠，他的「衣冠塚」裡。

「十之八九，」十二羽笑道，「既然流雲飄蹤不得不集結各幫顯要，『開棺』驗明，顯然那裡必定有些好東西在。就算不是鳳霞金冠，也不打緊。這一趟只要二弟們能成行，一定會有收穫。」

「如果他們真能奪得金冠就好了，」妲己嘆道，「哥哥有了金冠，必能重振雄風。」

「沒有也無妨，」十二羽卻道，「話說，當年流雲飄蹤重新振作，靠的也不是金冠。」

妲己訝異問道：「那他靠的是什麼？」

「這個嘛，可以說是一樣禮物，」十二羽貌似回想起什麼有趣的事，獰笑道，「他在不夜城收到的禮物。」

＊　＊　＊

洛智兒，出身不夜城的紈褲子弟，身強體壯、耳聰目明，更難得的是頭腦清楚得很。

他終日樂在賭博和美食中，日擲千金，知道那些阿諛奉承他的顯貴人家，背後給他取了多少個不中聽的渾號，也知道許多剛正不阿的君子，人前人後直言他「不長進」、「不成才」、「枉費天資」。但他不在乎。人生嘛！不過就是屈腿和蹬腿之間：從娘胎屈著腿生下來，到老時蹬個腿進棺材！既然註定什麼都帶不走，那又何苦強求些什麼？

洛智兒愛享樂、愛熱鬧，最怕麻煩。偏偏這一年來，麻煩頻頻找上他。

這晚，他用五十兩銀子，買下路邊乞丐身上的破襖子。他披著襖子，躲在不夜城裡最不起眼的酒肆，選個最不起眼的角落，叫壺最便宜的帶渣米酒摻水，啜著酒，一臉悠然自得。

忽然有四個大俠，各帶一批人馬，先後闖進酒肆，洛智兒一撇見，臉色頓時變得難看，縮起身子，躲進角落更深處。這四人當中，一個活像腦滿腸肥富員外，帶十二個嘍囉，抬著三口沉重的生鐵箱子；一個年長又魁梧，留把花白的落腮鬍，樣貌堂堂；其餘兩人，一個是高顴骨、方臉的彪形大漢，另一個則是玉白書生相。四個人各有一批跟班，酒肆外還圍了起碼四五十個彪形大漢，為他們各自的主子護駕。

四人彼此相見，猙獰的眉目立馬堆滿了諂笑，一邊高聲吆喝店小二，叫來一甕上好的美酒。美酒當前，方臉舉杯敬道：「上等『流雁一醉』，請各位嘗一嘗！」語罷，四人齊眉同飲，連護駕餘眾也分得一杯。

酒過三巡，落腮鬍道：「三位仁兄許久未見，想來是為同一個人而來。」

富員外咯咯咯笑過一陣，一擺手，十二個嘍囉便咬牙使勁，搬來箱子，一打開，竟是滿箱的金條、寶珞、夜明珠，光是一口箱子，就能買下一座城。富員外睥睨三人，得意道：「如此誠意，必能打動洛智兒大俠，傾心相告。」

方臉一聲冷笑，解下腰間一雙亮晃晃的長刀，「碰」一聲甩在桌上。

「看著，這才叫誠意！」方臉朗聲道：「洛水雙睢！江湖百曉生評他是『中原前五十名雙刀』，三天前，它才和獨眼雙刀拼鬥三百回合，不分勝負！」

「慢著，」玉白書生忽然插口問道，「岳濤不是死一段日子了？你要怎麼和死人鬥刀？」

「岳濤確實死了，」方臉應聲道，「但近來又有一個獨眼刀客崛起江湖，自稱岳小濤，同樣手持一雙『穆春』、『肅秋』，身手著實厲害，不下岳濤。」

玉白書生冷笑一聲，從懷裡掏出一只三尺長的烏木匣子，匣子一開，裡頭是一只泛著冷光的匕首，刃光冷冽，卻比桌旁三箱的珍寶都還要亮。富員外見此匕首，臉上滿是詫異神色，方臉的臉色更是青一陣、紅一陣。

「冷霜匕首，」玉白書生仰首道，「諸位一定聽聞過，與白家「粟纓」、唐家摺扇齊名的，中原三大暗器。用靈山神獸的翅骨打造，輕過蟬翼，刃上有三重毒，毒入肌膚一吋處，一刻鐘，便可奪命。」

玉白書生鼻視眾人露出微笑，眼光瞄向落腮鬍。落腮鬍正要開口，方臉忽然又喝道：「那再加上這個如何？」

「喀啷」一聲，桌上又多一只蒼亮的貓掌鐵爪。方臉亢聲道：「『九命貓神』的蒼鐵爪！」

玉白書生蹙起眉頭：「誰？」

「『九命貓神』！」方臉脹紅了臉，「江湖崛起兩大盜，『九命神貓』和『九命貓神』！子時三刻後，他們便出沒各大主城，專找地方一霸，將銀兩劫掠一空，並在人的睡臉上刮出一只貓掌痕。這『九命雙貓』光在三都，就犯下起碼大小百案！官府每每要抓他，卻總是抓不著！」

富員外哼了一聲，問：「官府抓不著，那你又是怎麼拿到這鐵爪？」

「說來話長，」方臉抬頭揚笑道，「這九命貓賊星該敗，遇上了老子我，雖然還是給他們逃了，卻也逼得那九命貓神丟下鐵爪逃命。」

「難怪，滿滿貓食的腥味。」玉白書生作勢捏鼻子道，「在下看來，這根本是黑市不入流的假貨，勸你好歹拿去洛水邊，洗洗刷乾淨些再見人。」

方臉滿臉脹紅，正要發怒，玉白書生又取出另一只匣子，這回匣子裡頭裝的是一卷畫。

「江湖有的是強兵利器，可是吹噓居多，真假難辨。但，這絕對是道地真貨。」玉白書

生笑道，「一代畫仙宋罡的真跡，『旗袍佳人』，水都苑太守為了它，連烏紗帽都棄之如鄙屣。在下可費了一番功夫，才將它拿到手。」

富員外瞪大了眼，死盯著匣子，莫可奈何地搖搖頭。這時落腮鬍高聲道：「好！看來諸君為了洛大俠的一句祕密，各自張羅已久啊！就怕，這些俗禮全入不了洛大公子的眼簾！」

說罷，他掏出一只骯髒的小盒子，一打開，眾人還未得及看到盒中物，便先聞到一陣撲鼻滿盈香，香氣似麝又如曇花，濃郁中不失清雅，香氣的來源，是三顆毫不起眼的五寸小黑藥丸子。眾人見此全變了臉色，甚至躲著不肯出面的洛智兒，也不免為之動容。

「三浪涎香，」落腮鬍道，「雪海島仙人真君，取下神獸『狂舌三浪』的三尺龍涎，在白金丹爐熬了九九八十一天，方可得半徑一釐的仙丹，煉出這三顆，起碼八年辰光。」

「而你能弄得到手，還挺厲害的。」方臉神色凜然道，「聽說，就連名聞江湖的『藥涼空』，費了十年功夫去鑽研它，也難以煉出同樣的仙藥。看來大前輩這一回，可真是用盡了心思。」

落腮鬍的臉孔擠出了一抹勝利的笑意。這時，玉白書生道：「可是，咱們這些寶貝，總要等到洛大俠出面了，才派得上用場啊！」

眾人神情又餒了下去，像灌飽美酒的皮囊被戳破一樣。富員外道：「這一年來，不管多少人，送了多少錢和寶貝，洛大俠給的答案都一樣。」

說到此，他尖起聲音模仿洛智兒的口氣道：「『我知道的都說了，你們聽不進去，我也沒辦法。』去！誰會相信呢？」

四人彼此會了一眼，氣氛瞬間冰冷了起來。酒肆裡的小二和酒客察覺事態不妙，一個個起身逃離這危險的地方。

先是玉白書生若有所思，道：「說起來，今晚我們人多、勢眾，而洛大俠一向只有一個人，不受他人保護。」

富員外深以為然，自忖道：「老夫不黯武功，但後面這『十二銅人』的名號，在江湖上可也是響叮噹的。」

方臉亦喝道：「老子我也帶了一夥兄弟來，加上屋外『三十羅漢』！」

落腮鬍緩緩道：「諸位，去年分明就是洛智兒親口說過，他親眼看見流雲飄蹤再次振作的祕密？這可是江湖一大懸案，豈能容得一人將它獨吞？」

其餘三人頻頻點頭，一個個褪下臉上的假笑，露出骨子裡的真面目。

落腮鬍又冷笑道：「今晚，一旦遇到這廝，咱們四人可要好好聯手。只要我們合作，能不殺人、不傷人、卻讓人生不如死的方法，咱們要多少有多少。」

「你們懂這麼多，為什麼就是聽不懂我幾句話？」一直躲著的洛智兒終於忍不住，仰首開口嘆道，「所以我討厭笨蛋，尤其是你們這些笨蛋中的笨蛋，全都是輸到卵蛋朝天的『黑

屁股』。」

四人聞聲一驚，猛地一齊起身，目光齊轉向酒肆的角落。

「既然洛兄早已到了，那就不必再多說，」落腮鬍不再客氣，沉聲令道，「諸位，一起拿下他！」

可是沒有一個人應他的指令，他回頭一望，驚見富員外、方臉、玉白書生，以及各自帶的跟班們，一個個抱著肚子、臉色發白，雙膝癱軟跪地，倒地再不能起身。

「這？」落腮鬍臉色一白，同樣抱住肚子，咬牙的嘴角冒著白沫，掙扎著吐出最後兩個字，「有毒！」

洛智兒看著眾人倒地後，低喃道：「果然老爸說的沒錯，美酒一定是有毒。」

「亂講，我才沒下毒。」

酒肆外走來一個年輕小郎中，提一只藥箱，一襲白底衫藍外衣，一臉清秀，叉手駁道：「我摻進酒裡的，可是為各位壯士精心調製的補藥，益氣健身，只是藥性烈了點。可偏偏外頭那幾十個，裡頭這幾十個，全都是三腳貓，半滴補酒也撐不住！」

「毒就是毒，補藥也是毒，」洛智兒覷著郎中，自言自語道：「我成年那天，也被我家的萌娘子強灌了一壺補酒，真是此生第一後悔——醉到啥事都沒做成，到現在也一樣不成。」

洛智兒無視郎中的嗤笑，又嘆道：「我第二後悔，就是去年酒後失言，聽人說著流雲飄蹤的二三事，忍不住插口一句話。為了這句話，我被像這樣的笨蛋給纏住了，一整年！」

他愈說愈激動，當晚頭一次高聲罵道：「人家如何從一個廢人恢復功力的？又關你們屁事啊？幹嘛為了這種蠢事纏著我不放？」

「可是，我對這話題也挺感興趣的。」

「你？」洛智兒瞪著郎中，一副欲哭無淚狀，「饒了我吧！姑娘，妳郎中做好好的，幹嘛來煩我？」

「正因為我是個郎中，才想知道，」郎中挺起胸膛道，「是什麼樣的藥方子，能救活一個功力近乎全失的廢人？」

說罷，郎中遞上一只禮物盒子，笑道：「這個，能打動你多說一些嗎？」

洛智兒瞪著這只禮物，問道：「這是啥？」

「不告訴你，」郎中道，「讓你猜。」

洛智兒嘴角微微一咧，他厭倦厚禮，但不討厭猜謎題。他道：「你這郎中沒那麼笨，但也沒聰明到哪去。」

「我不笨也不聰明，叫我『有毒』就好，」郎中得意一笑道，「而你比我想的更聰明，上百個笨蛋裡，只有你看出我是女的。」

「看在你沒那麼笨的分上，我可以重說一遍，」洛智兒道，「這家酒肆曾是個賭場，當流雲飄蹤是個廢人時，他來過這，賭過一場，然後，他離開了，再也沒回到這裡，而且變得比他重傷前更厲害。」

「而除此之外，你什麼都不知道，」有毒追問道，「但是你一定看過那場賭局，對不？」

當晚，洛智兒第一次開懷地笑出聲來。

＊　＊　＊

洛智兒在過去曾與流雲飄蹤有過數面之緣，但從未曾像那一晚如此接近他。

那一晚，他哼著小曲，走在賭場邊的小巷，看見一群惡少圍著一個醉漢，拳腳相向，飽揍一頓後揚長而去。這樣的景象他在不夜城見多了，但那醉漢的身影，令他有些在意。

「樓主，看來是這兒。」

兩道高大身影從洛智兒身邊經過，他們用斗篷和斗笠遮蓋容貌，卻難以遮掩其神采，一個有著一頭如夜星閃亮的金色長髮，而另一個「樓主」則有對深沉的雙眸，還有數道長疤劃在他的左眼上。

金髮的劍奇白龍海接近醉漢時，醉漢起身又一個踉蹌，他慌忙上前攙扶住。吃了剛才一頓惡少飽拳，醉漢身上竟毫髮無傷，顯然他懂得運起真氣護身，且內力不可小覷。但是，有

著如此內力的人物，何以淪落到這般田地，醉臥不夜街頭，又遭惡少洗劫羞辱？

「流雲飄蹤，」劍奇白龍海問道，「你怎麼搞成這樣？」

流雲飄蹤于思滿面，一雙低垂雙眼，如他的背脊般抬不起來。

「打。」

「什麼？」

「打啊！打我這個廢物！」

流雲飄蹤憑一股酒勁，推開劍奇白龍海，順勢又揮出右掌，然而掌勢未發，他已面露痛苦神色，痛得呻吟一聲，一屈膝就要跪下。

雲樓樓主凌雲雁一個箭步上前，擒住流雲飄蹤的右腕。

「為什麼？」流雲飄蹤嘶嚎，「為什麼不給我個痛快？又要我記得這一切？」

流雲飄蹤當時已近而立之年，但是他就如一個五歲娃兒般，匍匐在凌雲雁身上大哭。雲樓樓主和劍奇白龍海的後頭還跟了一個孩子，年約莫六、七歲左右，正是兒少時的項陽軒，手執馬鞭和寶劍，渾身顫抖，怯生生地望著前方，強忍著害怕的淚水。

凌雲雁任憑眼前這位流雲府的嫡傳人——雲樓的副樓主，地獄的生還者——宣洩了整整一刻鐘之久，方才開口：「白龍，麻煩你幫我找間房，安頓流雲。」又轉頭吩咐項陽軒道：「轉告臨光大前輩，我們找到他了。」

半個時辰後，流雲飄蹤躺在客棧的廂房裡，深沉地睡去。房裡點了一盞油燈，燈火照著數個雲樓要人的臉龐，他們分別是凌雲雁、墨塵、劍奇白龍海、十二羽、臨光、和水中月。

「這已經不知是他第幾次，這般的作賤自己？」凌雲雁緊蹙眉頭，思忖道，「他遭逢連番巨變，想找途徑麻痺自己。我不怪他，但也不能任他這樣繼續下去。」

「我無所謂。」臨光眼光閃爍，坐在床邊，以掌輕撫流雲飄蹤的睡顏，「光是能看到他活著回來，我什麼都無所謂了。抱歉，樓主，你想為流雲做的事，我幫不上忙。」

凌雲雁緊抿雙唇，雙手負在胸前，墨塵提議道：「或許吾可學那『穹蒼』祕術，將大師傳與吾體內之修為……」

「墨塵，不可。」不等墨塵說完，劍奇白龍海駁道，「流雲內力仍然豐厚，他缺的是一隻能施展內力的右手。」

語罷，眾皆默然。眾人都知曉流雲飄蹤那重傷的右臂未得恢復，據他所說，只要一使上勁，他的右臂就會有火燒撕裂般的痛楚。即便齊集雲樓二大醫術奇人，俠醫倚不伐和涼空居士共治之，那右臂別說是打拳使劍了，甚至連舉起筷子都大成問題。

「副樓主的右臂，如今只擲得骰子。」墨塵惱恨道，「可恥可嘆！眼見副樓主如此痛苦，吾等竟毫無辦法。」

「事到如今，姑且先將流雲安頓好。」劍奇白龍海道，「就如大前輩所說，起碼人能活

著回來，就算是件好事了。其餘的，我們日後再想個辦法幫他。」
眾人在一陣慨歎後四散，留下臨光和水中月照料流雲飄蹤。凌雲雁私下找墨塵道：「墨塵，護樓一職如今託付給你們四奇之三，需要你們拿出全副本事和心思在上頭，流雲的事，就留給我們煩擾。」
墨塵抱拳領命，凌雲雁又叮囑道：「你知道的，近把個月來，各幫會竊案頻傳，且失竊的盡是防範周密的上等寶器和丹藥，顯然竊賊是有備而來。現在各幫會俱已加強戒備，張起天羅地網，務將這大盜給拿下。我們雲樓千萬也要注意，莫教這惡賊得逞。」
墨塵慨然以諾，以拳擊胸，砰然應聲道：「義不容辭！」
凌雲雁點頭以示嘉許，又問道：「算起來，瓜兒回西邊府待產也有好幾個月了，可有什麼消息？」
墨塵聞言不答，一個兀自傻笑的開心。凌雲雁會意，會心一笑，又問：「好樣的，我竟然都不知道！男的還是女的？」
「稟報樓主，據內人家書來報，兩個都是男的。」
「好啊！一胎雙雄，」凌雲雁大笑，從懷裡取出一張銀票逕自塞到墨塵懷裡，「預先給小孩的壓歲錢。待瓜兒回墨府，再把孩子帶來雲樓給大家瞧瞧。」
墨塵先是報之一笑，旋即褪去笑容，嘆道：「惟願吾等，亦能為副樓主盡一份心力。」

「說過了，別再煩擾流雲的事。你有這份心就好。」凌雲雁道，「況且，你也盡過了力，助益甚大。」

墨塵一陣困惑，反問：「樓主，吾盡過何力？」

「你說，流雲的右臂只擲得骰子，這給了我一個想法。」凌雲雁笑道，「一時之間不好說明，總之，我來張羅一切，三天之內，就有消息，後續如何，且看流雲造化。」

於是這三天間，流雲飄蹤便住在客棧，晝寢終日，足不出戶，店小二送上飯食，他便吃，吃完了睡；睡到入夜，便拖著腳步到賭場，浪擲千金，又喝到爛醉如泥，醉到賭場主人請來四個圍事的彪形大漢，將他給抬回客棧。於是這三天間，流雲飄蹤就這麼日復一日，沉淪賭和酒之間，他的表情——如果那說得上是表情，就像是水中的溺屍。興許，他真的就是想這麼沉溺到死為止。

到了第三天，他積欠的賭債和酒債，高到賭場老闆受不了了。老闆叫人將他扔出賭場，他給狠狠地摜摔在露濕地上，面孔朝下，不曾試著撐起身子來。

「可悲啊，流雲副樓主。」

十二羽自黑暗中驀然現身，蹲在流雲飄蹤面前，冷笑道：「流雲府一代宗師，天之驕子，看看你現在什麼樣子？」

「別說了，十二。」五芒星亦露出身影，對十二羽道，「我們是來請人的，別忘了樓主

的吩咐。」

聽到樓主的名號，流雲飄蹤抬起頭來。五芒星望著他說：「樓主有令，要我們請您來賭一場。你這三天欠的錢，樓主和臨光老祖已幫您還清，並附上十萬兩的銀票，當您這回的賭資，陪貴客玩一玩。」

流雲飄蹤三天來第一次開口，他的聲音沙啞的可怕：「什麼貴客？」

十二羽冷道：「副樓主何須多問，來了便知道。」

流雲飄蹤勉強踏著醉步，跟著兩人到賭場。賭場裡人聲鼎沸，許多等著看戲、討彩的閒人，正重重圍著主桌叫囂兼喝采，一見流雲飄蹤來了，紛紛讓出一條路，讓流雲飄蹤得以見到主桌的大莊家。

「臭小子！敢讓我等這麼久！」

大莊家跨坐在一張雕龍烏木圓凳子上，一身青衫，一旁有凌雲雁、上官楓、蕭寒、周天策等人，以及一幫雲樓幫眾侍立在旁。

大莊家不是別人，正是群英決一人之下，千人之上的副幫主，墨飄零！

他一見流雲飄蹤呆立無言，擺起一張臉罵道：「雲雁這臭小子袒護你，我可不！今晚非要把你掃地出門！」

凌雲雁在一旁勸道：「副幫主，切莫動氣。」

「你管我著？」墨飄零睨向凌雲雁，「你想保他？行！我給他最後一次機會！小子，你的手抓得起骰子吧？」

問罷，墨飄零將兩顆骰子扔到流雲飄蹤面前，道：「我們兩個賭一把，十萬！你贏了，錢全是你的，隨你怎麼花都行。輸了，你就認分，給我回流雲府討奶吃去！」

眾人目光齊盯著流雲飄蹤，流雲飄蹤望著眼前兩顆骰子良久，撈了起來，信手拋出，說巧不巧，丟出了一個一點和一個三點。

墨飄零沉聲道：「運氣不好啊，怎麼看都是你會輸。」

凌雲雁在旁提醒道：「副幫主，賭博這事難說。」

「要輸給四點，除非我是『鱉三』！」墨飄零喝道，「假如這把我真丟出個鱉三，從此我改叫鱉三副幫主！」

此話一出，眾欲喧嘩卻不敢言，一雙雙眼睛直盯著賭桌上的兩人。墨飄零一把抓過骰子，握緊，拋出！

骰子骨碌碌的在桌上滾了幾圈，竟是一個一點，一個兩點！

笑聲轟然而起！

「哈哈哈哈哈哈！恭賀鱉三副幫主！！」

眾人紛紛哄然笑拜墨飄零，甚至墨飄零也大笑道：「好啊！好個鱉三副幫主！」

流雲飄蹤貌似受到這股氣勢感染，那張無神的臉孔終於嶄露一絲的笑意。見流雲飄蹤笑了，雲樓眾人精神為之大振，紛紛圍到他身邊，為他叫好。

「我說，小子，機會還站在你這邊，」當墨飄零再次開口，現場頓時又陷入靜默。

「你要鰲三到什麼時候？」

從流雲飄蹤的神情看得出來，他對這齣戲背後的安排了然於胸。他怔怔地看著眼前的骰子，看了好久。凌雲雁和墨飄零也不逼他開口，讓他自己好好地想。

這時，賭場大門碰地打開，墨塵踉蹌衝進來，臉色慘白，喘著氣，手裡抱著一只木匣，一見到凌雲雁和墨飄零，噗通一聲便跪下。

凌雲雁沉聲問道：「墨塵，發生何事？」

「竊賊，已擊斃。」

賭場諸俠再次譁然。凌雲雁盯著墨塵手中的木匣子，又問：「匣子裡裝了什麼？」墨塵卻不敢言，緊抱匣子，垂首顫抖。

此時墨飄零道：「好了，賭局散了，都回去罷！」

＊　＊　＊

「所以，那匣子裡到底裝了什麼？」有毒郎中忍不住一問。

洛智兒聳聳肩，答道：「我也不知道，我看到的，都已經說完了。但是，」

他歪著頭，回想當晚最後的場景：「那天賭客解散後，我好像看見幾個雲樓人圍著墨塵，看著盒子，各個臉色發白。」

「可是你說，那就是流雲飄蹤再次振作的祕密。」

「我可沒這麼說，」洛智兒駁道，「在那場賭局後，流雲飄蹤確實重新振作起來。可是我不知道那盒子裡是什麼東西？」

有毒繼續猜測：「那也許是丹藥？是寶劍？或者是……」

＊　＊　＊

「一條手臂？」

妲己聽得十二羽透漏那木匣子裡的祕密，驚呼道：「是誰的？」

「妳猜猜，」十二羽回首笑道，「妳應該也見過他。」

浪子（下）

自從蘇境離辭別神疾風後，一時茫然無所措間，獨自重返不夜城。一路上，他聽到的盡是流雲兵府「宗祠一聚」的傳言。傳言流雲飄蹤的確私藏了九倍穹蒼的「鳳霞金冠」，卻早一天藏匿到他處去了；又傳言流雲兵府這回廣發英雄帖，召集江湖各路高人一聚大漠宗祠，為的其實是將眾多高手一舉殺之。

傳言越說越乖離、越說越陰毒，而且就像沾上衣服的塵，衣著再光鮮，出門在外，風吹一陣，就免不了要矇上一層灰。蘇境離暗自慶幸：至少這一切都和自己無關。

到不夜城外，已近黃昏，但見城外稀疏的普通人家陸續關門閉戶，還有個長髮梳辮的少婦，急急叮囑個小女娃道：「小妹妹快回家，晚了別待在屋外，會被鬼姥姥抓走喔！」

蘇境離這晚無心賭博玩樂，漫步不夜城通明燈火間，選個能看見中央樓台的位子坐下，點壺桃花酒，聽著樓台曲伶獻藝四方，遙望漆黑夜空出了神。

除了台上的曲子外，他還聽到台前有個老翁四處逢人哭訴：「救人啊！我女兒被拐了！誰來救救她！」那老翁碰到一群容貌輕挑的年輕小夥子，竟然吵了起來。

「你們這群渣漬！你們下午拐了我女兒，把她還來！」

為首的一個十五、六歲惡少，欸嘿一笑道：「張老頭，你女兒走狗運，給我們『龍神會』相中了，有機會當上『長老』的小妾。以後我們可要叫你一聲『老丈人』，你欠的錢也免還了，還不快磕頭謝恩！」

「胡謅，根本是騙局！」老翁眶中帶淚，當眾怒叱，「不夜城裡外誰不知道？你們『龍神會』、『寶泉門』根本是狗娘養的惡棍！哪個好人家的女兒肯嫁你們什麼長老做妾！」

「老頭兒嘴巴放乾淨點，要入我們龍神會的好女人可多得很，不缺你女兒一個。」惡少掏出一張借據道，「不肯嫁也行，欠我們的三百萬兩，何時還？」

「那是假的，騙我說那是賣米的收據，要我畫押！」

「喂喂，我和米店老闆可說得清清楚楚，提醒你那是借據哩！」

「你們根本不是那麼說的！」

「代筆、中人都可以作證，分明是你自己耳背聽不見，長眼看不清，還誣告我們？」

老翁和惡少爭的耳紅面赤，四周的酒客和賭客，竟無一人試圖上前直言，然而這正是江湖冷暖。蘇境離在一旁，輕輕一嘆，正要起身，忽地一道柔聲而英氣勃發的女嗓，引起他的注意。

「幾個年輕人，這樣欺負一個老人家，丟不丟臉？」

蘇境離猛地抬頭一望，不禁低聲驚呼：「嫣兒？她怎麼會來？」

那率先挺身為老翁直言的女子，正是嫣兒，墨家宗主墨塵的女弟子。但見嫣兒一身羅衣，按劍而立，冷望那群惡少。為首的見到有人仗義助言，沉了臉色，一揮手，兩旁上來十幾個嘍囉，各個歪頭斜睨四方，一副目中無人樣，圍住嫣兒和老翁。

嫣兒無所懼，哼了一聲道：「我在一旁聽得真切。不過是買批米，何必要人簽畫押？又幹嘛大費周章，安排代筆和中人在一旁等著作證？明眼人都看得出來這是串通好的騙局，就為了欺負一個老實人家，你們可真了不起！」

惡少把頭一歪，晃著拳頭，盯著嫣兒道：「大姊長的挺標緻。拳腳不長眼，碰傷了妳的漂亮小臉，可別怪我們。」

嫣兒一聲冷笑，按劍不動，準備要以寡敵眾，痛快地惡鬥一場！這時，蘇境離卻邁開大步，橫擋在嫣兒與老翁前方，向惡少行個大揖，朗聲笑道：「『龍神』的諸位弟兄，在下久仰多時！」

嫣兒瞪大了眼，惡少們亦愣了一愣，蘇境離緊接又道：「還請各位大俠們知會貴長老，就說在下奉『伏龍將軍』之命，星夜前來不夜城拜訪。至於這兩個鄉下人，就交給在下打發便了。」接著他又恭維了惡少們一頓，說的他們滿面得意，丟下一句「好說、好說，我這就回去秉報長老。」就這麼轉身揚長而去。

張老頭眼看惡少們走了，急得老淚縱橫。嫣兒正要追上，卻被蘇境離擋下。他低聲向兩

人道：「時間要緊，不能多說。我帶妳們去龍神會，要搶在他們前面，快！」

說著，蘇境離領著嫣兒和張老頭，快步走過一連串曲巷小徑，來到一處華宅大門前。他敲開大門，無視兩旁「龍神會」幫眾們的狐疑眼光，直驅中堂臺階前。這時有五、六個彩衣劍少擋在他面前，餘眾則斷其後路，各個拔劍，瞪向蘇境離等三人。嫣兒正要拔劍相抗，蘇境離卻搖手示意她別出手，環望一周，笑道：「你們幾個架勢都不錯，可惜全是破綻。」

龍神會諸人聞言大怒，猛喝一聲，彩衣人的五、六口利劍一齊刺向蘇境離！但見蘇境離邁步迎上劍陣，一個側身彎下，徐然避開這波殺招，並信手拾起一根四寸枯枝，順勢一揮，竟有一股熾熱劍氣，自枯枝頂端揮灑出一道烈光，劍氣如潮浪，彈開了劍陣，震得諸少一陣手麻，竟握不住劍，讓手中好劍鏗鏗鏘鏘掉了滿地，其中幾個甚至踉蹌倒地。龍神會眾人見之盡失卻了臉色，狼狽不堪。

蘇境離起身收勢，戒備第二招時，中堂裡傳來一陣氣勢十足的聲音喝問：「是誰？」兩扇木門隨即咿呀一聲打開，走出一個約莫二十來歲、儀表堂堂的男子。龍神諸眾趕忙收勢行禮，齊聲一喝：「長老夜安！」便不敢再妄動。

長老邁步穿過龍神眾們，向蘇境離一揖，問道：「前輩，我等不敬之處還請見諒。但不知您大駕光臨龍神會，有何貴幹？」

蘇境離亦回禮道：「奉『伏龍將軍』之命，有幾句話相告。」

說罷，蘇境離環望四周龍神眾一眼，長老知其意，將三人邀入中堂，驅散閒雜人等，關起大門。蘇境離遂將樓台前所發生的事，一五一十的說了。長老愈聽，臉色愈發難看，又問了那群幫眾的容貌特徵後，便請他們藏身中堂後面的小廂房。三人遂關起小房間的門，側聽中堂裡的動靜。

長老令隨從傳喚幾個人，正是當時欺凌張老頭的那些惡徒。長老不動聲色，笑問為首者道：「聽說，你為我準備個驚喜？」

這為首的不知蘇境離他們正隔著門偷聽著，便諂笑道：「不瞞長老，屬下這幾天物色了幾個好女人，打算送給長老當生辰賀禮。每個都乾乾淨淨，沒碰過的，還請長老擇個良晨吉日過目。」

「喔？那她們的家人怎辦呢？」

「長老放心，屬下用點小技倆，把他們都擺平了。」

「那可真辛苦你了，竟然瞞我這麼久。還有其他人參與嗎？」

那為首的貌似怕給人搶了功勞，搶先朗聲道：「長老莫見怪，這全是屬下的一番心意！」

蘇境離等人在小廂房裡聽得真切，暗自點了點頭。這時只聽得中堂傳來一聲慘叫！蘇境離「碰」一聲打開房門，只見長老已拔劍懲處了那為首者，現場鮮血斑斑。長老喝令隨從，

將人給拖出中堂，又下令放出張老頭的女兒前來相認。待隨從領命退下，長老另外找個房間置酒備菜，招待蘇境離等人以賠罪。

舉杯談笑間，長老問道：「不知前輩如何稱呼，怎麼知道我龍神會『伏龍將軍』之名？」

蘇境離笑道：「我只是約略知道龍神的過去，本來也沒打算叨擾，今晚就當我是個不請自來的遠客，莫管輩分之別。」

長老點了點頭，聊起過往：「我龍神會乃成立於約莫二十年前，『伏龍將軍』由天而降不夜城，召集一班高人，創立了龍神會。伏龍將軍武功之強，聲勢之盛，還在不夜城蓋起龍虎擂台，邀人上台打擂挑戰，從未敗過任何一場！」

長老呷了一口酒，又嘆道：「可惜，最後伏龍將軍敗給一個莫名來歷的大俠後，便失蹤了。幫眾群龍無首，將幫產揮霍將盡，當年的龍虎擂台也賤賣給第一鉅富的啄大老爺——正是現在城中央，給青樓女子唱曲子的樓台。幫會為了維持生計，幹起壞事來，且越做越惡毒，龍神會的名聲就這麼給壞了。」

說到這，長老又是一嘆：「剛入幫時，我正年少，隨著沉淪好一陣子。不瞞您說，我曾結夥幫眾，搶劫落單的酒客，甚至對流雲飄蹤下手過。那晚我們欺他醉臥街頭，請他一頓『好禮』吃，後來他東山又起，我們深怕他回頭找上門算帳，差一點就要散幫逃命去。幸好

他大人有大量，沒和我們這些小人物記仇。」

「浪子回頭金不換，」蘇境離好言勸道，「看來你有心向上，現在回頭，還來得及。」

「但願承前輩吉言。」

正說著間，嘍囉來稟報道：「啟稟長老，我們把拐來的姑娘帶來了。」長老遂一招手，命令左右將女子帶來房間。待那女子與張老頭相見，兩人張大了嘴，久久無法言語。

「感謝大俠相助，」張老頭發顫著向蘇境離抱拳道，「可是，她不是我女兒。」

眾人大吃一驚，長老則怒目瞪向那嘍囉，嘍囉慌忙澄清道：「長老！我們沒藏人啊！拐來的姑娘裡就只有這一個姓張！」

另一個幫眾忽然插嘴：「不對呀，我認得她，她是北村張鐵匠的女兒。」

「那你們今天誘拐的姑娘呢？」

「長老饒命！」嘍囉撲通一聲跪下，「實不相瞞，本來大哥要咱們今天去找張老頭，可咱們想說他老頭子一把年紀，也逃不掉，明天再去也不遲。咱們今天沒有拐到姑娘啊！」

「那，」長老詫異道，「張老頭的女兒去了哪兒？」

「老先生，我問你，」蘇境離忽然想起了什麼，問老翁道，「你們是否住在城外？令嫒今天是否穿了一件青白相間的襖子，梳一條辮子在後？」

「是啊，大俠您怎知道？」

「果然如此！」蘇境離一拍大腿，失聲喊道，「真是誤會一場！」

眾人滿面困惑，齊盯著蘇境離。蘇境離苦笑道：「一時之間不好說明，總之，老先生，令嫒應該沒事。且讓我送您回家去，好好睡一覺。明天一早，令嫒必定平安回家。」

於是三人拜別龍神會，舉著火把，連夜出了不夜城。蘇境離護送老翁回家，對嫣兒道：「嫣兒姑娘，其實妳大可不必陪我去找人的。」

「既然我已經插手管這事了，絕沒有半途抽身的道理。」

「但是我接下來要去的地方，唔，有些危險。」蘇境離搔頭又撓腮。

「好歹請您說清楚，」嫣兒有些不耐煩了，叉起雙手，「您既說那姑娘理應平安，又說那地方有些危險，什麼地方會既平安又危險？要是平安，你何必阻攔我？要是危險，我怎麼放得下你？」

蘇境離藉著火把，凝望嫣兒閃爍的怒容，苦笑一聲，反問道：「嫣兒姑娘，妳可知『鬼姥姥』的大宅子？」

嫣兒蹙起眉頭，答說：「那是西山一帶的傳說。」

「正如妳所說，既然插手了，就沒有中途抽身的道理，」蘇境離叮囑道，「嫣兒姑娘，若是妳堅持與我同行，請妳切莫造次，切莫開口，由我來會會她。」

「誰？」

「她的脾氣不好捉摸，所以，一切暫且由我來做主，趕緊上路，先別多問。」

說罷，蘇境離領著嫣兒，走入不夜城外的蜿蜒山路，山路濕滑，兩側盡是雜樹亂草，前方彷彿是無盡的黑洞，兩人高舉手上火把，只照得見眼前三尺的路況，就這麼走了約莫一個時辰，到一開闊處停歇半會，從那兒可眺望山下深谷，隱約見得谷底透出微弱燈火，宛若晨星般迷濛。

蘇境離和嫣兒朝那谷底燈火走去，又在深夜山徑裡摸索了一個時辰，眼前忽地豁然開朗。那燈火來自一處大宅子裡的成排火把，宅子門面寬闊近一里半，四面的二丈高牆上爬滿了藤蔓。隔著藤蔓間的石窗縫，隱約可見到宅子裡頭庭謝交錯，十分氣派，十分雅緻。

兩人找到大門，叩一聲門環，兩扇烏木巨門應聲而開，卻不見有人來應門。蘇境離逕自走入前苑，穿過二重門，聽著蟲鳥低鳴，環望兩旁樓台亭閣，低喃道：「今晚的客人真少！」

到了第三重門，門扉半掩，透出一股曇香，香氣裊裊，教人心神沉澱，靜得像無風的湖面。透過門縫，可見到一個五尺小女娃兒，點一爐香、一盞燭火，坐在八尺床邊，哼著不成調的曲子，凝望著床上熟睡的一名長辮姑娘，露出一副心滿意足樣。

蘇境離兀自推門而入，小女娃兒頭也不轉，停下曲子，冷笑一聲道：「臭小子，白天見到老娘也不打個招呼？請你做客都白請的了。」

蘇境離一揖致歉，笑道：「千曇夕姥姥請見諒。今天午後城外一見，晚輩還以為自己看錯了，所以不敢上前叨擾您。」

這時嫣兒也跟了進來，細觀那個子嬌小的千曇夕，容貌稚嫩如五歲女童，卻有一副銳利異常的雙眼，貌似能看穿人心。千曇夕問蘇境離道：「難得你回來看我，有什麼事？」

蘇境離再一次以手勢暗示嫣兒莫開口，並朝千曇夕陪笑道：「不瞞姥姥，晚輩受床上這姑娘的老父請求，要帶她回家。」

千曇夕眨著眼睛，嘟囔道：「好，你們回家，留下姥姥一個人空虛寂寞，誰陪我解悶？」

「晚輩當然明白姥姥獨守『春居』的寂寥難耐，我來做客，陪您住個幾天，逗您開心，您就行行好，放這姑娘回家吧！」

「說的一副做我客人有多可怕的樣子？想做老娘的客人，可要修上三世的福分，哪有那麼容易？」

千曇夕笑罵間，並無惱色，指著嫣兒道：「你們兩個一起留下來，我就放人。」

蘇境離聽了，猶豫不能決，嫣兒趕緊陪笑道：「行，當然行。還請姥姥明天一早，放我們護送這姑娘到家，然後我們馬上趕回來做您的好客人。」

千曇夕覷了兩人一眼，道：「諒你們小倆口也不敢失約。明天早點動身，早點回來。至

於今晚，我一時還不想睡，你們陪我聊聊天。」

說罷，她起身添了點香，拉張茶几和三張呢絨軟凳子，張羅兩盤糕點和果子、一壺熱茶、三只杯子，拉著蘇境離和嫣兒坐下，像個真正的五歲娃兒般，咧著嘴笑，兜問近況。

蘇境離盡揀些無關乎機要的瑣事來說，談到了今晚在不夜城的遭遇時，千曇夕低呼一聲，道：「難得見你故地重遊，還以為你這輩子不會再回『龍神會』了。」

「果然，蘇兄曾入過那『龍神會』，才會知曉那裡頭這麼多事。」嫣兒插口問道，「為何你在那長老面前，不明說呢？」

「論輩分，我是長他們不少，可我不想用身分壓他。」

「豈止長他們不少？」千曇夕對嫣兒笑道，「妳也剛從龍神會離開，難道沒聽那群小毛頭說起『伏龍將軍』？」

嫣兒先是一愣，旋即頓悟，驚地猛回頭一看蘇境離。

蘇境離苦笑道：「妳猜的沒錯，我就是那長老口中的『伏龍將軍』，可這名號實在太過俗氣，過往太令人難堪，叫我如今著實難以啟齒。」

蘇境離仰望天花板，回首往事說道：「我出生施府，但從小就與兄長離異，多年後方才再次相認。可我那時年少氣盛，待不住施府，留連不夜城中，藉施府的財力和聲勢，在不夜城聚眾鬧事。給自己取個乍聽起來霸氣的渾號，自恃有幾分武功，聚眾鬧事，看哪個不順眼

的，就踐上擂台比武，幾無敗績，就越發驕橫，目中無人，現在想起往事都會臉紅。」

千曇夕笑道：「當年的你確實是個不知好歹的渾球！幸好你終於敗了。」

「姥姥說的是，要不是我敗了，也許我這一輩子都不會醒悟。」

「蘇兄，你敗給了誰？」

「劍傲蒼穹。」

「『無心三劍』的劍傲蒼穹大前輩？」

「正是他。」蘇境離長吁一氣，道，「我還記得那天，我根本不知他的來歷，只是看他不順眼，便挑他打擂。哪裡知道，我攻他不下五百回合，別說是碰到他的身子了，甚至連他的一滴汗也逼不出來！他也不拔劍，看我累癱了，就兀自下台去。」

「我氣不過，偷偷跟著他出城，想趁機偷襲他。怎料跟到了一窩山賊窟。我被十來個山賊包圍，拼死一搏也逃不出，他卻憑一招劍式，揮灑自如，在萬人陣中輕取賊王首級，像探囊取物那樣簡單，甚至還有餘裕，回頭救出我來。」

說到這，蘇境離盯著手上空杯，道：「我就這麼服了他，要拜他為師，被他一口回絕。後來不巧，施府受『霜獄案』牽累，我被施家人連夜送到龍虎山上，躲了一年，方才下山。」

嫣兒問道：「既然你隔年便下山，又為何重回龍虎山？」

「那說來話長，」蘇境離答道，「我下山後，人事皆非。我想重回施府卻不得其門而入，又沒臉回『龍神會』。直到某天，我乘酒興，跩住某人聽我的遭遇，想不到他聽完了，竟然帶我出城，找到劍傲蒼穹。」

「他？是誰？」

「即便我當時醉得厲害，也絕對沒看錯。他是『秋霜夢焉』。」蘇境離又道，「劍傲前輩仍回絕我拜師，但我死賴著他，看他的劍，偷學他的劍法。一年後，劍傲蒼穹終於開口，說我在他身邊已經沒啥可學，剩下的，是我自己的修心課。我在中原無處可去，便遵照他的話，重回龍虎山。」

蘇境離侃侃說完不夜城的往事，覺得累了，向千曇夕要了間客房就寢，起身辭別前，道：「此番舊地重遊後，我想拉拔起龍神會，走出不夜城，終有一天，得與當今六大幫比肩而立。是英雄的，就不怕出身低，木仁石之流也能鼎立江湖，十六年前，他也曾是個街井混混，後來拜墨家為義子，成了江湖諸幫之間響噹噹的一個人物。可惜他聽說因與夜賊惡鬥，傷重而亡，否則前途必定更加光明才是。」

蘇境離說著，發覺嫣兒臉色不太對勁，自知失言，趕緊致歉：「噢，我忘了！妳也是墨家人。」

嫣兒笑著搖搖頭，示意她並不介懷。蘇境離走後，嫣兒正要起身告辭，卻被千曇夕挽留

住。

「還有些時間，不陪姥姥多聊點？」千曇夕笑道，「我知道小姑娘妳心裡憋著不少話，說出來會舒坦些。是不，『命運聖女』？」

嫣兒臉色微微一凜，淡笑道：「蘇兄說過，您這兒既平安又危險。看來他果然沒騙我。」

「說什麼危險呢？不過就是燒點曇香，引誘人說出心裡話來罷了。」千曇夕臉帶促狹地欸嘿一笑，「傲寒神教義女『十三使徒』，墨家宗主的開山女弟子，堂堂『命運聖主』門下的九重玄天聖女，如今竟勾搭上蘇家觀的傳承人，怎不教人心生好奇？」

嫣兒聽了，小瓜子臉兒頓時脹紅：「姥姥說這話重了，把我看得如此輕！我絕沒有為了本教，或墨家的利益而靠近蘇兄！」

「好好，姥姥明白，」千曇夕笑道，「姥姥相信妳不曾懷過其他心思，但，那位蘇兄又是懷著什麼想法接近妳呢？」

嫣兒被這問題問得一怔，說不出話。千曇夕輕吁一笑，換個話題：「妳姑且可相信傻小子，話說，那個傻子剛才勾起妳不愉快的往事咧！」

「沒什麼不愉快的，都過去了，」嫣兒嘆道，「石頭哥哥就是這麼傻，死到臨頭還是傻。」

「聽起來，小嫣兒話中有話。」

「姥姥多心了，還會有什麼話？」

「當年波及天風、霜月、雲樓三幫的夜賊案，最後說法是『夜賊伏誅，木仁石戰死。』」

千曇夕說著，邊為嫣兒又斟一杯暖酒，遞過去，待嫣兒一仰而盡，接著問：「但，這當中可另有隱情？」

嫣兒放下酒杯，怔怔地望著千曇夕，忽地，兩行清淚潸然流下。

＊　＊　＊

翌日，天氣晴朗。

午前時分，通往大漠邊關的十五尺大道上，一輛馬車喀浪喀浪，不急不徐地走著。馬車裡坐著十二羽和妖姬・妲己。

「其實現在想想，當年夜賊正猖獗時，早有許多疑點。」

「哥哥，此話怎說？」

「當時損失最重的天風、霜月，丟的可都是一等一的寶器和良藥。那些寶貝藏在重重機關之中，不是非等閒人，絕對摸不著的。」十二羽思忖道，「那夜賊要嘛，在各大幫會的要人間都安插了內應，要嘛，就是他本人正是各大幫的要人，否則該怎麼得逞？」

「哥哥這話也不對呀，」妲己問道，「假如他在各幫地位如此吃重，要什麼東西，開口問問不就得了？何必用偷的？」

「妹妹說的有理，他大可開口求人，毋須行險。除非，」十二羽頓了一頓，「他心知自己要的太多，或者，他要這麼多東西，只為了一個人，太過忌諱。」

「一個人？忌諱？」

「妹妹妳想，假如哥哥同時向六大幫，索討上萬仙丹，只為替哥哥自己增長功力，其他幫主，會作何想？」

「當然是怕哥哥就此做大，威脅到他們。」

「就是這樣囉！」十二羽道，「所以，木仁石看似傻，其實不傻，他知道就算自己與各大幫友好，他也不能明說，說他要的這些仙丹良藥，都是為了助流雲飄蹤一人。真說出實話，表面上被碰軟釘子，暗地裡又惹來嫌忌，招禍上身，波及雲樓和流雲飄蹤，那才是真傻。」

「這樣講來，既然不好用說的，只好用偷的囉！」

「所以，他巧扮夜賊，行竊各大幫。」十二羽冷笑道，「他曾在『霜嶽案』前後，奔走各大幫會馳援，絕對有那本事，摸透各大幫的機關部署。偏偏，他百密一疏，失足雲樓，被自己的義父斬下一臂而死，只能說是命運弄人吧，哈哈！」

「哥哥你也真是，笑的這麼開心！」妲己見十二羽的笑容，嘟囔道，「父子相殘，何等人倫悲劇呢？」

「在其他人是悲劇，在墨家就有意思。」

「妹妹也見過那墨家主子幾次面的，」妲己嘆道，「不過稍稍戲弄他一下，他臉就紅的跟什麼一樣，老實得可愛呢！」

十二羽悶哼一聲，妲己見狀，倚在肩旁媚笑道：「別生氣，哥哥當然更可愛囉！」

「老實歸老實，說可愛就差遠了，」十二羽嗤了一聲，「那傢伙，自恃接下大師的『穹蒼』，樓主又捧他，他就神氣了。樓主甚至瞎編一套『木仁石與夜賊惡鬥而亡』的說法，就為了保全墨家的名聲，不為夜賊所壞，實在太過偏袒了。」

說到這，十二羽把背一靠，又道：「罷了，從結果來看，那顆石頭終究是得其所願，用他的命，激得流雲飄蹤再次振作起來。不夜賭局，是我平生第一次，見到流雲飄蹤如此激動，見到他那般的哭過，那般的痛過。」

「是說，那斷臂只是激他再起，」妲己蹙起眉頭苦思道，「可是流雲飄蹤又是怎麼恢復以往身手？究竟是什麼法寶，能救回他那條右手？」

「我只知他後來回臨湘練劍，後改練刀，這一練就是好幾年。」十二羽笑道，「耐心是最好的仙丹，哥哥自知要重振雄風，也得熬得住這段苦日子。妹妹，難為妳也忍耐。」

正說著，馬車忽然一陣顛簸，嘎然停下，震的馬車中的乘客也差點跌下座來。十二羽惱地掀起車簾，驚見兩人風塵僕僕，單膝跪拜車前。

「二弟，你們怎在這？」十二羽急問，「宗祠一會如何？沒跟得上嗎？」

「是跟上了，按照計劃，用姐姐準備的毒牽制住禪師，可是，」驚神羽喘道，「宗祠今早塌了，與會各幫要人都還被困在裡頭，我兄弟倆先逃了出來。」

「塌了？」

十二羽的眉頭蹙得好緊，眉心和鼻頭幾乎要湊在一起，追問道：「怎麼塌的？」

＊　＊　＊

午後的將軍城擾嚷如昔，將軍祠便位在此處西市中央，供奉命運正神。將軍祠以天師籤聞名中原，籤詩內言晦澀難懂，卻據說可看透人心和未來。殿外兩旁小攤林立，有吃有玩，人潮交織其間，極為熱鬧。

將軍城東則是太守等朝廷要人居住地，較西市靜謐了些。當中有一間蘇家酒樓，是雲樓人來將軍城辦事的歇腳處，大掌櫃蘇孟亦為雲樓要人之一。今日酒樓坐了四、五個雲樓人，包下二樓廂房，一夥人神色肅穆，為的是今早的巨變。

廂房裡有一人，名號「脩正奉曙」犽脩，甫從流雲宗祠歷劫歸來，旋即快馬到將軍城，向雲樓要人們稟報早上所發生的事。

「流雲少主欲開宗祠內容以示江湖諸大幫，並特請禪師見證。」犽脩道，「早上，我侍奉樓主大人、禪師、臨光老祖，現場尚有各幫要人，包括霜月乞伏閣主，天風代表古鳳在內。我們隨那流雲飄蹤、疾風夏宸等人，深入宗祠。宗祠位在大漠地下，輾轉經過十二道機關，來到一間密室……」

「犽脩兄弟，說重點。」主持會議的，是天馬神探項陽軒，但見他雙手抱在胸前，神情希罕地不安。

「密室裡有一棺，據流雲本人所說，本該是藏匿祕寶處。開了棺，但見一死人，不見祕寶。」

新任顧問風凌雲插口問道：「等等，那是衣冠塚啊！棺裡怎麼會有屍體？」

「那其實也不是屍體，一見我們的火把，就跳了起來，自報名號，叫赤巽濡。」

「真是怪人！而且他竟能闖過重重機關，獨自睡在密室的棺木裡？」項陽軒問道，「假如棺裡裝的是他，那裡頭原來的東西呢？」

「那赤巽濡說，棺木裡本來就是空的。然後，」犽脩道，「疾風鏢局夏宸，便和流雲兵府的少主，爭了起來。」

「他們爭起來？為什麼？」

犽脩躊躇了一會，續道：「詳細原因不明，總之，夏總鏢頭和流雲少主，爭論不下，就

這麼打起來了。」

「這兩位的功力俱足以崩山撼嶽，這一打起來，不把那地下墓穴給打坍了？」

「誠如顧問所言，我只見雙刀鏗鏘相抗，還不到五招，餘勢便震撼整間地下墓室。」

犽脩打個哆嗦，續道：「樓主見狀，要我先回來稟報各位。可我後腳才剛踏出墓穴，宗祠就整間垮了。我們各幫的隨從大多都被擋在外頭，現場一片混亂。」

項陽軒蹙起眉頭道：「流雲飄蹤必定熟知宗祠的機關部署，一定有辦法帶著大家逃生。」

「如果是這樣就好了，」風凌雲道，「就怕那百韜雄略心懷不軌，意圖坑陷各大幫，連樓主大人都要陷進去。」

項陽軒瞪著風凌雲，字字徐徐緩緩道：「樓主和流雲少主的情誼，非比一般。」

「利益當前時，性命交關處，方知情義深淺。以往交情，做不得數。」風凌雲反問道，「再者，疾風鏢局那兒就有消息傳出，說這回夏總鏢頭陷入朝廷血案清算，就是流雲府的要人在暗中使力。怎知他們這回突然提出宗祠一聚，背地裡又有什麼打算？」

項陽軒有些惱了，虎地一聲站起來，喝道：「這是假消息，我認識流雲飄蹤十餘年，知道他絕不是這種使詭計的人。」

此時一隻纖長玉臂擋在前面，一位溫雅小生，為諸幫眾奉上菊花茶，笑著安撫道：「樓

主不在，還有我們。倘若自己心先亂了，事情會更糟。」細看那溫雅小生，鳳眼丹影，束起一頭長髮，雙唇紅潤似胭脂。江湖盡知他是與唐廿齊名的後起新秀，一代畫仙宋罡，同時也是雲樓「雲曦畫影」。

項陽軒深吸一口氣後，重新坐定，啜飲一口溫茶。此時風凌雲嘆道：「知人知面，焉知其心？況且，若不是流雲兵府的傳言在先，夏總鏢頭又怎會和百韜雄略打起來？」

「犽脩兄弟，當時就你在場。」項陽軒問道，「爭鬥的來龍去脈，你究竟知道多少？」

犽脩神色有異，游移不能答，此舉益發啟人疑竇。項陽軒又要追問下去時，忽然來一幫眾闖入會議，稟報道：「羽家軍特使來見！」

「羽家的特使？」

雖然心懷疑慮，雲樓眾人仍請那特使進來。特使正是羽家「三兇星」的軍龍羽，一來便是拱手行大禮道：「家兄十二羽，敬告雲樓諸位賢達：羽家時時感念雲樓樓主提攜之恩，今日驚聞樓主、老祖俱陷宗祠事變，當傾盡羽家軍力，救出樓主、臨光大前輩等人。今日特先遣二弟與諸位曩昔盟友，談妥合作一事，凡事當不分你我，為大局計議而行，謹此。」

「同盟？」風凌雲冷笑道，「我看是要借我雲樓之勢，潛入兵府，行什麼詭計吧？」

「新任顧問大人，快別這麼說，」軍龍羽笑道，「我羽家人可都是正人君子，行仁義於天地間，非比流雲飄蹤陷害同盟之輩。」

「特使老弟，不知情的事，還請少做揣測。」

「在下知道的，和這位『脩正奉曙』一樣多。」軍龍羽道，「因禪師日前誤服了敝府『三日喪』，家兄遣我奉送解藥，趕來流雲宗祠。沒料到卻演變成這樣。」

「你也在？」風凌雲問完，轉頭看著犽脩，犽脩點頭示意。風凌雲又問：「那，你且說說看，夏宸和流雲飄蹤，為何而爭？」

「難道這位小老弟沒告訴你們？這可是一等大事！」軍龍羽笑道，「夏宸之所以和流雲打起來，是因為他們在空洞洞的宗祠密室裡，竟然發現了那東西。」

「什麼東西？」

「好幾疊的舊冊子，」軍龍羽瞪大眼睛，故作細聲道，「血案當年的『魚鱗冊』啊，而且還是正本！」

「這？」項陽軒失聲喊道，「這絕對是他人離間之計！」

「是那舉證疾風鏢局沾染血案的魚鱗冊？這不對吧？」風凌雲亦問道，「策侯若有那坑害疾風鏢局的心思，豈有將如此危險的證物，專程藏在墓穴，等著當事人來發現的道理？」

「流雲飄蹤當然百般辯駁，說這是他人挑撥離間的陰謀，但是夏總鏢頭似乎聽不進去，就這麼在墓穴裡打起來了。」軍龍羽笑道，「那時情勢混亂，在這當下不好細說明白。事到如今，樓主大人、臨光大前輩，和五芒右使盡皆陷在宗祠當中，生死不明。我兄長既然出

身雲樓要職，我等自當與雲樓同舟共渡，不可再有敵我之分。各位雲樓的兄弟們，你們怎說？」話說到此，房內眾雲樓人疑思滿面，卻又別無選擇。

正當大夥在商議事情的時候，在二樓另一端，是給雨紛飛的香閣。宗祠一聚前夕，臨光遣雨紛飛帶著小夜繁回將軍城，等候溫王府的家人來接孩子。雨紛飛因此逃過這場災禍，這時刻正哄著徹夜不眠的小夜繁入睡。小夜繁剛吃了點粥，躺在香床，嗚咽問道：「光光呢？」

雨紛飛緊抿雙唇說不出話，勉強擠出一絲笑容，輕按著小女娃的細軟頭皮，哼著臨湘謠。待小夜繁睡了，雨紛飛從行囊裡拿出一面銅鏡，用腰間香囊擦亮鏡面，坐回床邊，凝視著銅鏡。

她忽地問道：「月姊，我該怎麼辦？」

問完，她緊抱住銅鏡，像是抱住她最親的姊妹般。抱過，她又問銅鏡道：「月姊，再說說臨湘城的事？」

鏡面閃亮，隱約可見一女子的鏡像，但不是雨紛飛。鏡中的人影，身穿一襲袍子，持一玉淨水瓶，她的美貌，中原再尋無第二人可比。

＊　＊　＊

剛過完年，商隊尚未啟行，大漠邊關理應是人煙稀疏、店家生意冷淡的時候。豈料這天

午後，自申時起，先是忽然來了一男一女，入住一間廂房，閉門不出，接著，一批批江湖人入住，每批旅客約五到十多人不等，這群江湖人嗓門大，架子更大，店小二絲毫不敢怠慢。

酉時，鷲神羽也來了，他將隨從留在門外，邁入客棧大門，丟下一句：「我來找人，不准打擾。」便直闖二樓，一路上竟無人敢阻擋他。

他闖入那對男女所住的房間，一見那男子便抱拳稟報道：「大哥，我已調動一支特遣隊，自羽府趕往大漠邊關。」

「辛苦了，老弟。」男子坐定床邊，正是十二羽，笑問鷲神羽道，「你有話想問我對不？否則，何須特地來向我稟報？」

「大哥，這難道不是個機會？」鷲神羽便直問，「假若，各大幫的幫主就這麼死了……」

「我說過了，不成。」十二羽一嘆而駁道，「羽家如今折了我這大哥，羽翼不全，假若這些江湖正派又在此刻痛失龍首，徒令閣裡那朵『毒菇』的毒性更強，羽家的處境更加堪慮。我們總要權衡得失。」

「就算如此，我們犯不著去幫那不同邊的人。」

「有何不可呢？」妲己在一旁笑道：「這正是以德報怨，證明哥哥吞吐中原的好氣量。」

十二羽聽了，乾笑數聲，又問驚神羽道：「至於軍隊到了流雲別府該做些甚麼，老弟你領軍，當自有分寸不是？」

驚神羽思忖半晌，再問道：「但是大哥，我等羽家外人，與流雲府素無友好，懷怨有餘，要如何涉入其事？」

十二羽大笑數聲，反問道：「這就要看貪狼交涉的本事了。話說回來，關乎護國大法師的性命，我們為何不可涉入？」

「的確，姊姊調的『三日喪』，要解毒可沒那麼容易。」驚神羽提醒道，「可是有消息傳出，大漠別府已派出十二快馬，連夜請駐守臨湘的兵府高人宇文承峰，以特使名，趕來大漠穩定局勢。那特使特聘了臨湘上等藥師，連夜調出解藥，解藥一到大漠，我軍無能為也！」

「特使到不了大漠的。」十二羽獰笑，「看看這裡多少人？你以為只有我們有所行動？」

三城風波

位於大漠邊關的流雲宗祠，到底藏了什麼祕密？

這是近年來江湖人心裡的一道謎、一個痞塊，卻也算不上什麼要緊事。但是隨著傳言越傳越盛、越傳越聳動，甚而連流雲飄蹤本人亦廣邀江湖各大高人，一訪自家宗祠，或許希冀著藉此澄清某些誤會。

然而宗祠一聚不到半天辰光，就鬧出大事來。

如今，兵府、雲樓、疾風鏢局、霜月天風，諸幫各大幫主和高人代表，俱陷在流雲宗祠，下落不明。這樁大新聞經過不到半日，就傳遍中原南端三大城，江湖其餘幫派，開始各有行動，各懷不同的心思。

同一天，將軍城的午後陽光，照進蘇家酒樓的烏木窗櫺。雲樓天馬，項陽軒奉樓主指示，坐鎮將軍城，若局勢有變，當傾力穩定內部軍心。然而他儘管懷著千百個不安心，卻仍然與冒然拜訪的軍龍羽談成了條件。「貪狼星」軍龍羽此行收穫甚豐，得意的神情盡露於臉色表情上。他領著三五個羽家家僕，滿面諂笑地深深一揖，謝別項陽軒等一行雲樓幫眾，帶著簽署好的密函，要去十二羽暫居的宿屋報告成果。

當羽家軍一離開酒樓，項陽軒便將整副身子癱在烏木椅背上，慨然長吐一口氣，貌似要把肚子裡的穢氣給吐個精光似的。

就在這時，酒樓又來了一位訪客，疾風鏢局三當家珞巴姑娘求見項陽軒，她直直坐定項陽軒的對面，與他四眼相望，「小巴大人」這時竄出珞巴的胸口嗅了嗅，旋即撲越到茶几上，抓起一顆堅果，吱吱嗑嗑地啃個不停。

珞巴問道：「我聽說羽家使者的事情了，天馬，你真的要答應他？」

「嗯。」

「你不怕他們別有意圖嗎？」

「怕呀，可是現在不得不這麼做。不過一天之內，帝都之南，統統都在動盪不安。這時候少一個敵人，就是多一份勝算。」

項陽軒凝望珞巴憂慮的神情，笑道：「我認識十二羽的時間比妳更長，雖說發生過很多事，但，我知道，在這節骨眼，我可以相信他。」

說完，項陽軒饒富興趣地盯著「小巴大人」，又問道：「妳是鏢局三當家，卻在這個節骨眼來到這裡，這樣好嗎？」

「有青闕、雲煙主外，邢熂、無夢生主內。」珞巴道，「鏢局裡裡外外，不論老少，對這『疾風四龍』都很服氣。有他們在，我才能放心來找你。」

說完，她笑容又褪逝了，看著桌上「小巴大人」啃著一粒又一粒的堅果，那貪得無厭狀，忍不住心煩，輕指一彈這小東西的背脊，「小巴大人」吃了這一記突襲，驚地一躍到項陽軒肩上，氣的吱吱連叫數聲。

「別擔心，他們不會有事的。」項陽軒抓下肩上的小東西，邊寬慰道，「夏總鏢頭、流雲少主，和我雲樓樓主的交情，非比一般。即便這當中有什麼誤會，只要誠心深談，必定可以冰釋。」

「我知道，我只是怕。」

「怕什麼呢？難道妳不相信他們？」

「我來到這裡的路上，也略為聽說過了，今早宗祠裡的紛爭。」

珞巴試著和小巴大人和好，信手拿粒堅果放在掌心上，招呼牠過來。她猶疑了一會，坦白道：「可能，事情比我們想的更複雜。」

「什麼意思？」

「你應該也想得到，令總鏢頭和流雲打起來的，是那一疊藏在宗祠裡的『魚鱗冊』。而這件事，肯定是他人栽贓的。」

「對啊！這是一定的！」

「做這件事的人，又有什麼目的呢？」

「還會有什麼目的？當然是構陷流雲飄蹤，挑撥我們。」

「如果是為了挑撥，做的也未免太拙劣了，根本一眼就能看穿。」珞巴道，「而且，總鏢頭還是為了這個陷阱，和流雲打起來了。」

「妳想說什麼？」

「我只是怕，把魚鱗冊藏進地下墓穴的……」

珞巴話說到一半忽然打住，只見她雙眼泛紅，似乎就要哭了出來。當項陽軒正要安慰她時，忽然幾陣巨響，原本揚長而去的羽家家僕闖回蘇家酒樓，一見項陽軒就破口大罵：「你們雲樓好樣的！卑鄙小人！假意重修舊好，結果要害我家主子！」

項陽軒臉色變得很難看，直問道：「有話好好的說，幹嘛一進來就罵人？」

「你敢拿性命發誓，刺客不是你們雲樓派的？」

「刺客？」

「你真敢裝蒜！」羽家家僕嘶聲高喊，「軍龍羽大人死了！」

「死了?!」項陽軒聞之臉色頓失，失聲喊道，「怎麼死的？」

「出城前，有刺客偷襲我們，」羽家家僕叱道，「然後軍龍羽大人，被一道衣帶給活活絞死！我們看得真切，那絕對是臨光老祖的『沂耀緄』！」

「別含血噴人，」項陽軒亦動了氣，怒沖沖地駁道，「臨光大前輩還被困在流雲宗祠，

是要怎麼去殺軍龍羽？」

「又沒別人作證他到底有沒有在墓穴裡？再說，還有誰能用一條衣帶就殺人?!」

項陽軒尚未開口，忽又見一女子直入酒樓，一頭束在後腦勺的長髮垂到腰際，身穿一襲紅衣紅裙，叉手在腰，朗聲問那家僕道：「你沒事吧？怎麼跑來這兒大吼大叫的？」

眾人齊聲問道：「妳是誰？」

「我叫狼煙雨，說來話長，我大清早入城找工匠修窗子，想說難得上市集一趟，就來溜搭、溜搭，誰知道竟看見市集鬧出命案，亂成一團，這廝往城東這兒跑，我以為他要報官，就跟了上來，要說個清楚。」

「所以姑娘，妳是目擊證人。」

「不止我，看到命案的多得很哩！兇手很大膽，身手很快，一把將死者吊上西城牆，就逃了。」

「看來事情要鬧很大，」項陽軒問，「狼姑娘，妳可見到兇手的長相？」

「那女人穿著夜行衣蒙著面，看不到長相。」

「慢著，既然看不到長相，妳怎麼知道她是女人？」

「哪個男人那麼娘娘腔，拿一條白絹當武器絞死人？」

項陽軒聽了，神情一凜，顧盼之間，看得出他心中有千百個念頭閃過。

＊＊＊

宗祠一聚翌日傍晚，不夜城的輝煌燈火再次點亮，樓台上舞照跳、歌照唱，樓台下的江湖人三五成群，私私竊論，講的，不外乎大漠邊關的事。

雲樓神醫「醉華陀」倚不伐依舊一襲墨黑大袍，向酒樓小二要了一壺燒酒，酒到唇邊，他遲遲不喝下肚，微闔雙眼，凝視杯中酒紋出了神。

就在他的位子不遠處，坐了昀泉三司姬：容繶、繆箏、末翃，拿副骰子，有一搭沒一搭的玩著，玩了幾把，古琰來了，後頭還跟了柳青澐。

容繶懶懶一伸手，招呼古琰道：「妳來早了，還以為妳會在將軍城多待個幾天。」

「將軍城裡為了座墓碑吵個沒完，沒我的事，我就來玩了。」

容繶指著柳青澐問道：「那麼，那個女人是怎麼回事？」

柳青澐二度現身司姬面前，神色判若兩人，但見她這回手持包袱，亦步亦趨地跟在古琰後頭，那柔順的窘迫樣，迥然異於上次的盛氣凌人。

「小青青現在是我的女弟子囉，不錯吧！」古琰得意地抬起頭，喚柳青澐道，「來和妳的師姑們問好呀！」

柳青澐脹紅了臉，低頭道一聲：「晚安。」

「喲，小古，真有妳的，竟然能把她搞得服服貼貼。」容繶抬起眉毛，搓著指尖，語帶

曖昧地笑問道，「妳是怎麼辦到的？」

「當然是師徒間的大愛囉！對不，小青青？」

「……對。」

四司姬吃吃笑著，這時古琰發現了倚不伐，帶一絲壞笑湊了過去。容纘懶懶地說：「古琰，護衛臨走前有交代，別招惹雲樓的人啊！」說罷，卻也不曾試著阻止她。

「大夫，小女子病得厲害，您幫小女子治病嘛！」古琰雙手撫胸，做作挑釁道，「大夫，您不看看？」

不看，就會被笑作怯弱無膽之徒，看了，會被女方以一招擒拿反制，誣指為非禮犯。三司姬在一旁掩面偷笑，坐看這齣好戲會怎麼發展？而倚不伐神色不變，從袖裡拿出一條金絲線，捏住一端，將另一端拋給古琰，道：「捏住這端，把脈。」

古琰冷哼一聲，信手捏住絲線，暗中使勁，手腕一動，作勢要將絲線給扯過來，豈料倚不伐同樣自指尖發勁，定住那脈線。古琰見脈線不動，頓時失了笑容，氣勁益發，指尖死捏得緊，絲線那一端甚至冒出了絲縷輕煙。

「嗯！」

倚不伐自丹田發勁，發出一聲低鳴，但見那條金絲線竟然炸開來，絲絮飛散兩人之間。古琰的臉色由白轉紅，一拍桌子便要起身，而倚不伐卻快她一步，「虎」地一聲，用一隻大

掌強按住她的臂膀，另一隻手則掐開了她的嘴巴。古琰突然吃了這一記，不知所措，瞪大了眼睛望著倚不伐。

「果然，妳中了迷毒。」倚不伐連番逼問道，「妳這七天去了哪裡？吃過什麼？和什麼人見過面？」

古琰掐開了嘴不能說話，哦哦啊啊半晌，要倚不伐放開她。倚不伐甫一鬆手，她便嬌聲連罵：「臭老頭！你捏得人家痛死了你可知道……」

「妳這七天，可殺過人？」

冷不防間，倚不伐又一問，這次問得古琰張口結舌，說不出話。

此時，傳來一陣嘈雜聲，有五批人馬，各自約三、五個隨從，總共二十幾個人，浩浩蕩蕩，圍住了倚不伐和古琰。

這幾批人馬貌似不期而遇，一見彼此先是愣了一愣，隨即彼此一番寒暄過後，轉向倚不伐，朗聲一揖道：「久仰神醫大人多時！」

古琰見到這一群人，臉色一變，正要起身，卻被倚不伐按回凳子上。倚不伐問眾人道：「你們沒看到倚某在治病？」

「打擾神醫大人治病，實屬唐突，惟事態緊迫，懇請神醫大人見諒。」

倚不伐又拿出另一條絲線，讓古琰抓著。他捏住絲線，打量線頭另一端的脈象，道：

「倚某邊看病，你們邊講，一個一個來。」

眾人互覷一眼，推出第一個人，行禮一揖道：「我乃龍家九子之二，兄長贔屭，日前遭不明惡徒斷其經脈，性命垂危。兇手面貌不明，只知是以一條白絹發勁，震斷兄長的經脈。」

接著第二個人道：「我武家老爺的公子，武子傑，日前亦遭不明人士殺成重傷，目擊者說，兇手貌似將一條白絹藏在袖裡，以此行兇。」

第三人道：「家父慕容儀，日前在將軍城市集，遭一惡徒襲擊，惡徒欲以白絹絞殺家父，家父僥倖逃脫，卻也因此傷及氣脈，臥病不起。」

第四人聽完前三人的敘述，遲疑了一會，道：「我乃耶律四管家，家中武術教頭，耶律虹，日前只聽說要去緝凶，下落不明，後來給人發現吊在城牆上，好不容易搶救回來，武功卻也因此廢了。」

「四管家，該不會有人撞見，耶律教頭是給一條白絹吊上城牆吧？」第五人思忖道，「這和咱東宮家兄長，東宮亦風的傷法，是一樣的。」

「嚇！」

倚不伐忽地傾身，一手抓住古琰的右腕，一掌拍在她的額頭上。但見古琰眼神渙散，亢聲連喘，神色卻異常痛苦。三司姬見狀，亦不約而同站了起來，快步到古琰身邊。

「小古！」

「這娃兒怎麼回事？」眾人相覷而問。

「她中了迷毒，氣血過盛時，可蝕心亂志，會做出些什麼事來，連倚某也不知道。」

倚不伐自掌心運氣，鎮住古琰的心神，用眼角睨向眾人道：「倚某明白諸位來意，可是這緝凶一事，你們應該找捕快來的有用些。今晚這病人的情況不太妙，勞煩諸位先回去吧！」

待眾人退散，倚不伐掌心仍按住古琰不放，嘆道：「倚某今晚是為了等人，豈料等來一樁樁鳥事煩身。」

「那可真對不起，讓倚大夫久等了。」

從酒肆角落傳出一道聲音，身穿青藍披肩、潔白襯衣的姑娘，推著一把雕工精緻的木輪椅，喀啦喀啦地，信步到倚不伐面前。輪椅上坐著一位年輕男子，手裡拿本簿子，笑道：「如你所見，在下長年不良於行，病軀難免傷痛纏身，剛好遇到這位有毒姑娘，抓些藥，所以遲了。」

「你總算到了，可你也太看不起人，難道倚某治不了病？」

「一點小病痛，何足勞煩大夫？」

「也罷，你帶個幫手來也好。」倚不伐把古琰交給三司姬，又向有毒道，「姑娘看來熟

知藥學，麻煩妳幫倚某合一帖鎮靜心神的方子，給這位古姑娘服用。」

倚不伐說了幾樣草藥名，有毒微微頷首，轉身張羅藥方去。那輪椅上的男子攤開手上簿子，道：「昨天，不但大漠邊關出了事，連軍龍羽也死了。」

「軍龍羽？」倚不伐微微一驚，追問道，「怎麼死的？」

「死在一條白絹下。」

「白絹？」

「正是，」男子反問，「大夫，不覺得這死法很耳熟？」

倚不伐沉吟不語，男子闔上簿子，又問：「大夫，這個節骨眼，您居然還留在不夜城？」

「醫病，務求其病根。」倚不伐道，「連番意外，不過是病果。」

「您認為，病根在不夜？」

「所有的傳言，都源自不夜城。」

「既然如此，找來在下所為何事？」

「你心知肚明。」

不知何時，倚不伐身邊出現另一男子，白髮藍眸，風姿倜儻，身披澄白長袍，手持鵝黃羽扇，朗聲吟哦：「煙波浩渺料塵劫，雨落吾用敵三千。」

倚不伐斜睨了他一眼，嘲道：「可人兒，倚某又沒約你來。」

「晚輩擔心，光憑倚老前輩一個人，不是這位仁兄的對手。」羽扇男子笑道，「還是讓晚輩一同來會會他。」

「原來如此，兩位懷疑在下正是那『始作俑者』。」男子笑著為自己辯解道，「沒想到在下區區一介病夫，『江湖記事人』，竟然驚動雲樓『醉華陀』和『煙雨策士』宋遠頤雙雙現身。可是在下何德何能，能牽涉入這連日來的一連串陰謀當中？」

「你不只是個記事的人，本人對於你的另一個稱號，知之甚詳。」手持羽扇的「煙雨策士」宋遠頤，忽地邁步傾身，迎面逼向男子鼻前三寸，道：「『藏鋒不露』劍青魂，江湖各幫各派都願意傾囊千萬，買你手中那本簿子裡的祕密。」

那神祕男子，劍青魂，雙掌按住大腿上那本青皮簿子，笑而不答。

「大庭廣眾之下不好說話，咱們包間祕密的廂房，好好長談一番。」

「策士大人的一番心意，在下心領了。惟賤軀有所不便，還請多包涵。」

「不打緊，有幫手呢！」

宋遠頤笑望門外一沉默漢子，漢子轉頭看有毒一眼，得到她首肯道「無毒，你幫劍兄臺扶一把。」名為無毒的漢子這才邁步入門，停在劍青魂的輪椅後，一提氣運勁，將整個人連人帶椅抬起來，聽從宋遠頤的指揮，搬進二樓某間廂房，隨即外出閉門。倚不伐將劍青魂的

輪椅推到房中圓桌旁，他隨後和宋遠頤找張凳子坐定。

「俗云『人言可畏』，一張口，一支筆，就能殺人於無形間。」一坐定，倚不伐便向劍青魂道，「朝廷言官掌握『魚鱗冊』一事，是從你這裡傳出來的。」

「難道，是在下設計，構陷疾風鏢局？」劍青魂面不改色，反問道，「那麼試問大夫，在下與夏總鏢頭有什麼瓜葛？何須如此中傷他？」

「就算你不是主謀，與主謀必定有所關連。」

「那更沒道理了，疾風鏢局名震中原，流雲兵府叱吒三世，想將他倆一起扳下台的人，肯定多如過江之鯽。」劍青魂面不改色地駁道，「主謀，卻只能有一個。在下又如何得知，自己曾與流雲家或疾風鏢局的仇敵接觸過？大夫又如何能證明，在下曾受某個『主謀』指使，放出不利兩家的傳言？」

宋遠頤凝望著劍青魂，忽地笑出聲來。

「不錯，」宋遠頤道，「誠如你所說，一切都是倚老前輩的猜想。」

倚不伐鐵青了臉，瞪著宋遠頤。劍青魂笑道：「策士大人果然聰明，光靠猜想就要誣人入罪，著實不妥之甚。」

「除非經由你親口證明，這一切並非單純的猜想。」

「可惜在下要讓你失望了，關於大漠一案的前因後果，在下確實一無所知。」

「這倒也無妨，事實上，倚老前輩還有一些有趣的猜想。」宋遠頤轉向倚不伐問道，「前輩，我說的可沒錯？」

「本來是七分沒錯，」倚不伐沒好氣道，「今晚見著本人，更是十之八九沒錯了。」

「這就好說了。」

雲樓兩人打了半晌的啞謎，勾起劍青魂的好奇心，劍青魂忍不住問道：「怎麼回事？」

宋遠頤並未回答，換個話題道：「要說仇家的話，老兄您的仇家也不在少數啊！」

「在下不諱言，江湖上確實有不少人想要在下的性命。」劍青魂撫著大腿笑道，「不過，人在江湖，要的是名聲。對一個半殘之人出手，這樣的消息給傳出去了，難免有失顏面。」

「所以這雙病腿，反而保住你的性命。」

「策士大人這麼說，倒也不為過。」

「不過，這殘疾是真的嗎？」

「什麼意思？」

「這個意思！」

說罷，宋遠頤闔攏手中羽扇，扇尖冒出一把尖刺。須臾，宋遠頤一轉身，逼到劍青魂面前，倒拿羽扇，將扇尖猛地刺向劍青魂的腿。

「噗！」

劍青魂吃了一驚，雙腿一蹬，整個人竟飛離輪椅三尺，但見他失了臉色，冷汗淋漓，踏穩馬步，抽劍戒備宋、倚二人。

宋遠頤笑道：「瞧，您的腿挺好的呀！」

劍青魂見自己的偽裝被揭穿，亦惱恨而笑道：「你們居然看穿了！」

「老兄人如其名，『藏鋒不露』，頗懂得隱藏自己的實力。然而，一旦得望其色、聞其聲，十之八九的病情都看得穿。」倚不伐道，「就倚某親眼看來，你確實曾病過一場，但只是不便久行，要在分秒之間施展步法，防身殺人，你還是辦得到。」

劍青魂苦笑一聲，又問道：「既然看穿了，又如何？」

「那就要看你了。」宋遠頤用手摸摸光滑下巴道，「看你怎麼回答我們的問題，我們再好好考慮，該不該將『劍青魂實無殘疾，深藏蓋世輕功』這個不好不壞的消息給傳出去。」

劍青魂呆了半晌，先是竊笑，然後大笑道：「好啊！問！在下知無不言！」

「大漠血案之所以涉及夏宸，乃因朝廷言官掌握了『魚鱗冊』的紀錄。這可是你傳出去的消息？」

「對。」

「朝廷實情真是如此？」

「確實如此。」

「你可知誰提供『魚鱗冊』給那上書彈劾的言官？」

「不知。」

「誰將『魚鱗冊』的真本藏到流雲宗祠的地下墓室？」

「一個盜墓奇人，六丁六甲術士赤巽濡。」

「是你指使他的？」

「不。」

「那你可知道是誰？」

「夏宸。」

宋遠頤和倚不伐愣了。

「有什麼好奇怪的？」劍青魂笑道，「照昨天流雲宗祠生還者的說法，當時夏宸一發現墓中的魚鱗冊，不由流雲飄蹤辯解，就打了起來。試問，疾風鏢局的總鏢頭，如此老練世故的江湖高人，怎麼會中了這麼一個拙劣的離間計？除非……」

宋遠頤蹙起眉頭，接著劍青魂的話問道：「除非，他早就想與流雲飄蹤一戰，所以特意安排了這麼個藉口？」

「這話不對，」倚不伐按住眉心，連連搖手並駁道：「假若這真的是夏總鏢頭安排的，

那也就是說，他早在一開始，甚至在『邊關大捷』翻案前，就掌握了『魚鱗冊』，那麼說，難道？」

「難道那魚鱗冊，之所以能流入朝廷言官手中，掀起大案，也曾經過夏宸的示意？」宋遠頤接續問道，「若真是如此，夏宸又是為了什麼，寧可讓自己被牽扯入朝廷鬥爭，冒上連累鏢局的風險，也要讓這『魚鱗冊』的真跡流世？」

「或許，實情沒有兩位想的如此複雜。」劍青魂笑道，「也可能在大漠案爆發後，夏總鏢頭剛好發現魚鱗冊的真跡，就想藉此找個機會，和流雲飄蹤打一場。」

宋遠頤駁道：「這不是夏總鏢頭的行事風格，既然掌握了真跡，就該先運用在朝廷上，為自己那樁莫須有的罪過平反才是。」

「帶罪立功，何嘗不是一種平反？有時，這麼做還更有效呢！」

「像當年『霜嶽案』那樣？」倚不伐自問道，「可是，該如何立功？和流雲飄蹤又有何干係？」

「『霜嶽案』功在維繫朝廷，那麼，」劍青魂冷哼一聲，反問兩人，「為朝廷拿下行刺前朝皇帝的欽命要犯，流雲飄蹤，這算不算一樁大功？」

宋遠頤和倚不伐，聞言盡失了臉色。

「故事，或許可以這樣說，」劍青魂微咧著嘴角，「自從當年霜嶽案後，朝廷又連番

改朝換代，而罪淵閣和流雲兵府，都深陷其朝廷陰謀中，脫離不了關係。但那一番腥風血雨後，流雲兵府勝了，流雲氏和雲樓樓主支持的太子亦登上大位，但，近年來隨著皇上病重，反對流雲氏和雲樓的勢力，又悄悄崛起，意欲將流雲飄蹤等雲樓的相關人馬，除之而後快。」

聽到這，倚不伐憤然道：「豈有此理！」

「但是，這些陰謀分子，只先暗地裡悄悄的做，而不是明刀明槍的打一場。這可以證明，他們的羽翼尚未豐腴，須靜待損失的實力慢慢補充回來，同時，不動聲色地，徐圖折損流雲一方的戰力。」

「會是誰呢？難道是罪淵的独孤客？」

「或許是，或許不是。就在下所知，流雲府或許防範著罪淵，但是独孤客真正的仇敵是天下五絕，對於流雲飄蹤，反而沒有那麼深的仇恨。」劍青魂思忖道，「不過，如果是罪淵的另一個大人物，就難說了。畢竟，他在聲勢最盛時，就敗在流雲飄蹤的手下。」

「你是說，」宋遠頤緊皺著眉頭，「『深淵的惡魔』？」

此時傳來打更聲，劍青魂點燃了桌上的油燈，續道：「無論幕後主使是誰，他們第一個盯上的是夏宸，這位剛與流雲、雲樓締結盟約，但交情並沒那麼深厚的一代江湖高手。用一樁彈劾血案，一些傳言，一點威脅利誘，引誘夏宸先與流雲飄蹤一戰，折其一臂。」

倚不伐搖首道：「這說法，未免太過牽強。」

「但也不無可能，」宋遠頤思忖道，「這麼想想，畢竟與夏宸交情最深厚的，並不是樓主或百韜策侯，而是無心門的天下五絕，上官風雅。」

「策士大人高明。」劍青魂笑道，「如今，流雲飄蹤和夏宸俱陷落地底，生死不明。而那群反流雲的陰謀分子，已開始進行下一步了。」

「什麼意思？」

「在下剛才說，為了請有毒姑娘抓藥所以遲到，其實是謊言。」劍青魂道：「在下是因為臨時接到一個有趣的消息，才遲到的。」

「什麼消息？」

「前晚的消息，臨湘的流雲總府，被惡徒攻陷了。」搖曳燈光，擺盪在劍青魂陰沉的臉上，「而流雲兵府當今第一策士，宇文承峰，同樣生死不明。大漠邊關派去的流雲府『十二快馬』，怕是永遠遇不到收件人了。」

聽完這消息，宋遠頤臉色一凜，倚不伐卻笑了。

劍青魂問道：「大夫，你笑什麼？」

「聽你這麼一說，倚某反而安心了。」倚不伐笑問道，「兩位，你們可知道，江湖上有什麼東西快過『十二快馬』？」

＊　＊　＊

臨湘城位居中原東南，前有臨水、湘河兩大屏障，後倚雪山天險，因此自古以來，便有「霧都修道，不夜散財，將軍得權，臨湘得勢」的說法，凡志在中原的朝野群雄，無不視臨湘為養兵儲勢之所在。也因此江湖有兩大勢力：雲曦迴雁樓和流雲兵府，都著重在臨湘培植人馬，據地稱雄。

依山傍水的臨湘城，以三景聞名中原。第一景「雪山春白」，第二景「湘河波瀾」，至於第三景，便是貫通全城的十里驛道上，那馳迅如梭的流雲府「十二快馬」了。所謂十二快馬，實乃一批訓練有素的騎師，他們以臨湘為大本營，分駐中原各地驛站，一旦接下任務，便遣快馬加鞭，不停蹄地奔馳到下一個驛站，消息緊急時，務求不分晝夜，連遣十二匹快馬，將信息在十二個時辰內傳到中原的任一角落。

但是在流雲府中，還有比十二快馬更快的，那就是宇文承峰的洞燭機先。

從宗祠一聚前晚開始，臨湘城外一里處的流雲府中，便是燈火通明，夙夜不熄，人聲交織穿梭，備兵、備馬、備藥、備武器口糧，一旦大漠有變，隨時可出兵馳援大漠別府。

快三更天時，宇文承峰眼看一切就緒，交辦好剩下的工作，獨自躺在西廂房的某處小床上假寐片刻。他已經整日未曾闔眼過，心知自己迫切需要好好的養足精神，應付接下來可能發生的最壞狀況。無奈他左翻右覆，竟然靜不下心來。

這時來了個打雜工，拿著掃帚闖入房間，見宇文承峰便道：「軍師，您累了。」

「再累也得撐住。」宇文承峰苦笑道，「少主這趟宗祠一聚，不知怎的，總有些不好的預感。為了以防萬一，須提前做好準備。」

「少主吉人自有福相，倒是軍師您可不能倒下。您一倒，後方臨湘就會亂，」打雜工道，「這緊要時刻，您的命之重要，不下於少主。」

「你說的也有道理，反過來說，」宇文承峰捏起眉頭，說道，「那些要搞事的，勢必將矛頭對準我了。」

「軍師果然高明，一點就通。」

「那麼，你呢？」

「我？」

「你藏在帚柄的劍，對準了誰？」

打雜工面無表情，抽出深藏的劍。

「我果然累了，像你這麼個高手，藏在兵府雜役中，我竟然絲毫未覺，」宇文承峰闔上雙眼，道，「我性急，你要動手就快點。」

「遵命。」

打雜工持劍淡淡一揖，旋即一招殺向宇文承峰！

冷光如彗星一閃，停在咽喉三寸外，一抹劍影正好彈飛了一支脫手鏢！那鏢又快又狠，本瞄準了宇文承峰的咽喉！

幾乎同時，天花板響起一陣踏亮步伐聲，接著又一波死士破門而入，舉起鐵刀陣，齊砍向床邊！打雜工順勢轉身，以劍鋒架住洶湧刀浪，以一敵十，徐然應之，留一絲餘裕，面無表情地調侃床上君子道：「軍師，您沒得睡了。」

「再吵，我還是得睡。」宇文承峰閉著眼睛，「麻煩你頂住兩刻鐘，剩下再交給我。」

打雜工點頭示意，沉聲一喝，一股雄昂氣勢起自丹田、發至劍刃，劍芒一轉，震飛了這一波鐵刀陣，震的這波死士個個口吐鮮血，癱的癱、倒的倒。此時自門外射入數波箭雨襲來，但見打雜工銀刃閃爍如流星雨，撥掉了每一波箭雨。待箭勢稍停歇，天花板轟然塌陷，又一波死士從天而降，以三面亂劍殺向宇文承峰！但見打雜工道聲「貴客，失禮了」，劍鋒連點，每一點不偏不倚落在一招亂劍上，亂劍或偏、或倒、或反殺向死士自身，亂劍砍在打雜工兩人周圍二尺處，用劍痕畫出數圈重圓，卻不曾傷及兩人一絲一髮！

交鋒數回合後，死士悉數遭殺退，宇文承峰此刻方才起身，一伸懶腰，打雜工問候道：「您睡醒了？還不到一刻鐘哩！」

「這樣夠了，好久沒能睡得這麼舒坦。」宇文承峰笑道，「你會明白，能夠將一肩的重任和性命，全托在別人身上，是一件多令人身心舒爽的事。」

「話說，這邊死士偷襲，鬧這麼大的事，竟然沒有人來查看？該不會前方出事了？」

「也該是時候了。走吧，去前方瞧瞧。」

宇文承峰走一條兵府雜役們鮮知的花圃小徑，到一座小丘上的亭子。他兀立亭中，居高臨下，眺望流雲府三重門外，那兒火光沖天，流雲家兵和外敵廝殺成一團，難分上下。

打雜工從後頭跟上，問道：「大人，不到前線去嗎？」

「不必，」宇文承峰凝視嚴峻戰況，竟然笑得出來，「打成這樣很好。」

「很好？」

「是啊，戰況比我想的還要好，不需要我出面。」

「但是再這樣下去，我軍就要退到二重門。」

「不過是一道門，後面還有兩道呢。」宇文承峰轉身走下山丘，「我原本預測，無論敵軍來歷，這時該攻下兵府正堂了。我們的家兵，打得真出乎意料的好。」

「大人？您要去哪兒？」

「去更需要我的地方。」宇文承峰問道，「我該怎麼稱呼你？」

「卑職賤名不足掛齒，大人管叫我打雜的就好。」

「你不欲揚名啊？也罷，」宇文承峰道，「我需要有個保鏢，你陪我走這一趟。」

「只要大人不怕，卑職自然遵命。」

「怕什麼？」

「卑職天生就易招惹壞事，怕這命中帶衰，連累了您。」

宇文承峰大笑道：「好一個掃把星！哈哈，正巧算命的說我前世是個畚箕。」

「大人的笑話，說得挺好。」

「過獎，可惜沒多少辰光說笑了，」宇文承峰收色正容，「趁前門還沒注意到，最好是『十二快馬』抵達前，抄捷徑趕往將軍城。我原本打算一個人，剛好遇見你，適合陪我走這一趟山路。」

「山路？」打雜工拱手一問，「容屬下冒犯，此地到將軍城的捷徑，該是出湘河，走洛水，渡華欄，經帝都，途中哪來的山路？」

「你說的是最短的路，」宇文承峰一笑反問，「誰說捷徑一定是最短的路？」

打雜工一愣，答不出話來。宇文承峰不再說明，逕回西廂房取出藏匿已久的簡便行囊，吩咐後頭打雜工道：「我們從後苑的密道離開，先去少主的練武堂，那兒有朋友等著我們。」

臨湘城外，雪山腳邊，有一處小草廬，雲樓人和兵府家丁，都稱此處為「練武堂」。當年流雲飄蹤從大漠邊關歷劫歸來，便在這練武堂養傷。

草廬如今荒廢已久，四周了無人煙。就在流雲宗祠出事的當日清晨，「白玉虎狸」曲無

異乘著薄霧，領著她心愛的白虎，來到練武堂。她見四下無人，便倚坐草牆邊，哼著山歌，耐心等候某人的到來。

不久，宇文承峰和打雜工，匆促現身霧氣中。宇文承峰向曲無異拱手一揖，致歉道：「我們不熟悉這兒的路，遲到了，還請曲前輩見諒。」

「前輩兩字太沉重了，」曲無異如銀鈴似地笑出聲來，「宇文公子不必多禮，直呼我名字無異就好。」

「恭敬不如從命，」宇文承峰亦笑道，「前方路途崎嶇，還請無異姑娘為我們帶路。」

「這是當然，不過現在冬春交際，山腰積雪尚未融化，這條山徑可不好走。我們到雪瀾，借山住民的駝獸一用，或許會快些。」

「無妨，我們一切都聽無異姑娘的指示。」

「話先問清楚，我們要去哪裡？」曲無異忽然臉色一變，「應該不是將軍城，也不是大漠邊關吧？」

宇文承峰一笑，反問道：「無異姑娘，這話怎麼說？」

「從雪山繞道，不管到將軍城或大漠邊關，起碼都要三天時間。」曲無異問道，「當前敝樓樓主、貴府少主和其他江湖高人，齊聚宗祠，你卻要花個三天時間走雪山，萬一這三天之間，情勢有變，我們在山上可是叫天天不應，叫地地不靈。這個主意，怎麼想都不對

勁。」

「我明白，此事唐突，妳必然有所疑慮。」宇文承峰躊躇一會，傾身細語道，「我的確是要去將軍城沒錯，但在那之前，要先辦妥幾件事。」

宇文承峰在曲無異的耳邊悄悄說了幾句話，曲無異聽著，眉頭鎖得更緊了。

「寒天宮？」

「正是，」宇文承峰道，「沐琉華的藏書閣，越低調越好，盡可能別外傳。」

兩人詳談時，打雜工好奇環望四周破敗的一切，嘆道：「這就是當年少主練武處。」

曲無異隨之慨然道：「是啊，在那以後，又發生許多事。」

多事之秋

將軍城的蘇家酒樓，在三天前新雇了一個侍女，侍女實以假名應徵，隱藏自己的來歷。她的真名為白珞嬰，她潛入酒樓，為的是一個機會。那個機會，在宗祠一聚當日終於來臨。

宗祠一聚的前一晚，她假意服侍外場酒客，看著雲樓玄女雨紛飛陪著小夜繁投宿酒樓，天馬神探項陽軒等一行雲樓高層出面相迎，為她倆接風洗塵。白珞嬰不動聲色，她心知，越接近功成之時，越要格外小心謹慎，尤其她的對手，可是雲樓第一俠女。

翌日，坐鎮酒樓的雲樓高人，遇上一連番的意外消息：先是宗祠生變，接著軍龍羽來求結盟一事，待雲樓和羽家軍談妥了臨時結盟的條件後，軍龍羽竟於出城前被暗殺。羽家軍的殘眾重返酒樓，一口咬定是雲樓人下的毒手，和項陽軒、犽脩、風凌雲、宋罡等雲樓人吵了起來，疾風鏢局的三當家珞巴亦在場為雲樓助陣，此時還亂入一位自稱目擊證人的狼煙雨，一時之間，眾人爭執不下，紛紛抽刀拔劍，鬧的酒樓喧囂不絕，氣氛混亂又詭譎。

白珞嬰思忖著：是時候了。

她輕巧上了二樓，半推房門，瞥見雨紛飛雙手抱胸，倚坐在床邊睡著。於是白珞嬰緩緩開門，走近床邊，動作輕盈的像晴空浮雲，又像吹上空中的羽毛、沒有形體的幽靈。

她從袖裡掏出一把匕首，刃光慘白，宛如一塊潔白的紗巾。匕首瞄準了目標：大字躺在床上熟睡的小夜繁。

即便是人稱羽家行事最殘酷的「七殺星」驚神羽，亦不曾對小夜繁下過毒手，可見要對一個天真無辜的稚齡娃兒下手，若不是泯滅了身而為人的心，就是面臨了走頭無路的絕望。

正當白珞罌，握緊了匕首，無聲無息，緩緩蹲在小夜繁身邊。

「請收手。」

雨紛飛不知何時睜開了眼睛，細劍架上白珞罌雪白的頸子。

白珞罌見狀，低垂雙眼，幽幽一嘆，忽然一個迴身，閃過細劍，將匕首刺向雨紛飛。雨紛飛卻快她一步，傾身欺近，單手拍掉匕首後，便順勢掐住白珞罌的咽喉，令她張口合不攏，動彈不得。

「誰叫妳來的？」雨紛飛心知事有蹊蹺，一邊鬆手，一邊持劍戒備，質問道，「妳受了什麼脅迫？竟要對一個孩子下毒手？」

「小女子，生無可戀。」白珞罌道，「這位俠女，請動手吧。」

這時雨紛飛察覺有異，「啪」的一聲，迅速掐開白珞罌的雙唇，另一手棄劍打向她小腹。白珞罌痛得一嘔，吐出半升黑血，黑血灑在床邊，頓時燒出一陣灰煙。

「服毒自盡，解決不了問題。」雨紛飛問，「這位妹妹，有什麼苦衷，不妨說來聽

聽。」

「妳救了小女子，也救不了其他人。」

「是惡徒以人質脅迫妳嗎？」

「是又如何？」白珞罌戚然道，「除卻雲樓樓主、臨光老祖以外，傾盡妳雲樓眾人，也打不過他。」

「他是誰？」

「小女子不知他的真名，他亦不曾現身過，只透過一個使者傳話。」白珞罌答道，「使者只說，他家主子名號独孤客。」

聽到這名字，雨紛飛頓時變了臉色，問道：「這使者在哪？」

「他行蹤不定，每當有事，便約在西市鹹魚鋪旁邊的小茶肆見面。」

「帶我去！」

白珞罌於是領著雨紛飛，出了酒樓，直奔那家茶肆。茶老闆阻攔不住雨紛飛，任由她闖入大鬧，喊道：「叫独孤客出來！一較高下！」

茶肆裡有一名品茗男子，見了雨紛飛，悠然放下茶杯，用古怪的腔調笑道：「主人果然料事如神。」他又見白珞罌尾隨而來，便從懷裡掏出一串鑰匙拋給她，說道：「小姑娘，做得好，這是我們約好的。」

雨紛飛斥道：「你們好惡毒的心，竟然以人質脅迫，要這位姑娘去殺一個兩歲的孩子！」

「哦？她還真動手啦？」那人笑道，「話說在前，我可沒打算要她殺嬰兒。我只是要她想辦法，引誘妳來這裡。」

「找我？」雨紛飛斥問，「躲躲藏藏、拐彎抹角的，有何貴幹?!」

「妳不是一直揚言要殺我家主人？」那人答道，「主人託我傳話說，姑且讓妳一償宿願。一對一，時間地點，由我代為商定。」

「何時？何地？義當奉陪！」

「本欲今日約定時間地點，但恐怕是辦不到了。」那人眼光飄向門外，搖首道，「只因為又來了兩位不速之客，怕他們打擾我家主人的雅興。不得已，請雨姑娘到舍下作客幾天，決鬥地點，擇時商議，待約定時間到了，我家主人自會出面相迎。」

這時，那使者的兩旁又閃出兩人，一個腰藏東瀛雙刀，一個手持逆刃單刀。雨紛飛見了，冷笑道：「『万劫業火』、『貪婪之蝶』，想不到為了一個弱女子，罪淵惡徒竟傾巢而出。」

「主公可不敢看輕了雨姑娘，妳絕非弱女子。」

「万劫業火」火神抽出腰間雙刀，道，「還懇請妳陪我們走一趟，否則，只好請妳見識

見識了。」

「見識你們多麼了不起，以三打一？」

「不、不，即便世人貶我等為惡人，然而我等胸懷俠義，怎會如此卑鄙，恃眾欺寡？」另一名「貪婪之蝶」蝴蝶飛訕笑道，「要讓妳見識的，是看看我們可否有辦法，在一刻鐘內，屠盡市集裡一百個人？」

雨紛飛聞言，頓時失了臉色，她心知這幫惡徒拿市集諸多性命為人質，自己孤軍一人，卻拿不出辦法應對。

使者起身作揖道：「姑娘，請放心，我家主子最重視待客之道，絕不會為難妳。」說罷，他又向白珞罌道：「小姑娘，麻煩妳代為傳話給雲樓，就說雨紛飛欲和独孤客一戰，比武前夕，暫且到舍下作客。」

使者話剛說完，業火戰神將刀刃朝天猛然一揮，朗聲大喝，但見他渾身發出熾烈殺氣，殺氣循刃鋒流至刀尖，竟射出一道赤紅火龍！火龍轟然騰空，將茶肆的天花板衝破了一個大洞，頓時泥沙碎屑飛散四處，茶老闆和茶客盡皆驚聲尖叫、倉皇奔逃！

那罪淵三人趁亂，挾著雨紛飛，自上空洞口一躍而出，飛梭屋脊和磚瓦間，須臾不見人影。這時，茶肆外伏著兩個身影，本欲追上雨紛飛等人，卻受奔逃眾人所擾而不得行。兩人當中有一年長者，徒呼負負，嘆道：「可惜，又錯過一次機會。」兩人交互耳語一番，不知

所向。這時項陽軒方率領雲樓幫眾，匆匆趕來市集，見狀即知自己慢了一步，個個頓足慨嘆不已。

項陽軒懊惱道：「可恨啊！臨光大前輩將雨姑娘和小夜繫託付給我，我卻辜負了他！」

此時，白珞嚳現身雲樓一行人面前，欠身一禮道：「小女子白珞嚳，或許知道雨姑娘的去處。但，且聽小女子一言，諸位壯士即便聯手，或許也不是那罪淵一眾的對手。」

話說到一半，宋罡慨然而道：「我等何嘗不知？當今雲樓無樓主和臨光前輩，單靠我等實在難以那毒菇抗衡。」

「事到如今，且回酒樓商議對策。」風凌雲道，「但願煙雨策士大人也在此處，什麼事情都好辦了。」

而風凌雲口中的煙雨策士，宋遠頔，偕同雲樓醉華陀，在不夜城苦尋多日，終於在宗祠一聚的隔晚，等到了諸多傳言的始作俑者，劍青魂。

兩人拉住劍青魂，在祕密的廂房私議要事，知曉了許多祕密。然後，宋遠頤道：「既然難得相遇，在下尚有一事相問。」

「請問。」

「關於劍兄未來的歸依，你可曾考慮清楚了？」

劍青魂一笑，歉然拱手道：「策士大人當知，如今在下實乃龍虎山蘇家觀的大弟子，下

任的掌門人未成定局，在下又怎能放下蘇家觀不顧，投身雲樓呢？」

「說句難聽的，不怕得罪劍兄，但是蘇家觀的掌門，歷來安於坐守偏隅，當個土教主；即便是蘇境離，貌似也志不在此。劍兄，你胸懷登九重、吞天下之大志，何苦屈居在一道觀？」

「說來慚愧，策士大人，在下不過是對江湖軼事有點興趣，可沒有你所說的這般大志，安居蘇家觀，正合所願。」

「那，還有另一個問題，是代這位醉華陀問的。」

倚不伐瞪了宋遠頤一眼，劍青魂則問道：「請問？」

「老兄生過一場大病，雙腿本不能起而行，如今竟能走上一段路了。這神癒之速，真令人好奇啊！是誰為你治療呢？」

「不瞞兩位，敝觀的三師妹熟知醫術，特為在下治病。」

「果然是她。」宋遠頤眼神飄往上方，「改天我們請尊師妹來雲樓一坐，你意下如何？」

劍青魂臉色一凜，沉聲問道：「你們想對墨璃做什麼？」

「別緊張，老弟。我們什麼都不會做。」倚不伐說完，又對宋遠頤道，「可人兒，你說得過分了。如今諸事未定，你別瞎搞亂講，多生是非，當心樓主回來，先治你謝罪。」

「還是醉華陀前輩明理。話說，」劍青魂笑著一揖，又問，「聽前輩的口氣，似乎你認為，雲樓樓主尚且人身平安，只是會回來的遲些，是嗎？」

「倚某不敢做足保證，但是，凡事總要有信心。」倚不伐道，「有信，才有心。就只怕，連我等都信不過自己人。」

劍青魂微微一哂，正要搭話，忽然一陣地動伴隨巨響，震的三人差點跌下來。

宋遠頤喝問：「是樓下！發生什麼事?!」

原來在廂房樓下，昀泉的三位司姬正陪伴古琰，古琰中了毒，臉色慘白，心神不定，全賴那有毒郎中臨時調配的鎮神方子，熬煮藥汁服用，藉以鎮住心魔。容纏等司姬相覷而問：「究竟小古是怎麼回事？」

正問著，眾人眼前呼地一黑，伸手竟不可見五指！黑暗之中，但聞呼吼作響，形似有千萬蟲獸逡繞著眾人。有毒驚呼：「這是什麼邪術?!」

這時，大夥驚見上百頭惡狀妖獸，渾身散發綠光，撲向眾俠女！俠女們大慌，甚至不及拿出武器戒備，只見妖獸們張牙舞爪，就要將她們分食。

忽然一聲爆裂巨響，一道燦亮的金色火焰，劃開了黑暗。眾人重返光明，勉強睜眼一看，但見幾個坤道人裝束的女子，盡皆傷重倒地不起，酒樓下一個少年，白衣衫、青斗蓬，雙手負著巨劍，原來是人稱「雷皇」的日月，揮舞熾烈神劍來救，砍翻這幾個施法的道姑，

破解了幻術。

「容兒、箏兒、小古、小末！」日月喊道，「妳們都沒事吧？」

繆箏喘道：「我們沒事，小古說是中了迷毒，還沒清醒。」

「可惡道姑，搞什麼妖術！」容纔斥道，「她們特麼的是誰啊？」

「她們是夢仙觀的弟子。」

眾人望向大門，只見又一少年從容邁入酒樓，他容姿清雅，衣衫飄動，乘著一股仙氣翩然而行，後頭跟著兩名秀美隨從，年歲相差不遠，一位黑髮青衾持寶劍，名號賜衾，一位白髮白衣持墨扇，名號白然。三司姬見了這為首少年，盡皆臉色由紅轉白，慌忙攙扶古琰，一同欠身迎接道：

「四司姬恭候燁離大總管。」

少年總管燁離跨過倒地的道姑們，向四司姬笑道：「別這樣，都是同輩，叫聲哥哥就好。況且單論年紀，我還要叫小古一聲姊姊哩！」

容纔愁容滿面，將剛才發生的事扼要說了，又道：「說到小古，總管哥哥，她還昏迷著哩！這下怎辦？」

燁離抿唇咬牙一番，道：「都怪我，我私下託付她去夢仙觀，為內鬥的死者致哀。」

「內鬥？」

「是呀，一夕之間，五行夢仙滅了四個，丹金源、丹火源、丹水源、丹土源，統統死了，連那持漢節的柴堡道人也被殺了。」燁離慨然道，「早聽說夢仙觀裡明爭暗鬥不斷，可沒想到會發生這般大事。我遣小古去看看，竟然連小古也給捲入。」

「什麼內鬥？」一個傷重仙觀弟子勉強抬起頭，滿面鮮血，「是你們，幹的。」

燁離盯著那弟子，冷道：「我昀泉世代安居仙陵遺址，不欲沾染中原血腥，也沒那閒工夫去招惹是非。而且，我特遣使者致哀，卻中了妳們家的迷毒，妳們做何解釋？」

這時，宋遠頤等人自樓上下來，一見夢仙觀的弟子，就知道發生何事。宋遠頤向燁離寒暄道：「剛才的事，我們聽得真切。想不到迷毒的元兇是夢仙觀。」

劍青魂給無毒扶下樓，亦道：「就因為那迷毒，令古姑娘失了心智，在將軍城連殺數人，甚至連軍龍羽也殺了。」

「虛偽小人，」那重傷弟子忽然又喘道，「雲樓，昀泉，連手滅我仙觀。你們，都不得好死。」說罷，她大喊一聲，口噴鮮血而亡。

黑髮隨從卸下披身青衾，覆在死者身上。劍青魂則喚店小二來收拾現場，將其他傷重者一一抬離，而這些傷重者也陸續斷了氣。日月看著死者，神色哀戚，自責道：「都是我，不該下手那麼重。」

燁離道：「日月兄別這麼說，情急之下失了手，不該是你的錯。要怪，就怪我慢了一

步，否則你也無須傾盡全力來救人。」

說罷，他又蹙著眉頭，苦思忖道，「羽家和昀泉一向友好，情同家人。倘若軍龍羽真死於小古手上，真不知該怎麼向十二兄交代？」

＊　＊　＊

此時此刻，軍龍羽的死訊傳到了大漠，引來了一批罪淵閣眾，造訪大漠的小客棧，令店小二喚出罪淵閣主十二羽，並圍繞他交相授計道：「閣主，這雲樓人全沒良知仁義可言，前一刻才說結盟，後一刻就害死軍龍羽大人。和這種小人合作，真是錯的離譜。」

十二羽柔聲問那閣眾道：「你是說，我錯的離譜？」

閣眾聽那口氣不妙，噤聲不敢言，另一人則獻諂道：「非也，十二閣主且息怒。閣主素懷稱霸中原之志，非雲樓那群攀附朝廷權勢的苟安小人所能相比。且閣主對雲樓報以信義，雲樓卻反害您又折一手足羽翼，恩將仇報，在下深為閣主感到不值。」

「說來也有道理，那麼你說，我該怎麼做？」

「閣主，如今上策，當令驚神羽率羽家軍精銳，且回罪淵，與独孤大俠會合，共議日後大計。」

「好主意。話說，」十二羽點點頭，撇了撇嘴，「你們可知，不用刀該怎麼剝皮？」

閣眾一時摸不著頭緒，盡皆茫然搖頭。

「我來示範，像這樣！」

十二羽說著，猛然起身，張開大掌，徒以五指扣入那獻諂者的雙眼口鼻，將他整個人拎了起來。旋即，十二羽的指尖冒出濃烈黑焰，黑焰似毒蛇，鑽入那人的七竅內。眾人尚不及聽得一絲哀號，便見那人體內的骨肉內臟，俱被燒化做濃厚黑煙，自七竅冉冉竄出，須臾，十二羽的手上徒留一張燒剩的癱軟人皮，惡臭不堪聞。酒樓諸客和店老闆早嚇得倉皇四逃而出，罪淵眾人亦盡皆臉色發白，雙腳顫慄不能行。

「不傷外皮，只燒骨肉，我花了好一番功夫，才拿捏到這火侯。」十二羽笑道，「諸君，独孤客可曾露出這等本事？」

罪淵閣眾俱不敢言，十二羽見狀又問：「本閣主的武功，才學，豈會輸給独孤客？本閣主該怎麼指揮自家私軍，豈須向他人報備？」

閣眾趕忙一齊垂首抱拳道：「不會！不須！」

「羽家軍乃聽我號令，和罪淵諸君並不相關。」十二羽柔聲道，「諸君各有打算，本閣主也不強求。要回去的，儘管回去，要留下的，便待在這等我號令。」

罪淵閣眾聽了，面面相覷一番後，泰半拱手辭別，剩下零星數人，見大夥四散，正要罵個幾句，卻又被十二羽阻止。

「留下的諸位，本閣主甚是感激，至於那些走的，便由他們走吧！」十二羽道，「不

過，還有一位仁兄，你並非我罪淵閣眾，怎麼還坐在這？」

十二羽說的那人，坐在另一張桌旁，眼看著剛才的慘劇，卻依然從容品酒，氣定神閒。妖姬・妲己下了樓，笑道：「這位俊俏哥哥，好淡定的氣勢。」

十二羽問：「你特意留下，想來有話告訴我。」

「正是，」那人放下酒杯，起身行禮道，「在那之前，先請問貴幫主，對於軍龍羽的死，您作何感想？」

這問題唐突得失禮！十二羽聞之臉色一變，虎地站起！正當眾人以為慘劇將至時，十二羽卻只是負手在後，仰天長嘆道：「我早知道，這一天終將會到來，只是沒想到來的這麼快。不管仁兄你信不信，我對兇手全無恨意，這一切，全是我羽家三兄弟的宿命。」

「那，您可想過兇手是誰？」

「絕不是雲樓的人。」十二羽答得斬釘截鐵。

「聽說，軍龍羽死於一條白衣帶之下，聽來像是昀泉的四司姬所為。」

十二羽覷了那男子一眼，道：「聽起來確實如此。但，羽家和昀泉諸氏，交情非比一般，我不會因為一宗親族的命案，就壞了兩家的情誼。」

「聽您這麼說，我便放心了。」男子笑道，「得羽閣主一言，如獲九鼎之諾，我謹代昀泉諸人，謝過閣主的寬宏大量。」

「哦？所以你是昀泉人？」

「在下蒼羽夜。」男子又一揖道，「我非昀泉諸氏，不過是一介訟人，兼掌鳳顏閣務。」

「鳳顏閣來的訟人？」十二羽摸著下巴，打量蒼羽夜道，「怪不得，你的氣勢不同於剛才那些逃走的皮囊飯袋。不過你專程來到這兒，不會只要我的一句話吧？」

「閣主英明，」蒼羽夜笑道，「我另有事相告，但這兒人多不好說話，且上樓去，讓我置酒宴請閣主。」

「何必破費？既然是我先來這的，理應由我待客。」

十二羽說罷，遂起身打發掉留下的罪淵閣眾，邀蒼羽夜偕同他和妲己一同上樓。樓梯間，他問蒼羽夜道：「你既掌管鳳顏閣務，可知昀泉的過客殺手去向？」

「您是說祁影護衛？他似乎潛入了大漠宗祠，下落不明。」

「他一介昀泉要人，能出入流雲府的地盤？厲害。」十二羽又問，「那麼，我那四位司姬妹妹在何處？」

「四位司姬大人想必都在不夜城。」

「是嗎？」十二羽思忖道，「什麼有趣的事，都從不夜來的。但願她們沒事。」

這時，更夫打更聲響，原來已是二更天。

打過更後，月兒攀上不夜城的酒樓，雲樓、昀泉兩幫人馬一邊派人搬動夢仙觀的死者，一邊議論著大漠之變。這時倚不伐俯身檢查屍體，蹙起眉頭，招來一旁的有毒，詢問她道：「妳看，這死者是怎麼死的？」

有毒神色未定，虛聲答道：「看得真切，是中了熾烈劍氣，傷重而亡。」

「可是妳瞧她嘴邊吐的血，是黑的。」倚不伐用一條白帕沾起一小團黑血，遞給有毒，又問，「而且妳瞧，黑血當中有些灰的，會是什麼？總不會是塵土吧？」

有毒細看血跡，臉色一凜：「是髓液。」她壓低聲音，附在倚不伐耳邊道，「這意謂，死者在重傷前，或許已被毒蝕了骨。」

倚不伐吁了一聲，說：「這個拜託妳，找出她是中了什麼毒。」

有毒點點頭，接過血帕，問道：「可是大夫，何必如此在意這毒？」

「查出毒源，或可循其源頭，找到夢仙觀，和這一連串血案的幕後主使。走吧，帶著藥箱，到樓上詳談。」

倚不伐領著有毒無毒，一同上樓，行走間，他低聲道：「但願這毒，不是現場的某人所為。」

有毒聽了，神色大為不安。倚不伐不再多言，開了二樓窗子，俯瞰不夜城通明燈火。

「有毒姑娘，妳可知大漠雪山的兩位奇人？夢仙觀宗主、和雪海雀道人。」倚不伐自言

自語道：「原本倚某以為可以放心的，現在又不敢放心了。曲姑娘、宇文老弟，你們就在雪山下，可要多保重。」

* * *

雪山上，一輛駝獸車喀搭喀搭的顛簸在蜿蜒山徑上，車裡載著一把薪柴和兩桶寬油，又坐了曲無異、宇文承峰、打雜工三人，車外掛著三串清理過的竹鼠，曲無異的大白虎走在駝車旁，不時覷著竹鼠嗅聞一番。

駕車者是兩個山住民，一個領韁繩，于思滿面、口不停嚼，還不時往路旁吐一口紅汁；另一個是車主，姓苗名實，又按族規以雪山猛禽「白頭冠鷲」為另名，人稱苗實冠頭。苗實冠頭年歲三十有餘，走這條山路不下三十年，沉穩老練，深得曲無異信任。

這趟旅途甚不舒適，但起碼一路平安。曲無異三人在車中閒話江湖，話題圍繞在流雲飄蹤身上。曲無異回憶往事，道：「那年你家少主回到臨湘後，力圖振作，在草廬待了起碼五年吧，那段日子，就我和月姊最常往來流雲的草廬，喔，還有小秋！」

曲無異口中的月姊，即為三妖水中月。但是，「小秋是誰？」宇文承峰心生好奇。

「墨家義女蔚秋，她常來給流雲送飯。」曲無異道，「流雲著實不簡單，為了練刀，苦蹲五年的刀馬步，絲毫不嫌過一聲苦。」

宇文承峰拱手道：「無異姑娘能勝任少主的刀法師傅，也不簡單。」

曲無異擺擺手笑道：「我沒那麼大本事，雖說練刀是我和月姊提議的，可流雲只花了兩年，刀法便超越了我，又一年，連月姊也不是他的對手了。」

「請問，姑娘妳說少主練了五年的刀，但是到第三年便超越了兩位。」打雜工忽然打岔問道，「那剩下的兩年，他做了些什麼？」

「這要提到一個怪人，說到這怪人，也不知該算是孽緣，或是奇緣？」

車裡乘客正聊著，車伕忽地手指遠方山鞍，道：「苗老爺子，有狼煙。」

眺望山鞍，果然可見漆黑的狼煙一團團，徐然飄上天際。苗實冠頭掌搭前額，試著看的更清楚些，回頭向車裡的曲無異道：「曲小姐，狼煙傳來山下的消息，大漠那兒出事了。」

曲無異問：「有更確實的消息嗎？」

苗實冠頭答說：「只知道流雲府的地盤出了事，詳情不清楚。」

宇文承峰似乎想起了什麼，問道：「車老闆，有什麼方法可以傳信息到山鞍那邊？」

「我試試。」

苗實冠頭說罷，便將雙指含入口中，吹出幾道響亮的哨音，長短相間，迴盪白頭峰巒間，久久不散。然後，他張著耳朵聽了半晌，蹙眉搖首，自問道：「奇怪，這麼久還沒回應？」

宇文承峰神色一凜，又問：「狼煙還在？」

「還在。」

「繞過去，來得及嗎？」

「繞過去？」曲無異轉過頭來，「那估計得多花掉半天時間。」

「情況有變了，我想去瞧瞧。」

於是駝車改向，行至太陽將西斜時，終於到了狼煙處。一行人驚見狼煙中疊著燒的，不是薪柴，而是五具死屍！從燒殘的衣服花樣來看，死者盡皆是山住民，屍體燒了大半天，臭不堪聞。

曲無異怒叱：「是誰做的?!」

話未說盡，山徑兩旁的密林中射出成發火箭，射向駝車上的一行人，大夥慌忙翻身下車，躲到駝車的另一側。箭幕一波接著一波，綿密似日空流星，可憐的駝獸不及逃走，就這麼哀嚎著給射成一團冒火的窟窿。很快地，駝車也著了火，火勢延燒到車上的寬油和薪柴，旋即炸出的衝天烈焰，煙隨火勢，燻得一行人快張不開眼睛。宇文承峰急忙提議道：「這樣不是辦法，我們分頭，反夾擊這支伏兵。」

說完，宇文承峰和曲無異互給一個示意，連翻帶奔，從兩個方向躍離駝車，避開箭雨，殺向林中。此時林中忽然傳出兩道喊聲，原來一邊是大白虎突襲這群刺客，但見那白虎朗聲一道震山怒吼，撲進林子裡，撞飛出三五個弓箭手，其他弓手有的正欲逃走，卻逃不出那雙

碎石虎掌，一拍兩斷！成了血肉模糊的屍身。敵陣的另一端，可見到打雜工靈巧身形飛梭，舞劍如流星，劍鋒所到之處，無不血濺五步，刺客欲抵禦之卻不能，紛紛被流星快劍砍倒。

宇文承峰和曲無異趁勢夾擊，不一會，這一波刺客俱皆陣亡。三人一虎會合小徑中央，不敢大意，圍成一圈劍陣，警戒著四周，深怕又有新的刺客來襲。此時，小徑的另一端忽然出現異狀，幾聲吱嘎巨響，數株頂天大樹，竟在眾人面前轟然倒下，驚起一陣塵土和飛鳥。

曲無異二話不說，與大白虎一躍而上，前去探個究竟。怎料得到，不到半刻鐘，便聽到那白虎的震天號叫，聽得宇文承峰既驚又疑，和打雜工飛奔去探看。一到現場，但見樹木倒塌處一片狼狽，顯然剛才才大戰過一場。數十個蒙面刺客俱悉陣亡，他們裝束相同，顯然是同一批人，各個斷頭缺臂，倒在斷樹四周，還有幾個被倒下的巨幹給壓個稀爛。

斷樹旁，又見到那大白虎像瘋了似的，繞著自己的尾巴亂竄。她雪絨的長尾巴給一個孩子抓在手裡，甩也甩不開，發狠回頭要去咬那孩子，孩子卻時而左閃、時而右迴，將虎尾當皮鞭般耍弄，氣的大白虎呼吼咆哮又無可奈何。曲無異在一旁欲解圍，卻也毫無辦法。

孩子約莫八歲，生嫩臉龐，卻有一副歷練多年方可得的滄桑眼神，腰間配一把不符合他身長的刀。宇文承峰訝異地問道：「這都是你幹的？」

「對。」孩子答完，又半開玩笑問道，「我餓了，可有飯嗎？烤了這頭大老虎如何？」

宇文承峰看曲無異就要發怒，趕緊勸阻孩子道：「別傷那白虎，我們有乾糧可吃。」

一行人看天色已晚，不宜再趕路，便領著那孩子回狼煙處過夜。苗實冠頭生性樂天，見車和駝獸都沒了，也不以為意，就地用駝車燒出的殘焰，生起火堆，烤竹鼠供大家充飢，還致歉道：「這回沒準備啥好料可食，下次到咱們村子，請各位嘗嘗『貓食』」。原來貓食乃山住民特產，凡獵獲新鮮竹鼠，便剝皮去骨和內臟，用密方醃漬三日，塞滿鐵罐，蠟封後數年內皆可開罐食用，不怕腐壞。鐵罐開封後，常有山野貓尋氣味而來偷吃鼠肉，故稱「貓食」。

曲無異道：「車老闆別介意，火烤就是美味。況且該道歉的是我們，害你的駝車給燒了。」說罷，她轉向宇文承峰，換了副臉色質問道，「倒要問問軍師大人，聽了你的話來到這裡，現在沒車了，你有何高見？」

宇文承峰以掌撫額，答道：「事到如今，惟有坐守此處，待天明後循原路回去，一路上且隨機應變。敵軍既然有伏兵在此，後方或許還有人馬，我們以靜制變，且看敵人什麼來歷？還有些什麼花樣？」

大夥圍坐火堆旁，除了那頭大白虎，因為懼怕那陌生孩子，躲得遠遠的。打雜工問孩子道：「請問這位兄弟名號？今年貴庚？」

「暮沉霜，不多不少，就是八歲。」

「但是，你的武功修為，不像是一個八歲孩子。」

「你可以說我不只八歲，但我今年確實只有八歲。」

打雜工蹙著眉頭問：「這是什麼謎題？」

暮沉霜的眼神一度飄往遠方，喃喃著說：「這當中有太多事，連我自己也不明白。總之，且從我生前最後兩年的日子說起……」

宇文承峰插問道：「生前？」

暮沉霜環望眾人一眼，笑道：「我說過，連我自己也不明白，自己究竟發生什麼事。我只記得，自己似乎死過一次，又不知為何重新生成現在這模樣。我想起死前，在臨湘曾遇見某人，叫流雲飄蹤，於是打算去臨湘尋找故人敘舊，卻沒料到，在山路上遇見你們。」

眾人靜默半晌，最後是宇文承峰打破沉默問道：「你說你（姑且稱做前世吧）曾見過流雲少主？你有何證據？」

「那頭母老虎的飼主姑娘見過死前的我，」暮沉霜指著曲無異，笑道，「我且說說往事，妳聽看看對不對。」

神祕刀客

事情要從流雲飄蹤自不夜城歸來後說起。

自不夜豪賭後，流雲飄蹤重返臨湘城。他避開雲樓，也不回流雲府，而是在臨湘邊境，雪山下結了一間草廬暫居。每日，待第一聲雞啼，他便起床，用冷泉梳洗一番，出門練劍。

草廬一里外有片林子，天未明時，可見到流雲飄蹤佇立樹林中，身形舞動在迷濛晨霧間。然而，流雲飄蹤起初練劍並不順遂，當他持劍的右手意欲出招，就會有股灼熱刺痛，像火燒上了他的右臂，痛的他步法不穩，一個踉蹌就要倒地，劍法也全亂了。

那段日子，流雲飄蹤屏絕一切往來，對習武一事嚴加保密，只有兩位紅塵摯友，曲無異和水中月，經常拜訪草蘆探望他。譬如某天，流雲飄蹤意興闌珊而返，遙見草廬的煙囪升起一道炊烟，門邊又有一頭吊眼大白虎伏著，便知是老朋友們來了。

於是流雲飄蹤叩門而入，問候過兩位俠女，端坐坦身、伸出右臂，任水中月用「忘川水」浸濕了絲巾，纏繞他的右臂和右肩，流雲飄蹤感到右臂滲入一陣舒心的沁涼，忍不住長吁一道氣。

「真是麻煩了月兒妳。」流雲飄蹤嘆道，「可是，這條手臂給『忘川水』浸了這麼多

天，練起劍來還是一樣的痛。」

「流雲公子，要有耐心。」水中月勸道，「你受的傷非比小可，切莫心急。」

「我怎能不急？我巴不得明天就能一如往常的舞劍。」

「我何嘗不想明天就能自由地跑呀跳的，而不是像現在，拖著一條傷腿，連站著都成了問題。」曲無異亦嘆道，「養傷的日子真難熬。」

「我明白流雲公子心急，但欲速則不達。流雲氏劍法講求靈巧機變，非你現在的右臂所能負荷。」水中月提議道，「為了樓主，懇求流雲公子，你且忍耐。或是改練另一樣不那麼著重靈巧的兵器，先求右臂完全康復了，再行練劍。」

流雲飄蹤慨然問道：「如今要重新練起另一樣武器，談何容易？況且又該選擇哪一樣武器呢？」

「練刀，如何呢？」

「刀？」

刀法講究氣勁，招式相較於靈巧的劍法是簡單得多。流雲飄蹤思考了一會，又問：「可是，誰來教我練刀？」

「單論基礎，不求化境，無異和我都可以幫你。」

「水姑娘？妳？」流雲飄蹤蹙起眉頭，「我從未看妳用過刀。」

「公子，你忘了，」水中月笑道，「那年在霜嶽頂巔，你不曾見我使刀過？」

這一提醒，流雲飄蹤猛然想起，「啊」的一聲，一拍大腿而道：「對，妳為了巧扮独孤客，曾找劍傲前輩學過東瀛刀法。」

「東瀛武學，講身心一體，招不求繁，或許正適合現在的你。」

流雲飄蹤凝神細思了一會，深以為然道：「妳說的有道理。然而要重新修習一門功夫，最忌心急，我當專注一年半載，可見成效。」

此後，流雲飄蹤改而練刀，深耕數年，刀法進步飛速，連帶右臂的傷勢亦神速痊癒。然而，流雲即便刀法有成，卻依舊焦躁不已，乃因他感到自身武學修為無法更上一層樓，為之心緒煩亂。

就這樣又過了三年，某天清晨，流雲飄蹤一如往常，到密林中練刀，卻在林子裡發現一道陌生的足跡。他心生好奇，沿著足跡方向去，走到一處懸崖邊，看見一名神祕人，頭戴黑紗斗笠，身披玄墨大衣，眺望崖邊的壯闊山景。

流雲飄蹤拱手一揖，行禮問候道：「壯士，日安。我沒見過你。」

斗笠人轉過頭來，回禮道：「我從水都來的。」他的聲音嘶啞。

「歡迎來到臨湘，請問壯士有何貴幹？」

「我來殺臨湘的流雲飄蹤。」

斗笠人一語驚人，又問流雲飄蹤道：「這位仁兄，你可認識他？」

流雲飄蹤一攤手，笑著反問：「江湖間傳言他早已功力全失，宛如廢人一個，壯士何必特意去為難一個廢人？」

「過去，江湖傳言流雲飄蹤成了死人，可他其實沒有死。」斗笠人答，「那麼，傳言流雲飄蹤成了廢人，他也不一定就是廢人。」

流雲飄蹤聽到這話，心裡百感交集，諸多感觸卻不好當著這殺手面前說出來，於是勉強附和道：「這麼說也有道理。」

「所以，才有雇主出重本，雇我特來臨湘殺他。」

「這是說，兄臺你自恃武功足以和流雲飄蹤一較高下？」

「這我倒是不認為。」

「那你去殺他，豈不是尋死？」

「無所謂。」斗笠人笑得哀悽，又問，「說了這麼多，老兄你可知道流雲飄蹤的下落？」

話問到此，流雲飄蹤再不能迴避，但他忽然心血來潮，答道：「我或許知道，可是我和他有些交情，總不能就這麼告訴你，放你去殺他。」

「所以你要阻止我？」

「也不盡然，我想談個條件。」

「條件？」斗笠人問說，「你要什麼？錢？寶物？某人的性命？還是要我供出雇主的名號？」

「都不是，我看你有把好刀。」流雲飄蹤覷著斗笠人藏在腰際的刀，提議道，「我想和你比刀。」

「喔？有趣！」斗笠人揚起頭來，摸著下巴，「只要我贏了，你就告訴我？」

「只要我贏了，我就告訴你。」

斗笠人笑出聲來，反問：「只要你贏了？萬一我詐敗呢？」

「你不會使詐，」流雲飄蹤答道，「你或許不要命了，才想去殺流雲飄蹤。但是，你還想留住一個高手的尊嚴。」

斗笠人聞之，凝視流雲飄蹤，久久不曾言語。然後，他摘下斗笠，沉聲道：「拔刀。」

流雲飄蹤半蹲馬步，擺居合之式，一手放在腰際的木刀柄上，一手護身。斗笠人見此，瞇起了眼睛，從頭到腳仔細地打量流雲飄蹤一番。須臾，兩人眼神一個交會，就像是心有靈犀一點通，同一時間，兩人同樣踏一個墊步，殺向彼此！

流雲飄蹤一步蹬到斗笠人的面前，步履一轉，迴身拔刀，木刀出鞘，刀勁之猛烈，竟能瞬間在空中斬畫出一道虎虎烈響！這是流雲飄蹤多年來再度傾盡畢生功力擊出的一招，連他

自己也驚喜交織，因為出刀的那一瞬間，他便心知，這突然的一招已是他以往八、九成的功力。

眼看流雲飄蹤憑一招就要劈下對手，豈料，斗笠人竟不拔刀，猛然一停，側身貼上宛如怒濤的刀勢，徐然潛進對手懷中，然後，他順勢頂出手肘，正中流雲飄蹤的丹田！這一後發先至的奇襲，借力使力恰到好處，痛得流雲飄蹤乾嘔一聲，單足跪地，木刀也掉在地上。

「看來你受過傷，而且傷得不輕，但這不是你敗的理由。你之所以敗，乃因你心思不定。」

斗笠人收招一嘆，續道：「你初學倭流拔刀術，練的很勤，可是太多破綻，破綻在於你上身動作慢了，跟不上下盤的步法。想來是因為你自忖傷勢初癒，心裡還存著疑慮。」

流雲飄蹤見這神祕刀客竟說中了自己的心思，不得不報之以一聲苦笑。

「你的心，要相信你的身體。你把身體照顧得很好，它已準備好為你而戰。」斗笠人又問：「不過吃了一記肘頂，休息夠了嗎？」

「夠！」

流雲飄蹤一咬牙，猛然起身，收起刀，再一次半蹲馬步，手放刀柄，說道：「剛才只是偷襲！我們重新來過！」

「好，」斗笠人隨口朗誦一道口訣，「心生意，意生形，形生氣，氣聚丹田而身動，身

動刀出，勢憾山嶽。招不求繁，惟求一斬。」

待流雲飄蹤默默記下口訣，斗笠人便屈指招呼道：「來吧，打贏我。」

就這樣，那神祕的斗笠刀客三不五日，便佇立懸崖邊，等候流雲飄蹤前來求戰。每一相遇，兩人必交手十來場，起初，流雲飄蹤甚至逼不出那刀客出刀，漸漸的，他開始能逼到對手拔刀相抗。當那刀客初次在流雲飄蹤面前拔刀，竟能僅靠一招刀法，就又敗了流雲飄蹤，然而流雲飄蹤屢敗屢戰，打了約一個月後，逼使斗笠刀客打出第二招刀法，接著一個月又一個月，流雲飄蹤陸續見識到第三招、第四招……

偶爾，流雲飄蹤會挽留那斗笠刀客回草蘆，和曲無異、水中月一同用膳，刀客毫不客氣，大碗喝酒、大口吃肉。酒足飯飽後，品茗一番，閒話江湖大小事。刀客對江湖軼事知之甚詳，惟獨對自己的名號、來歷，以及那雇主的真面目，始終守口如瓶。

季節更替，臨湘城的楓葉綠了又紅，不知不覺間，流雲飄蹤已和那神祕的斗笠刀客，打了將近兩年。打到後來，那刀客須使出十三招刀法，方能勉強從流雲飄蹤手中求取一勝。儘管那神祕刀客的武藝並非立步不前，無論刀法或內勁，都比兩年前更加的精熟狠準，但是，流雲飄蹤更高一籌，不但看透刀法的精髓，更能以一貫之，將對手的刀法與他以往熟習的內功、拳法、甚至劍法，融為一體，一拔刀，但見刀芒暢意揮灑出朵朵銀花，與其說是刀法，更像是劍法、拳法，甚至是萬武歸宗的貫一心法。

最後，一個陰霾天的午後，流雲飄蹤等了大半天，終於等到了斗笠刀客，刀客卻心神不寧，神色恍惚，貌似遇到了什麼壞事。流雲飄蹤關切道：「兄臺今天若不方便，改日再戰也行。」

「不，就這樣。」

斗笠刀客振作精神，拔刀大吼一聲，殺向流雲飄蹤！這一殺招非比尋常，勁可撼山崩嶽，勢足吞雲蝕日，那環繞四周的奔騰刀氣，彷彿就要將流雲飄蹤連人帶刀一同吞食！豈料，流雲飄蹤見這招來勢洶洶，思緒未及回應，身子竟先行動！但見他一個側身，徐然閃過刀客的沖天殺氣，緊接著以手代刀，一個掌劈，劈中刀客的背脊，刀客一個踉蹌，雙膝跪地，手中的刀亦鏗鏘落地。

刀客和流雲飄蹤都怔了，呆看著地上的寶刀。刀客愣了半晌，先是竊笑，然後大笑，最後仰天長笑，笑到流淚。

「不對！」當流雲飄蹤回過神來，慌忙喊道：「剛才只是偷襲！我們重新來過！你還沒輸！」

「再比下去，你一樣會贏。」刀客搖首笑嘆，「上劍者無劍也，絕刀者無刀也。公子，你的身體已化做你的刀刃，那是天下無雙的絕世寶刀。你的刀法已超越我，我再沒有什麼能幫你的了。」

刀客邊說，邊走向崖邊，眺望壯闊山景，一如他們兩年前初次相見時刻。流雲在他背後道：「你剛才稱呼我公子，難道你早就知道我的身分？」

「對，我從一開始就知道。」

「而我卻對你一無所知。」流雲飄蹤問道，「是誰雇你來的？」

「雇主於我有恩，我不能違背他的交待。礙難從命，請公子見諒。」

「那至少告訴我，你到底是誰？」

「我本將死之人，蜉蝣一生，賤名羞於掛齒。」

刀客又道：「我這條命，兩年前早該沒了，惟受雇主所託，我又繼續活下來，等候再一次重生的希望。如今，希望沒了，而公子武藝有成，我總算對雇主有了交代，此生再無任何罣礙。」

說到這，他轉向流雲飄蹤一揖，含淚道別：「流雲兄，保重。祝武運昌盛。」語罷，悠然退了一步，傾身便墜下那無垠山崖。

「兄弟！別尋短啊！」

流雲飄蹤慌忙大喊，撲身止之卻不及，頹然跪在崖邊不能言語。此刻風吹霧散，雲過天青，曙光乍露，照亮滿山的綠意。

＊　＊　＊

事。

雪山的深夜，營火的火花映著暮沉霜的瘦小臉龐。他剛說完一個關於前世今生的離奇故

「死後，我轉生成現在的暮沉霜。當我一點一滴恢復了過去的記憶，便動身前往臨湘城，想尋找生前的這些朋友。然後，在這裡遇到了你們。」語罷，暮沉霜啜口煮熱的茶水，聽著夜梟的鳴叫傳遍火光之外的黑暗。

打雜工沉吟不語，宇文承峰用眼神向曲無異示意，曲無異便問道：「姑且相信你說的都是真的，那，你的雇主真的要你去殺流雲？」

「是，不是，都說得通。」暮沉霜答道，「他知道流雲飄蹤意欲練刀，託我去幫助他。可是他說過，若我不抱持殺意，絕對勝不過流雲飄蹤。所以他要我幫他，也要我殺他。」

宇文承峰問道：「所以你這趟行程只為臨湘，不去他處？」

「對。」

「可是你的雇主到底是誰？」

「他再三囑咐，不得將他的任何事洩漏半點，我只得謹從尊意。」

「事隔了這麼多年，你怎麼知道，或許他早已不掛意了，甚至早就死了呢？」

「他還活著，今生，我還見過他一面。」暮沉霜答道，「儘管事隔多年，他依然要我為他保密。」

「喔？所以，你也把剛才的故事回報他了。」

「對。」

「他聽了以後，很高興吧？」

「大概是吧？」

暮沉霜一時被問得摸不著頭緒，瞪著宇文承峰不答話。

「好，」宇文承峰起身舒展發麻的四肢，「看來你也經歷很多事，我大概猜得到，你的雇主是誰了。」

曲無異詫問：「你猜到？」

「大概是吧！」宇文承峰道，「我猜，這雇主和我家少主的交情非比一般，而且和雲樓諸人亦極為熟稔。所以他不願暮兄弟透露半點他的事，因為他怕，只要有絲毫線索，我們就一定猜得出他是誰。」

曲無異歪頭想了想，反問道：「這麼說是有道理，可是他有什麼好怕的？」

「他當年欲助少主振作，卻又不願人知，還拐彎抹角這麼一大段，可能是心裡有什麼芥蒂。」

「助人重振雄風，怎會有什麼芥蒂？」

「如果，」宇文承峰雙手抱在胸前，「當初，正是他害得少主痛失功力，那就另當別

論。」

曲無異一聽怔了。

「再者，據說當年少主練武一事，不欲他人探知，保密的十足周到，這雇主若非少主平生的至交，又怎麼知道他在練刀呢？如此想來，只剩兩個可疑人選。然後，」宇文承峰又問，「暮兄弟，你是在洛水遇到他的，對不？」

暮沉霜聞而不答，但他臉上驚詫的神色一閃而逝。宇文承峰的雙眼何其敏銳，一見異狀，便不自覺揚起眉毛，驚呼道：「我還真猜對了？這麼看來，果然是他。」

「看來真的是他，」曲無異也想到了，一拍雪白額頭，似笑亦嘆：「那個笨蛋聖主！」

曲無異口中的聖主，不是他人，正是命運聖門的至上領導者，承傳金色的妖皇之瞳，也是當年在水都苑，斷了流雲飄蹤右臂的人。

往昔的霜月三妖，傲天。

人稱命運聖主，或命運妖皇的傲天，平生經歷之離奇，不下流雲飄蹤。他出身平凡，卻受天生的妖皇金瞳所累，幼年幾番遭遇波折和險境，全賴命運神教扶養他長大。然而命運神教在外來的傲寒神教鼎盛時期，一度式微，幾近消失，傲天遂立誓：「命運門，是我的第一個家。待我武功有成，當重立命運聖門，復興神教光輝！」爾後的歷史，江湖中人盡皆知悉，傲天憑自學而成的傲血神功，舞起一把二丈傲世神槍，在江湖闖出一番名號。他少年時

一度投身霜月閣，結識了水中月、臨光，世人謂之「霜月三妖」。後來，他言出必行，重立命運聖門，與從弟一同費了三年辰光，令命運神教再度揚名江湖，實現了他當初的誓言。

然而，即便有了聖主的尊稱，傲天一如初衷，同樣的熾烈血性，同樣輕生死、重然諾的一條好漢！而他與水中月、臨光、流雲飄蹤，更有著他人所不能及的羈絆。

曲無異想起過往，笑著笑著，笑容黯淡了下來，屈抱雙腿，將臉埋在雙膝之間。

「那段日子，只覺得養傷好難熬。」曲無異低喃著，「現在，卻好想念那段日子。」

當曲無異唏噓不已，打雜工問暮沉霜道：「另有一事相問，你說此行只去臨湘，那理應循洛水渡口而上，才是最短的路。然而你卻走這危險山路，難道洛水發生什麼事？」

暮沉霜笑道：「我轉世後，生於此山，五歲拜雪海高人為義兄，雖不如山住民熟悉山況，但這條山路對我來說，還算不上危險。不過，你猜的沒錯，我這趟本欲走洛水，誰知道渡河的船隻據說全給某個幫派給包了，我無以成行，因此改走山路。」

「什麼幫派？來多少人？」打雜工追問道：「來勢洶洶，想必洛水不平靜。」

「渡頭的船夫什麼也不敢說。就我當下看到的，洛水算得上，也算不上平靜。雖說沒遇到什麼打殺，但看得出來，那裡來了許多江湖中人，全都在等某位貴客。」

打雜工嘆道：「倘若我們走洛水，就正中埋伏了。多虧軍師大人有先見之明。」

「走山路，還是一樣中伏啊！」宇文承峰抓抓頭髮，「而且，這批伏兵光看裝束、戰

術、武功修為，全都看不透他們的來歷。他們到底是什麼人？」

「他們似乎是雷家軍的餘孽。」暮沉霜思忖道，「前世，我在亦水見過同樣裝束的私兵，用相似的戰法。」

「將軍城的雷家軍？但是雷家勢力從未跨及洛水以北，怎麼有私兵出現在亦水？」

「這就不清楚了，只知道那支私軍按地裡幹了不少壞事，我死了以後，方被殲滅，當中牽涉不少水都一帶的朝廷要人，連赫赫有名的『唐青天』都被連累。」

暮沉霜口中的「唐青天」，實乃水都一顯赫世家子弟。水都唐家乃當地書香門第，歷代子嗣以廉官能吏著稱，五代子孫裡一共竟出了四個「唐青天」！當年唐家第三代的「唐青天」，時任水都府尹兼掌亦水軍務，懲治亦水一帶的土匪有功，卻也因為剿匪之故，遭逢奸臣汙衊，差點惹來一場滅門之災。

「我聽流雲說過這件事，」曲無異插口道，「你死的那年，月姊趁七巧節前夕回亦水省親，流雲也跟了去，說想順道去水都一帶打聽你的來歷。後來，聽他們說在亦水順手滅了一批惡霸，還因此救了『唐青天』一命。那批惡霸，難道就是你說的雷家軍？」

「我倒真不知道，少主與雷家軍曾有這麼一段恩怨。」宇文承峰低喃道，「可是，如今雷家主將覆滅，憑那一丁點散沙餘眾，怎麼算得到臨湘的局勢，和我們的行蹤？除非他們背後有高人指點，而那個指點他們的人又會是誰？」

打雜工提議道：「空想無濟於現況，各位不如先歇息吧？我來為各位守夜。」
「還不能休息呢，等消息來了再說。」
宇文承峰說罷，轉問一旁打理登山便裝的苗實冠頭問道：「苗老爺子，可看到狼煙了？」
苗實冠頭停下動作，行禮稟報：「剛才看到了，正如軍師你所料，從寒天宮的方向傳來夜間的赤紅狼煙。」
「狼煙怎麼說的？」
「狼煙說『戰況危急，寒天宮將不保，臨湘切莫來此。』軍師，看來不太妙。」
「真這麼說？一字不漏？」
「一字不漏。」
「那就好了。」宇文承峰又笑了，「我們好好休息一晚，明早出發吧。」
曲無異卻慌了：「好什麼好?!沐琉華的藏書閣有危險啊！」
「那是我七天前，和前輩約好的暗號。」宇文承峰解釋道，「我怕雪山一行有變卦，事先拜託他就近馳援寒天宮，以防萬一。若他擊退來犯寒天宮的敵軍，便用狼煙傳這段暗語，告知我們戰況，並設法瞞過雪山下的幕後主使。」

「原來如此，倘若敵軍擷取這道訊息，只道寒天宮已淪陷，不會再防範或增援。」打雜工問道，「但是，軍師事先拜託的，究竟是何方神聖？」

「雪海島第一高人，」宇文承峰笑道，「對了，這麼說來，他正是暮兄弟的義兄。」

＊　＊　＊

是夜，星辰稀疏，目光探向寒天宮，可隱約看見一道飄渺狼煙，狼煙帶來的消息，很快地、輾轉傳到了雪山下的大漠邊關。但見一名赤足特使，在夜色下飛奔急馳，像頭貓兒般地潛進十二羽下榻的客棧，上了樓，找到鳳顏訟師蒼羽夜，附在他耳邊悄言幾句。

蒼羽夜沉吟一會，打發使者離開後，向十二羽坦白道：「剛才有狼煙傳來消息，寒天宮貌似被某方人馬攻下了。」

「喔，」十二羽端著酒杯，一副漠不關心狀，「此非我軍所為。況且，雪山險阻，細作極難往來，徒有狼煙傳訊，誰知這消息是真或假？」

「閣主所言甚是，但無論真假成敗，這都代表有人意圖兵指寒天宮。」蒼羽夜自忖自問道，「這個人會是誰呢？」

正說著，一縷黑焰徐徐纏上蒼羽夜的頸子。

「小子，坦白從寬。」十二羽撚指便生出黑焰，要脅蒼羽夜，質問道，「你到底想說什麼？」

蒼羽夜遭黑焰纏頸，淡然一笑：「在下認為，從大漠翻案，到宗祠事變，帝都以南屢生事端，一再顯示，另有幕後主使，指掌這一切。」

「你懷疑我？」

「不，閣主雖以行事狠戾稱世，但處事正直，不會費心在這種掩人耳目的吊詭小計上。然而，在下猜想，閣主或許認識這幕後主使。」

「你想說的是誰呢？独孤客？」

「他是有可能，但還是說不通。因為這些事端有一個共通的對象，流雲氏。」蒼羽夜道，「独孤客或許有能耐佈置如此複雜難解的詭計，但，他需要為了對付流雲飄蹤這麼做嗎？」

「所以，你懷疑我罪淵閣內另有高人嗎？」十二羽忽然嗤笑一聲，「該不會是那位自稱『惡魔』的小老弟吧？小子，他更不可能了。」

「論功力，那惡魔可賞上官風雅一敗。」蒼羽夜收肅神色，「論詭計，那惡魔施障眼法、矇騙人心的手段，不下独孤客。況且，當初他敗給流雲飄蹤後，便再也不曾振作。他最有可能是安排這一切，對流雲飄蹤復仇的幕後主使。」

十二羽倚著椅背，擺擺手道：「論功力，他和我等共創罪淵時，內功便已折損泰半，後來敗給流雲飄蹤後，他的武功更是不如人，和我同樣無能為也。論計策，就算他有那個布局

一切的腦筋，可當今罪淵乃独孤得勢，由不得他說話，罪淵以外，他又早已落得四海不容，又有誰願意助他行策？」

「只要幫派間有了矛盾，他便有辦法趁虛而入。當年，不就因為他，江湖間差點掀起一場足以滅門滅幫的大戰？」

「那是過去的事了。況且，計策的背後還須憑恃力量做其後盾，譬如九倍穹蒼，當年我找上他，也是為此。」

「閣主說到一個重點，凡事皆須力量為後盾。若是說，他為了重得力量，安排了這錯綜難解的一盤局，這麼推論似乎並不為過。」

「上次是他僥倖破解鳳霞金冠，這回他要靠什麼取得功力？」十二羽問道，「該不會真冀望是墓穴裡的什麼大密寶吧？哈哈！」

「當然不是。話說，宗祠一聚只是幌子，甚至魚鱗冊也不過一疊廢紙。」

「喔？這是何故？說來聽聽。」

「姑且告訴閣主，一個訟師和『刑名』間不外傳的消息，」蒼羽夜俯身沉聲道，「大漠血案，夏宸脫身在即，十五日內，疾風鏢局必得朝廷言官平反。夏宸早知此事，卻瞞著鏢局上下，而這段日子鏢局大張旗鼓找魚鱗冊，不過是夏宸安排的虛招。」

十二羽意味深長地「哦」了一聲，又問道：「那，宗祠事故，果真也是一齣戲？」

「十之八九。」

「但是，有必要冒著命喪地底的風險，去演這一齣鬧劇嗎？」

「那就且看為的是什麼囉！正好，人來了。」

說到這時，有人輕敲房門，蒼羽夜一笑，兀自開門迎客，那突來的夜客竟不是別人，正是「山巔一寺一壺酒」！

「想不到你還找了『一壺酒』？」十二羽拉長聲音問道，「你找他做什麼？」

「他想談一樁生意，我想，閣主也能在這筆買賣中受惠。」

「受惠什麼？」

「這，要從龍泉客棧說起。閣主也知道，龍虎山那兒有什麼吧？」

「早廢了的地下龍脈？」

「不見得早廢了呀！」蒼羽夜笑道，「說吧，一壺酒仁兄，今晚你一開口就有銀子。」

＊　＊　＊

大漠邊關外十里處，流雲宗祠所在地，自從宗祠事發過後已經超過了十二時辰，然而諸幫要人依舊下落不明，現場一片紊亂。

人聲馬嗚間，有一道黑色身影悄悄穿梭四周，最後，佇立在崩塌的宗祠前。

這時有幾個流雲府的守衛，見狀急趨上前盤問：「來者何人？」

黑衣人不答話，拿出懷裡的「璃月玦」應之，守衛見狀，連忙讓開一條路。於是那人繞開崩落的石塊瓦礫，長驅直入宗祠內，走到一處陰暗方室，又遇到一神祕人影，身披斗篷，面戴灰紗。

兩人相見，先是靜默了半晌，灰紗人先打破沉默，寒暄道：「日安，我們還真有緣。」

黑衣人道：「權且休戰，他日再一較高下。」

「當然好。」灰紗人又問，「話說，你是怎麼進來的？」

「你呢？你又是怎麼進來的？」

「對外頭的流雲家丁而言，我是『自在莊』的三莊主。」

「那麼，我便是『霜月閣』的使者。」

「原來如此，多問一句，你自稱霜月使者，怎拿得到『璃月玦』？」

「從某個孩子手中拿到的。」黑衣人打斷話題，「別問了，你可有找到什麼？」

灰紗人一攤手，黑衣人頓時一餒，失望的神色溢於言表，灰紗人見狀，安慰他道：「別擔心，雖然沒找到活人，但也沒發現屍體。他一定還活著。」

那人聽了，抬起頭來，質問道：「你又知道，我要找的是誰？」

「你不正是為了一探小貓兒的安危，不惜假冒霜月使者，闖入這裡嗎？」灰紗人笑道，「過客殺手，亦見柔情。」

那假冒霜月使者的，正是昀泉的過客殺手祁影。他受言語調侃，滿臉脹紅卻不敢發怒，勉強應道：「因為那賊貓的命，只有我才能取。」

灰紗人點點頭，轉身就要離開，招呼祁影道：「一起走吧！這裡不會有人了。」

「不會有人？那人會去哪？」

「我也不知道，先離開這裡，找地方透口氣。」

祁影半信半疑，隨之離開墓室，兩人一前一後，信步離開流雲宗祠，一路上竟無人阻攔聞問。走到半途，灰紗人環望四下無人，邊走邊悄聲問道：「既然休戰，陪我好好敘舊一番。我許久沒回仙陵，大家近來可好？可有什麼新消息？」

「還不錯。」祁影答道，「我三日前護送兩位宗主和總管到將軍城後，便各自行動。後來追著你到了大漠，這兩天一直在附近徘徊。」

「話說，你怎麼拿得到璃月玦？你沒有傷到霜月的人吧？」

祁影回憶當時道：「老實說，我一開始不得其門而入，後來給我遇上了真正的霜月使者。我趁四下無人，攔住他，本已準備動手，誰知道他二話不說，把手中信物託給了我，我就這麼成了霜月特使。」

「這麼乾脆？他當真是霜月的使者？」灰紗人沉吟半晌，「罷了，且不管他。千姥姥呢？她老人家近來安好嗎？」

「姥姥很有精神，依舊四處找人作客。」

「可曾聽說她近日收了什麼稀罕的客人？」

「沒聽說。怎麼回事？」

「我從自在莊聽說了一些事，關於龍虎山的龍脈、蘇家觀下任掌門人，和大弟子劍青魂的事，似乎，命運神教也涉入其中。」灰紗人道，「不夜城近龍虎山，假如你到了不夜城，多注意蘇家弟子的動向，以及命運神教的行蹤。」

「不夜城一向有許多蘇家弟子，話說山上清修苦悶得要命，自然會想下山來尋找樂子。另外，這兒的明教弟子愈來愈多，都聚集在不夜城。」祁影答道，「至於命運神教，嫣兒聖女聽說在不夜城留連多日，除此以外，沒什麼動靜。」

「果然如此。」

祁影雖然感到事有蹊蹺，卻也無心顧慮，低聲追問灰紗人道：「前輩，剛才在宗祠，為何你說不會再找到人？」

灰紗人並未回答，只道：「別多說，跟我來。」

兩人到了一間破舊小廟，小廟裡有一具半塌的木架，供著一尊風化的石佛。石佛後方，傳來一道窸窣聲響，被祁影聽個正著，他探頭一望，倏地一聲，有道影子從石佛後頭飛了出來！

祁影一伸手，正好抓著了那小鬼的衣領，將他拎到半空中。

「哇啊啊啊！」

小鬼竟是貓神！但見他一臉狼狽，又不得不陪張笑臉：「師傅，受徒兒一拜。」

「小賊貓！」祁影是四分好氣，三分好笑，剩下三分不知是什麼滋味。他問貓神，「你何時躲進這間破廟的？」

「我沒躲啊！我這不是光明正大的出來了？」貓神答道，「我本來和我家老大一起給埋了，本來還以為死定了，流雲老大叫我往某條密道逃，我鑽呀鑽的，就鑽到這裡來。」

「既然逃出來了，又何必繼續躲在這？」

「老大交代我先別亂跑，待在原地，等他的消息。」

「喔？所以，想必百韜飄蹤也走了另外某條密道。」

祁影放下貓神，暗自思忖：假若流雲飄蹤一行人早備妥這麼一計，遁地匿蹤，這麼一來，他們的生死和行蹤，就更難預料了。

想了一會，祁影猛然轉向灰紗人問道：「話說，你怎會知道這裡有個出口？」

「很久以前，我來過這。」灰紗人聳聳肩，「事隔多年，我也只記得這個出口了，所以來碰碰運氣，沒想到還真給碰到了。」

「你來過這？」

灰紗人點頭示意，又道：「這座廟、那所宗祠，都是後來加蓋上去的障眼物。這裡原本是塊禁地。」

「禁地？」

灰紗人凝視祁影，令祁影感到一陣膽寒。

「一塊我等昀泉人，本不該踏足的禁地。」灰紗人道，「一塊早該和地下龍脈，一起消失於世間的禁地。」

急轉直下

大事，往往發生在一瞬間，然而，事發的徵兆，多半已醞釀好幾個月。甚至，醞釀了好幾年。

流雲兵府召集中原諸幫要人，於流雲宗祠一聚，豈料突生事變，宗祠裡諸多幫會要人下落不明，搜尋了一整天後，仍毫無所獲。雲樓樓主凌雲雁和大前輩臨光，便一併陷入這場劇變中，除此之外，連雲樓中，使西夷奇術的五芒星，和朝廷倚之為安定民心的護國大法師，空虛禪師，也同樣生死未卜。

留守將軍城的雲樓神探項陽軒，和風凌雲、宋罡等一干雲樓新興俠士，奉命坐鎮蘇家酒樓，事發之後，便連遣使者急赴雲樓各地分會安撫，以免幫眾多生心眼，除此之外，再無其他對策。

這時的項陽軒撐著下巴，蹙緊眉頭，不發一語。他擔憂著樓主等一行人的性命安危，尤其是空虛禪師。軍龍羽生前透露：空虛禪師所中的奇毒三日喪，算算時間，將在明天酉時過後發作，屆時禪師必定毒發命亡；情況如此危急，項陽軒徒然枯坐板凳，竟毫無對策可行。

宋罡問道：「這三日喪，難道就真的無解？在下所知，中毒者可以針灸續命，甚至以毒

攻毒，用外力逼出體內毒素，都是解毒方法。何以非要靠羽家的解藥不可？」

項陽軒回答：「你說的這些我當然知道，然而三日喪非比一般毒藥，不是隨便一個郎中就能解開的。可恨此事實在突然，沒有安排良醫陪在禪師身邊，現在又怎會知道，當下在宗祠裡，還有誰能解毒救人？」

「再者，倘若此毒能如此輕易化解，羽家軍又豈會藉著它來挾持禪師？」風凌雲亦道，「事已至此，惟有保佑禪師蒙受命運之神寵眷，化險為夷。我等暫且定下心來，別讓自己也跟著亂了。這兩天的情勢已經夠亂，先是流雲宗祠出事，接著羽家軍也死了人，現在，独孤客開始蠢動了。」

風凌雲說罷，看向一旁的白珞罌，白珞罌正給兩個幫眾看守著，靜謐閑坐，不發一語。風凌雲問她道：「妳是什麼來歷？為何要替独孤客辦事，設計擄走雨紛飛？」

白珞罌答道：「小女子白珞罌。實不相瞞，那罪淵的独孤客擄走了小女子身邊重要的人，以人質脅迫，逼使小女子與他們合作，設計誘拐雨姑娘。但是他們背後的意圖，小女子實在不知曉。」

「而他的使者只報答妳一把鑰匙。」風凌雲沉了臉色，「我得告誡妳：独孤客行事狡詐，毫無仁信可言，只怕這把鑰匙的後頭還藏有陷阱。姑娘，只能說妳選錯人合作了。」

「小女子，別無他法。」白珞罌語調哽咽，「小女子自知犯了大錯，諸位若要懲罰，哪

怕是要將小女子沉入蠆盆，小女子亦甘之如飴。小女子惟有一事相求：小女子已知人質的線索，顯然這把鑰匙正是囚房的鑰匙。求諸位俠士，為小女子救出人質，小女子死而無憾。」

說完，她作勢就要跪下，項陽軒和宋罡趕忙上前攙扶住她。項陽軒滿面歉意，答白珞罌道：「我不怪妳，但是我們現在亦分身乏術。大丈夫理當救人於水火中，但是現在情勢實在過於混亂。」

宋罡亦道：「正是，如姑娘所見，我等僅憑些微人力，既要坐鎮此城，還要設法救出樓主等人；再者，雨紛飛的安危亦教人堪憂，憂患交集下，我們又該如何為妳救出人質？」

白珞罌聞而不答，泣不成聲。就在雲樓一夥人為難之際，酒樓外忽然傳來隆隆馬車聲響。剎那間，有個官差帶領一隊捕快闖入酒樓，他們個個身披護心甲，腰繫銅環刀，齊聲喝道：「皇令在此，項陽軒認罪！」

眾人見之大驚，項陽軒更是亢聲問道：「我犯了什麼罪？」

領頭官差跨出一步，攤開卷軸，朗聲宣讀：「雲曦迴雁樓項陽軒，涉嫌率眾強擄朝廷要官千金，白珞罌，並襲殺其隨扈八咫千鶴。項陽軒，你知罪否?!」

項陽軒臉色一白，怒斥道：「這是小人構陷！八咫千鶴實乃一東瀛浪人，找我求一死戰而敗，豈是什麼高官隨扈？而白珞罌姑娘，有事求於我等雲樓人，方才現身此處，絕非遭我等強擄。白姑娘，懇請妳和官爺解釋清楚。」

白珞罌面帶淚容，踏著搖晃碎步向前，正當幾個捕快上前扶住她，她忽然一陣作嘔，當著捕快面前口噴數尺鮮血，染紅了捕快碧綠的護心甲。官差大驚，拋一個眼神示意，捕快便迅速拉起白珞罌的衣袖，驚見她的前臂上竟有多處鮮紅傷痕。

官差見狀大怒，亢聲斥令道：「罪證確鑿！綁票重犯！統統給我押下來！」

一聲令下，捕快齊聲一喝，齊步衝上前去，強行逮捕項陽軒。風凌雲和宋罡亦帶著雲樓幫眾，和補快起了衝突，頓時酒樓鏗鏘聲大作，雙方刀光劍影此起彼落，砍翻桌椅和人馬，血濺四方，眾人的殺伐聲、喊聲、咒罵聲不曾間斷，現場一片混亂不堪。

這時的白珞罌，趁亂離開蘇家酒樓。她轉身到某條暗巷，服下一小瓶癒傷止血的藥液，舒緩氣息，整了整衣裳，用手絹擦乾淨嘴邊的血跡，並順手拭去雙臂上的血痕，原來那條條血痕，竟是用朱砂畫成的偽裝。

暗巷深處另有一人，佇立已久，待白珞罌整頓好了身子，方才笑道：「姑娘幹得漂亮，連雲樓的天馬神探也被妳唬弄住了。一群傻子，呵呵。」

「他們不傻，他們都是好人。」白珞罌冷道，「我徒弟呢？」

「他沒事，我等不同於那些江湖中人，行事最講究仁信。我家主子既然說要保妳徒弟，就一定要他身心俱安。妳且放心，帶著那把鑰匙，到我家主子所說的宅子，就見得到妳的可愛徒弟。」

白珞罌覷了那人一眼，又問：「可是那宅子的地點，我應該沒聽錯吧？」

「當然沒錯。」

「那裡不該是你們能駐留的地方，更遑論買下一處宅子，安置人質。」白珞罌續道，「洛水，那可是命運聖門的大本營，在妖皇的眼皮子下，豈容得你們放肆？」

「我家主子，連那全盛時的羽家軍和『深淵的惡魔』，都不放在眼裡，」那人說著，便冷笑一聲，「區區一個命運妖皇，又算得什麼？」

此刻的蘇家酒樓，紛亂已漸平息，捕快藉著人海陣，硬是壓制住雲樓一干幫眾，收押衙門；但他們漏掉了二樓，當時珞巴正在二樓，代替雨紛飛照顧小夜繁。她在樓上窺看這一切，心裡急如火焚，卻不敢衝動，只能眼睜睜看著雲樓眾人就擒。待風波平息，她帶著夜繁悄悄逃離蘇家酒樓，欲回到疾風鏢局討救兵。當珞巴匆忙收拾孩子的行囊時，忽然驚覺一件事：

「小巴大人呢？」

＊　＊　＊

此刻剛過了酉時，夕陽西下，照著關外的田家店。田家店的牆半塌了、桌椅劈了、菜盤翻了，人也幾乎跑光了，剩下老闆田季發、一個工匠、和一個旅客。老闆田季發坐定一張板凳，哼著南方旅歌，工匠像塊巨岩般地蹲在地上，小心地用錘和釘修理一扇門框，但見他身

高一丈有餘，身形魁梧，卻又生得一副娃娃臉，正是小鐵匠谷藏鋒。

原來就在前一天，狼煙雨奉命到將軍城尋覓工匠來修理田家店的窗戶，並在西城巧遇遭惡徒騷擾的谷藏鋒，便與他聯手趕走惡徒。狼煙雨一攀談之下，發現谷藏鋒的來歷不簡單，便將修理費託給他，請他先去田家店修理窗戶。谷藏鋒得以脫身，欣然受命，連忙趕往田家店，卻沒想到那夥惡徒跟蹤著他，率眾數十人，持刀拿槍，闖入田家店罵戰道：「臭小賊！交出寶物來！」

惡徒在店內四處摔盤砸椅，叫囂謾罵，似入無人之地。田家店的客人紛紛走避，田季發把谷藏鋒藏在後頭，抓起屠羊寶刀正要出面對罵，忽有一名旅客搶先一步，昂首反罵惡徒道：「擅闖民宅，騷擾良民，你們才是真正的惡賊！」

惡徒聞言，吃了一驚，但是見那旅客孤身一人，穿著打扮極其雅緻，配一把樸素不相襯的劍，不似剽悍的江湖中人，反而更像個留連青樓酒榭間的書生，遂大笑數聲，不以為意，其中一個更拔出刀來，晃著刀光，擺一副兇惡面貌道：「小兄弟，這是江湖大事。攸關將軍前程，別多管閒事。你儘管走了便可，爺爺我幫你付這筆酒錢。」

說完，眾惡徒又一陣訕笑。怎料得到，旅客冷眼橫對眾刀客，竟了無懼色，拔劍以對，毫不退讓，那是把白淨的好劍，惟鋒芒不甚光利。刀客見了，臉色一沉，喝道：「找死！」便衝了上去。

旅客劍指刀客，但聽得「啪嚓」一聲。

一劍揮下，刀斷了，刀客的頭亦落地，血噴三尺，他的同夥們看得呆了。

須臾，兩人頓醒，連番怒吼，提起長槍戳向旅客，旅客又揮一劍，揮得無招無式，難看極了，但是劍風劃過之處，兩條長槍都鏗鏘斷了，四條握槍的手臂也喀嚓沒了。兩人瞪著斷臂半晌，方才痛聲哀嚎，跌坐著連連倒退，再也站不起來。

劍客乍看站了上風，田季發卻在後方暗自為他擔憂：「這小子的劍甚是奇特，彷彿有魔性似的，每殺一人就多利一分！而他的劍法卻不成招，反倒有些臨湘十三刀的味道。可是他內力不足以久戰，一旦敵軍恃眾欺寡，他就要露出破綻了。」

果不出所料，待一惡徒大喊「一起上！」眾敵便應聲而前，擺出「吞蛇陣」，陣前血盆蛇口大開，抽刀齊砍劍客一人！劍客不露懼色，見招拆招，以寡敵眾，硬逼成五五波的局勢，然而孤劍再強，終究難敵人多勢眾，待劍客氣力逐漸放盡，終見敗退之象。

此時田季發早舞起屠刀，正要助陣，他身後卻先傳出一陣大吼：「別把人看扁了啊！」

谷藏鋒張開雙臂，像頭巨熊般衝上前，敵軍舉起長槍，正要反擊，豈料谷藏鋒一個側身，閃過槍尖，和惡徒撞個滿懷，接著雙臂鉗抱槍客，夾得他筋骨喀喀盡碎，哀嚎震天！田家店的三人就這麼一人揮劍，一人舞刀，一人則乘著怒氣，把惡徒給挾在腋下拖著，橫衝直撞，斷了蛇形。餘眾見情勢不對，退到大門確保後路，重佈方陣戒備。

田季發和劍客見狀亦停下腳步觀察，惟獨谷藏鋒怒不可止，衝到陣前，陣中閃出一把大刀側襲，刀鋒砍在谷藏鋒的護肩上，谷藏鋒轉頭大罵一聲「滾開！」罵聲震得眾人一陣天旋地倒，那首當其衝的刀客，更被罵聲震得雙耳流血，倒地不起！

谷藏鋒衝入陣中，接連撞翻十來個惡徒，將大門衝破一個大洞！殘兵飛出門外，再不敢回頭，連滾帶爬撤退。他又亢聲高喊：「有種再來！來一個我捏爆一個！」聲傳百尺，餘音迴盪久久不息。一陣宣洩後，谷藏鋒終於氣力放盡，鬆脫那個挾在腋下的倒楣鬼，但見那惡徒的身子給扭曲得像條生煎蝦捲，抽搐不止，剩不到半條命。

田季發縛住惡徒，看到店門半毀，客人都跑光了，而日頭就要落下，索性點盞火把，在外頭搭一只防風砂的棚子，搬出僅存的幾張完好板凳和方桌，端上幾盤烤肉和一甕好酒，就這麼招待兩人吃起晚餐來。

正邊吃著邊閒聊間，一襲紅衣的狼煙雨方才拎著簡便行囊姍姍而返，一見面目全非的田家店，驚訝不已。不待田季發解釋，谷藏鋒先行起身致歉，將剛才惡徒鬧事的經過說了一遍。狼煙雨聽了事情梗概，臉色鐵青，欲言之而說不出話。倒是田季發擺擺手道：「算了，吃飯要緊，店子砸了再蓋就好。」

招呼過了，田季發又一次謝過那旅客，問起來歷，旅客自我介紹道：「晚輩姓唐，單名零，亦水人氏，長居水都。為了尋找一個故友，辭別故鄉西行，途中欲在大漠暫歇一晚，因

此特來田家店。」

「那真是對不起，你不辭千里遠行到這兒，卻碰上了這些事。」田季發又問，「話說你姓唐，穿著不俗，又來自水都，莫非和『唐青天』有關係？」

唐零聽了，儘管神色有些不悅，仍微微一揖答道：「正如老闆您所料，我是和這稱號有點關係。」

原來唐零出身亦水大族，歷代家主都當過水都府尹兼掌亦水軍事。自第二代家主開始，更贏得民間「唐青天」的美名，並將這美名一代代傳承下來。但是到了唐零，他厭倦官場的一切，認為官場只會招禍和煩憂。

田季發笑問：「年輕人不都夢想著福祿名利，飛黃騰達？你這麼年輕就厭倦這一切？」

「大概，就是看過官場的人情冷暖，倦了吧？」

據唐零所述，其父乃第三代「唐青天」，任職水都府尹期間，遭地方豪強忌恨。當時亦水一帶山賊肆虐，賊匪洗劫亦水村落，來去如風，難察其蹤跡；當地仕紳懷疑某一戶夙姓人家，為山賊擔任眼線，夙家幼女遠赴水都擊鼓喊冤，唐父認為此案另有隱情，正要詳查，竟被豪強聯合仕紳，誣指唐父包庇山賊，強押衙門受審，幾乎禍延全家，後來是流雲飄蹤和水中月出手相助，殲滅亦水的賊窟，察清事實真相，這才還了唐父清白。

唐零簡要說完過去，嘆道：「所以，即便有違家父意旨，我仍寧可鍾情於青樓歡場間，

和三兩摯友、歌舞伎女，暢談詩文、把酒言歡，逍遙自在，遠勝過汲汲營營於官場哩！」

水都青樓無數，處處可見才子佳人，霓裳綢衫，在軟言巧語間廝磨耳鬢，徹夜承歡。水都青樓之最，當屬城南水塘；水塘風雅之最，當屬三大門戶：「風舞樓」、「楚春堂」、「無憂閣」。此三大戶賣藝不賣身，門戶外均掛上精鐵打造的三角鐵條，鑄工雅緻，每有客人造訪，弟子便輕敲鐵條，清脆丁寧聲響遍水塘，風雅之至，可見一斑。

唐零便與三大戶中某一舞妓，交情甚篤。但是有一天，那舞妓忽然自承是昀泉後人，奉宗主命令西行返鄉，就此辭別水都，並旋即失去了消息。唐零就這麼追尋著她的音訊，一路西行，來到了大漠邊關。

眾人盡讚許唐零的深情之舉，祝福唐零早日尋得佳人。唐零謝過眾人，眼光飄到一旁戰俘，思忖道：「話說剛才這群惡霸看來不是普通人，他們身上的裝束，刀劍功夫，還有陣式，我曾經看過。」

田季發道：「你八成在將軍城一帶見過他們洗劫民家。這群小渾球雖然可恨，卻很是訓練有素，用兵進退得宜，顯然是將軍城雷家軍的餘孽。」

「可是，我是在水都看過他們，而且是十多年前的事了。」唐零抬起眼睛，苦思往事，「當年家父遭難，山賊趁亂欲洗劫唐府，有賴流雲飄蹤出手，相助退敵。我當時年幼，但是注意到來犯的山賊，當中混了不少人，無論裝束、戰法，都和這些人一樣。」

「這倒有趣，當年雷家聲勢遍佈將軍城南，但沒料到竟然還牽涉到水都一帶的風波。」

「而且他們幹嘛找上我？」谷藏鋒自問，「我初來乍到，除了這包吃飯的工具外，身上什麼寶貝都沒有。他們到底要我交出什麼寶貝？」

「或許是他們誤會了，以為你身上藏了什麼重要的寶貝。」

「對，一定是因為他們，」谷藏鋒猛然想起初入將軍城的那晚，將他和青鳥師徒相遇之事，約略說了一遍，懊喪道，「早知道會發生這種事，就不去認那個什麼三叔了。」

眾人相視一笑，接連慰問小鐵匠。田季發又問狼煙雨：「妳晚了一天回來，怎麼回事？」

狼煙雨將她目擊軍龍羽遇刺身亡、親赴蘇家酒樓作證之事，大概說了一遍後，拿出包袱賠罪道：「我知道自己遲了，自然要在市場搜刮些好東西來賠罪。瞧！是遠渡東海而來的香料和乾果子。」

當她一打開包袱，竟散落一地乾果殼，果仁早被啃吃精光。狼煙雨見狀不禁一陣驚呼。

唐零訝異地問道：「是誰做的好事？」

狼煙雨不答話，既好氣又好笑，拎出包袱裡的貪吃賊。

一隻花栗鼠模樣的無辜眼神小東西。

＊　＊　＊

是夜，戌時。

大漠邊關的旅店，這時來了三位客人投宿，三人打扮不似一般人，一個黑衣，一個灰袍，還有一個孩子，不時用一雙靈活的貓眼打量他的兩位同伴。

店小二不敢怠慢，連忙拎著一盞油燈，出面招呼道：「客官們來的真巧，正好前一批客人剛剛離開，等我們打理完畢便可入住。」

於是，三人在旅店裡等候跑堂的招呼。黑衣人環望周遭，再次招來店小二問道：「這間店，客人怎麼這麼少？都去哪了？」

店小二乾笑幾聲，據實以報：「不瞞你們說，前面一批客人在這裡殺了人，把投宿的都嚇跑了，沒人敢繼續住下來。幸好那些殺人的也走了，三位客倌可以安心住在這裡。」

灰袍人追問道：「那殺人的長什麼樣子，使什麼武功？」

「殺人的那個穿的像個打仗的將軍，身邊跟個漂亮姑娘。可小的只看到他帶把長槍，卻不耍槍，也不知道使的什麼武功，只看到他和一群人吵了起來，吵著吵著，他就拎起一個人，接著那人冒出一陣黑煙，然後……」

店小二說著說著，不禁打個哆嗦，再也說不下去。灰袍人又問：「這麼嚴重的事，怎不見捕快來緝拿殺人犯？」

「這一帶早沒捕快囉，全給官差叫到流雲別府那兒去了。」店小二答道，「看三位客倌

像是從流雲府來的，流雲府那兒貌似出大事了，三位該是知曉的呀。」

三人互覷一眼，點頭示意，謝過店小二。待店小二走遠，黑衣的過客殺手，祁影，附在灰袍人耳邊悄聲道：「看來前一組客人是十二羽，前輩，我們剛好錯過了。」

「這樣就好，真遇上了，怕多生事端。現在情勢難測，即使是羽家的人，亦不可盡信之。」灰袍人嘆道，「這龍脈密道，太危險。深藏在盡頭的，是早該毀棄的眗泉詛咒。」

「那到底是什麼？」祁影壓低聲量追問道，「難不成，真的是傳說的不老仙泉？」

灰袍人想了一會，徐徐答道：「盡頭所藏的，並非仙泉，但卻是除了十二金鑰以外，開啟仙泉的另一個關鍵。」

祁影聽了，吟哦半晌，灰袍人見狀則告誡道：「影子，不老仙泉非福，反是禍害。千年前，我便深受其害，至今未休。」

「千年？」一旁的孩子，貓神，壓抑住音量，「你不是書店的老書僮嗎？你到底是誰？」

灰袍人正要答話，欲言而止，反囑咐道：「把油燈熄了吧。」

「好。」

祁影應了一聲，捻熄桌上油燈，整間客棧頓時伸手不見五指。

「影子，你看多少人？」

「大概十二個。」祁影語氣冷酷了起來，「我一個人就夠了。」

這一段沒頭沒腦的問答，問得貓神丈二金剛摸不著頭緒。這時祁影忽然按住貓神的頭，把他慣到桌子下，道：「殺手來了，你躲下面，別探頭。」

「殺手？」

貓神正要問個清楚，忽然聽見空中咻咻作響，竟是十來發暗器自四面八方襲來！貓神嚇得躲到桌底下，祁影和那灰袍人徐然以對，淡見祁影甩手一記梅花鏢，灰袍人湧然一波振袖，兩人便打飛了這波暗器，毫髮不傷。

一波暗器後，數名殺手自屋頂一躍而下，抽出短劍刺向樓下的祁影和灰袍人，這一波功勢周密無隙，位在中心的目標無處可逃。但見祁影憑氣息辨位，信手打出梅花鏢，每一記飛鏢所發之方向，都可聽見殺手咕咚倒地的聲響。須臾間，六記飛鏢皆無虛發，命中六個殺手倒地，再起不能。而另一邊，灰袍人聚精提氣，一跺地，一甩袖，袖口虎虎振舞空中，像是江口大潮的洶湧波浪，震開了又一波殺招，又沖翻了另外六名殺手，一個個被沖上半空，翻轉數圈後重重摔下，呻吟幾聲後便再無動靜。

不到半刻，十二名殺手盡皆伏誅。祁影靜候了幾分鐘，看四周再無動靜，便道：「且看他們是哪一路的人馬。」並順手點燃油燈。

油燈的燈光乍亮的一瞬間，灰袍人忽地心頭一凜，脫口大喊：「不可！是陷阱！」

可是已經遲了。燈光乍亮的剎那，令兩人眼睛不由得瞇起半晌，分神了那麼不到一秒鐘，這對一個真殺手來說，已綽綽有餘。

一個屏斷自身一切氣息，目送十二個同伴送死，只為利用目標鬆懈一瞬間的冷澈殺手。他趁祁影再次點燃油燈的那一刻，自二樓翻身而下，帶著鋒利劍風，殺向灰袍人！

＊　＊　＊

此刻，在雪海野外露宿的宇文承峰一行人，說到某個江湖人，一顆光芒內斂的新星。

「我入兵府打雜前，曾見過他一次。只能說，我絕不想和他為敵。」打雜工道，「他是個孤兒，不知從哪裡學來的一套無雙劍法，便隻身闖蕩江湖。他不曾在賭桌上賭過銀錢，卻是個上等的賭徒。」

曲無異問道：「既沒賭過錢，怎麼說他是賭徒？」

「我朋友說過，上等的賭徒就靠『冷，等，狠』。這三個字，我朋友學來賭錢，而他學來賭命。」打雜工道，「他自稱劍無雙，無幫無派，隨心所欲而行事。與他為友，他比誰都可靠，與他為敵，他比誰都危險。」

「何必長他人之志，滅自己威風？」宇文承峰笑道，「論武功，你絕對不輸那劍無雙。」

「我自己的武功究竟到什麼境地，我有自知之明，恐怕還不足以和劍無雙一較高下，」

打雜工對長官的褒美先是一番遜謝，接著又道，「不過，如果是我朋友，或許就有辦法了。」

「喔？你朋友？」

「正是，軍師大人，他和我同一天入兵府打雜，自稱貓神。」

「那個跟在流雲少主身邊的小混混？」宇文承峰大笑道，「你也太吹捧他，我看他除了說一口好大話外，可沒使出什麼真功夫過。」

「他是愛說大話過了些，但，我私下見過他練武，他的武功資質真屬上等。否則，少主又怎會將他留在身邊，親自調教栽培？」

「說的也是，我也說得太過分了，竟然小瞧了少主看人的眼光。」

「而且，他除了資質好，還是個認真的人。」打雜工道，「如果他認真起來，劍無雙，說不定也會輸。」

＊　＊　＊

殺向灰袍人的殺手，被一發奇襲給擋下來。

就在灰袍人命懸一線之刻，桌子忽然翻上空中，一道小小身影躍出，伸爪抓向殺手！

殺手一驚，趕忙迴身閃避，卻仍被五指手爪給刮下面罩和髮帶，露出他的一頭及腰長髮，烏黑似緞。他年紀輕輕，面貌秀美如女子，卻有一副銳利的鷹眼。

「臭小子！看我神貓大俠會會你！」

此刻的孩子正是「神貓」，大喝一聲，徒手抓去！殺手見神貓空手張爪，乍看不堪一擊，但其招式蘊含的內力極其充沛，斷然不可從外貌評斷強弱。殺手不敢大意，一腿蹬在空桌又躍上半空，憑空又蹬在二樓欄杆上，轉身躍向神貓，抽劍應敵，劍光如繁星點點，襲向神貓身軀的數個要害。神貓卻不閃不避，毫不畏懼，落地後再次迎面躍向殺手，用一雙炯炯貓眼，盯住劍鋒所到之處，徒手捻指，捏住銳刃，竟然就以這麼一招無謀的「空手捻白刃」，接下了殺手的招招劍式！

一手接招之餘，神貓亦乘勢反擊，另一手伸爪便抓向殺手，幾乎要剝下他的臉皮！殺手心驚，下意識地棄劍反擊，以神速雙拳應對神貓的凜然雙爪，從半空毆打到落地，再從地上躍打回半空，兩人招招對個正著，一時之間，竟分不出高下來。

祁影在一旁見了，不禁暗罵在心裡：「臭貓，你果然在藏招！」卻不敢放由神貓隻身應付強敵，抽出蟬翼薄刃，自左側殺向刺客助陣，而灰袍人亦抖擻精神，一腳蹬向空中，自右側振一振袖，襲向同一目標！

豈料神貓對招之間，殺的太過亢奮，忘卻自我，後方兩位前輩上前助陣掩護他，他竟同時反擊兩位前輩，雙爪順勢抓向兩側！

祁影一驚，勉強閃過爪勢，另一側的灰袍人卻未曾迴身，就這麼被一爪抓開胸口，抓出

五到幾可見骨的血痕，灰袍人痛得一陣悶哼，隨血泉湧出，翻身落地。

祁影見灰袍人重傷，脫口驚呼：「秋霜前輩！」

剎那間，神貓驚見血光，頓時清醒，連忙一個空中迴身蹬腿，逼開殺手，連滾帶翻落地，慌忙爬向灰袍人檢查傷勢。但見灰袍人臉色慘白，卻硬是擠出一絲笑意，寬慰神貓道：「我不要緊，小心對手。」神貓聽了，更加自責。

祁影徐然落地，衝到兩人身邊守護著。神貓呆愣了好一陣子，方才開口問道：「秋霜前輩？難道你就是那個，秋霜夢焉？」

灰袍人不答話，但以一抹苦笑應之。神貓臉色慘白，問道：「你知道我去沐老闆娘那兒念書，就是想找出你來？」

「知道。」

「而你，一直在我身邊？」

「對。」

從神貓複雜的表情看來，可知他腦中有數十道想法閃過。最後，他問道：「喝了你的血，真的能讓人長生不老？」

「你說呢？」

灰袍的秋霜夢焉邊說著，邊從胸口沾了點血，遞向神貓。神貓欲哭卻流不出淚，渾身發

顫，忽地陡然一跺地，大吼一聲：「鬼才要！」

神貓一躍而出客棧，須臾消失在黑暗中，徒然留下一聲淒然長嘯：「對不起！」

祁影欲追之卻不能，轉頭卻見殺手業已收劍，緩步靠了過來。他收攝住殺氣，還從懷中遞出一罐傷膏，柔聲道：「先用這個，先止住血再說。」

祁影緊蹙眉頭，訝異地瞪著他。他便放下藥膏，伸手一揖致歉道：「對不起，我以為你們是朝廷懸賞的重犯，一時不察，害得這位前輩受傷，都是我的錯。」

「懸賞重犯？」祁影見此人言語誠懇，不像是說謊，半信帶疑地用傷膏為秋霜夢焉療傷，又問，「敢問兄弟尊姓大名？要殺的本是何人？」

「在下劍無雙。」

劍無雙又掏出一捆繃帶，為秋霜夢焉包紮傷口，順帶回答祁影道：「我在市集，受朝廷密探徵招而來。朝廷欲捉拿羽家餘孽，派遣密使暗訪市集，徵招我等十三個賞金獵人。本欲包圍此客棧，一舉襲殺羽家主帥。看來，是我們情報有誤。」

「你的情報倒是沒錯，羽家軍確實曾來過這客棧，只是早你們一刻離開。」祁影思忖道，「我倒是好奇，那個徵招你們的，真的是朝廷密使嗎？」

劍無雙被問得一愣，答道：「他有拿出朝廷信物，錯不了的。」

「這就怪了，起碼我沒聽說十二羽兄遭朝廷通緝。」祁影自問，「是誰有那個本事，借

用朝廷命令，陷害羽家？」

＊　＊　＊

初更，亥時。一輛馬車奔馳在通往龍虎山的夜路上。車上除了車伕，另有四人，分別是十二羽、妲己、蒼羽夜、和山巔一寺一壺酒。

十二羽道：「這車上都是自己人，不怕被偷聽，大可暢所欲言。蒼老弟，你再說說地下龍脈一事。」

蒼羽夜答道：「正如適才在下所言，龍虎山的地下泉脈，其實是綿延將近半個大漠的地下密道，這密道，甚至與雪海的地下水脈，和西北的昀泉遺址相連。據傳密道的盡頭，是曾經叱咤江湖百年的龍泉、昀泉二路人馬，亟欲藏匿的究極神兵，得此神兵，便得掌握傳說中的不老仙泉，等於是得了半個江湖。正因如此，當年叱吒將軍城的雷家軍，帝都禁軍，都想一探密道的究竟，這才惹出當年那一大段血腥往事，甚至連疾風鏢局都被牽扯進去。」

蒼羽夜把頭轉向身旁的山巔一寺一壺酒，又道：「山巔兄這幾天派人深查，已探出數個地下密道的出入口，並知道該如何驅退盤據在內的銀蟒。倘若將軍與我們聯手，神兵和仙泉，可說是唾手可得。」

「既然唾手可得，你又何不自己去拿？」

「即便探得了出入口所在，密道分佈複雜，欲詳究其竟，最快的捷徑是討得當年的密道

圖。然而一來，如將軍所知，密道圖失蹤已久，最有可能的，是給寒門的『顯門』沐家，藏匿在寒天宮的祕密書閣裡；二來，密道曲折難行，且多年以來必然崩塌不少處，徒有地圖，若不派人深入其中，恐怕亦難知其盡頭。將軍，您有的是手下，只要您有心，派員廣搜龍脈密道，必然可得神兵利器到手。」

蒼羽夜頓了一頓，又道：「您今晚遇上我們，當是天命有數，註定您要先聲奪取藏匿龍脈多年的神賜。屆時，您將可藉此神助，重振雄風，再次揚威中原。」

「江湖之大，有人有錢的幫派之多，你又何必選我？」十二羽笑問，「現在問你，你會告訴我實話嗎？」

「這個，實說無妨，」蒼羽夜答道，「在下自然也有自己的盤算和籌畫，而將軍，您是這盤棋裡最重要的帥棋。其他人，可不見得樂於扮演這帥棋的角色。」

蒼羽夜長吁一口氣，又道：「在下如同將軍您，胸懷叱吒中原之志。任職鳳顏訟人，只是在下通往目標的第一步。」

「話說，我本以為你是個普通君子，倒沒料到你竟懷梟雄之志。」十二羽端詳蒼羽夜好一陣子，「可是，單靠一件神兵、一口泉水，還是哪一招絕世武功，又豈能稱雄中原？假如馳騁江湖這麼簡單，當年我何須投身傲寒神教，又何必屈居雲樓多年？」

說到一半，十二羽慨然長嘆：「假如真的這麼簡單，當我與深淵惡魔聯手之時，早就能

一統江湖，百事無憂，又怎會落到今天這個地步？」

蒼羽夜問：「看來將軍之言另有所指，懇請賜教？」

「肆意江湖所求者，不外乎銀子和人脈。」十二羽答道，「錢與權，才是站穩腳步的本錢。就是這樣，別無他意。」

「將軍所言甚是。君子不可一日無財富與權勢，無財無權，正如虎無爪牙，龍困淺灘，徒任人宰割，無從左右自己的命運。」

「聽你這麼說，你早備妥了錢和權？」

「實不相瞞，在下早安插爪牙，滲透各大幫會。除此之外，在下另有鳳顏以外的財源，要錢的話，絕對不是問題。」蒼羽夜悄聲答道，「至於權的話，將軍，若您與我等聯手，我等必可助您重奪中原霸權，甚至在朝廷掙得一席之位，也並非不可行之事。當然，助您奪江湖，在下自身亦能得權，一如當年您創立罪淵一樣。」

「你這小子有膽，將你我和當年罪淵相比？」十二羽大笑數聲後，又問蒼羽夜，「那麼，你把你自己比作是我，還是『深淵的惡魔』？」

蒼羽夜聞而不答，一笑應之。十二羽冷哼一聲，話風忽然一凜，告誡道：「念在你前途大好，我惜才，特地提醒你：你當不了『深淵的惡魔』，誰也當不了他。當年我和他交手過幾次，我心知肚明，他就是個惡魔，一個不下独孤客的惡魔。」

說罷，十二羽忽然朗聲喝令馬車「停下！」一陣顛簸後，馬車乍然而止。蒼羽夜等人慌忙穩住身子，問道：「怎麼回事？」

「你難道沒察覺？有人來了。」

蒼羽夜將頭探出馬車外，除了一片蒼芒的漆黑外，什麼也看不見。他正要追問，忽然感到大地為之震動，不禁一陣膽寒。

蒼羽夜定睛再次眺向遠方，在天際的邊緣，不知何時何地冒出了一批黑色騎兵，他們就像是從地底下湧現的地獄大軍，來無形、去無聲，貌似連鬼神亦無所知其蹤跡。

他們是驚神羽率領的羽家軍，而且是當中的精英部隊。

十二羽走出馬車，敞開雙臂：「二弟，闊別一日，彷彿三年！你怎會出現在這裡？」

驚神羽下馬抱拳，笑面迎人而答道：「昨日我奉兄命，率軍抵達流雲宗祠，但果不其然被兵府私軍嚴拒門外。我百說無益，又不甘就這麼無功而返，因此逡巡宗祠一帶，本欲探查流雲一夥人的動靜，萬萬想不到，竟然能救到他來。」

稟報完，兩個羽家騎兵攙扶一重傷俠士下馬，竟是五芒星！

馬車眾人一見五芒星，全都愣了。蒼羽夜不禁脫口問道：「誰打傷你的？」

五芒星的面罩半破，勉強抬起頭來，朝十二羽虛聲道：「羽兄，求你，去救禪師。」

說罷，他又吐出數口鮮血，不省人事。

重聚不夜（上）

宗祠一聚後的第二天，不夜城在觥籌歌舞間，多了幾分肅殺氣氛。各隊捕快夥同某豪族眷養的重裝私兵，穿梭大街小巷間，看似在搜捕某群人。

在這不安寧的氣氛中，劍青魂獨居陋室，秉燭夜讀。他甫在自己的冊子上添了好幾筆記錄，包括前一日和倚不伐、宋遠頤碰頭時發生的種種意外。讀了一會，他闔起冊子，吁了一口氣。

桌上蠟燭火光搖曳，緩緩燒出一縷細煙，須臾，劍青魂見細煙在空中凝聚成一團灰雲，膨脹的灰雲幾乎填滿整間陋室，且幻化成一位巨人，巨人怒目俯視劍青魂，朗聲問道：「劍青魂！你寫了什麼？」

劍青魂眼見如此異狀，淡然一笑，拱手問候道：「是夢仙觀的觀主吧？恭候大駕。」

灰雲巨人聞言，微微擠出一絲笑容道：「不愧是『奇兵院主』，見吾幻術竟毫無怯色。」

劍青魂揚起眉毛，道：「觀主竟聽聞過『奇兵院』之名，備感榮幸。」

「閒話到此為止，劍青魂，」巨人又一次問道，「你在冊子裡，寫了什麼？」

「不過寫了些江湖上的逸聞瑣事，觀主沒興趣的。」

「昨天的事呢？」

劍青魂聞而未答，巨人追問道：「吾知你在昨天，見過不少人物。而且，你目睹了本觀的叛教弟子伏誅一幕。」

「叛教？」劍青魂問，「我以為她們都是夢仙觀弟子，只是立場不同罷了。」

「她們是僭越的叛徒！」巨人喝斥道，「當年夢仙觀內鬥重傷之際，這群外教小人乘勢崛起，妄自尊大，膽敢與吾並稱『五行道人』。吾乃前任掌門指名，夢仙觀惟一的嫡傳弟子，吾，絕不承認他人與吾並列！」

「我能理解觀主之怒，但，這和我又有什麼關連？」

「汝手中的青皮冊，想必記載了夢仙觀一事。」那巨人沉聲道，「汝不可將丹火源、丹金源、丹水源、丹土源這四個奸佞小人，寫入本觀家譜！任何夢仙觀弟子，凡從了這五行道人，盡是叛教！」

「想不到，既然夢仙觀主已掌握大權，竟還如此執著手下敗將的名分？難道另有隱情嗎？」劍青魂幾聲輕笑，答道，「答應你的這點請求，倒是無妨。我把夢仙觀內鬥一事改了便是，您且放心。」

「我信不過汝，除非汝讓我親眼過目！」

劍青魂收斂笑容，正色回答：「我發過誓，絕不讓第三人看到這本冊子所記之事。請觀主見諒。」

巨人逼得更近，盯著劍青魂道：「從吾之言，交付汝之青皮冊。」

「萬一我不從呢？」

巨人獰笑，忽地變化成一女子模樣，劍青魂見了，臉上頓時失了血色。

「就算吾折不斷汝一身傲骨，但是，吾可殺了汝最在意的心上人，令汝生不如死。劍青魂，汝從或不從？」

劍青魂壓抑住怒氣，闔眼抬頭，緩緩點頭道：「在這之前，收起你的幻術，讓我見你的真面目。」

巨人大笑道：「若是汝有這本事，得叫喚出吾真名，此術自解。」

「這有何難！」劍青魂一怒而起，一掌揮向灰雲巨人，亢聲喊道：「蘇境離！」

霎時，劍青魂眼前恢復了原本的幽暗燭光，巨人早煙消雲散，而陋室內則多了另一個人。此人正是蘇境離，但見他雙手抱胸，笑得不可開支。

「不愧是大師兄，竟然能識破我自學而成的道術。」蘇境離好不容易收住了笑，問劍青魂道，「你怎麼知道是我？」

「我是差點被你矇了過去，」劍青魂怒瞪而答：「可是只有你，才知道『奇兵院』；也

只有你會開這麼差勁的玩笑。」

「是，是，請大師兄息怒。」蘇境離笑舉雙手道，「只有英明睿智如大師兄，才識得破我的玩笑。」

「少來！」劍青魂嗤一口氣，「你下山一趟回來還這副德行，要怎麼擔得起蘇家觀的掌門人大位？」

「我本就無意於蘇家觀掌門人的頭銜。要是大師兄願意回頭，我絕對奉還這名分。」

「免了，我有自知之明。倘若蘇家觀真有我一席之地，當年師父早賜我蘇姓了。師弟你懂這箇中道理的，可不是？」

劍青魂指著蘇境離配帶的金烏劍鞘，蘇境離知其意，收斂戲謔神色，慨嘆不語。

劍青魂坐回凳子，為蘇境離斟了杯淡酒。兩人舉杯相敬後，劍青離問道：「話說，找我究竟有什麼事？」

「找你？」蘇境離失笑反問道，「不是你邀我，三天前在不夜見面的？」

「哦，對、對！我倒忘了！」劍青魂一拍大腿，「確實是我先找你來的，這幾天事情太多，我都忘了。可你竟然遲到了三天，你是到哪去了？」

蘇境離搔搔頭，笑道：「大師兄，你可要信我，我本打算準時赴約，但臨時被千姥姥抓去她家作客。一旦進了鬼姥姥的宅子，你懂的。」

劍青魂笑了幾聲，又沒頭沒腦地問一句：「為了女人？」

蘇境離臉色一變：「什麼？」

「讓我猜猜，」劍青魂問，「你對千姥姥的脾氣畏懼有加，所以，除非是姥姥她找到你那個從未謀面的私生子，或是她邀了你意中的哪個姑娘坐客，你又怎會重返千府大宅？」

「你還真會猜，」蘇境離吁一口氣，「對，是為了女人。」

「這可奇了，若非江湖上數一數二的好姑娘，可是進不了千府大宅，也進不了你的心坎裡的。」劍青魂傾身向前，笑得很壞，「看來那幸運姑娘的來頭不小，好師弟，坦白從寬。」

「師兄你可否饒了我，為我留些餘地否？」

「不可，這是回敬你剛才的玩笑。」

蘇境離一嘆，答道：「她名叫嫣兒，人稱『命運聖女』。事情說來話長，總之，她執意到千姥姥的府第一遊，我只好陪著她，以防意外。」

劍青魂的神色變得古怪，又問：「你和命運聖門搭上了？你可有什麼打算？」

蘇境離正色道：「我對嫣兒，絕無他想。」

「好，我相信你。」劍青魂為彼此斟滿第二杯酒，相敬而一飲盡空，換了話題說道，「你應該知道，你赴千姥姥家作客的這三天，江湖可發生不少大事。」

「今晚來這兒的路上，我約略聽說了。」蘇境離沉吟了一會，「想不到從驚蟄過後，短短幾天便生出這麼多意外，一樁接著一樁，一時竟不知從何說起。」

「那便一件件的說來，那天請人找你來不夜城，就是為了這事。」劍青魂打開手上冊子，「從龍泉客棧的命案說起吧！」

蘇境離點個頭，呷一口酒，道：「事情要從掌門人差使者找我回龍虎山說起，那時候，江湖間流傳不少謠言，除大漠血案牽連疾風鏢局外，流雲飄蹤亦遭有心人謠傳，說他私藏鳳霞金冠於流雲宗祠內。大師兄，這些事你該知道的。」

「我知道，我也承認，我自己在這些謠言上出了不少力。」劍青魂說著，臉上略過一抹冷笑。

蘇境離笑了一聲，接著說起他在龍泉客棧三天內所遭逢的連串危機。當劍青魂聽到蘇境離領著外人私闖龍脈密道、殺了銀蟒王時，插口問道：「哪些人和你一起走了密道？」

「臨光、雨紛飛、神疾風、無始劍仙、浮生墨客、青鳥。」蘇境離一一細數道，「此外，山巔一寺一壺酒、空虛禪師、暗部太歲等三人，也從客棧時聽說了密道一事。」

「臨光正是陷在宗祠裡的其中一人，而『一壺酒』，這兩天人在大漠，不太安分。」劍青魂摸著下巴思忖著，「在那之後，又發生何事？」

蘇境離又將神疾風和浮生墨客一事據實說了，並補充道：「離開客棧，我和神疾風私

下到了田家店，應允他協尋魚鱗冊一事。然後我便到不夜城赴師兄的約，再沒聽說他的行蹤。」

「神疾風去向成謎，無始劍仙呢？」

「聽說他也到了不夜城，可是沒見過他。」

「你說你要尋找當年邊防記載的魚鱗冊，可你聽說過它的下落了沒？」

「聽說了，就在流雲宗祠裡。」蘇境離雙手抱在胸前，「可是，這一切太做作了，像一齣戲似的。」

「這都是幌子。事情再明顯不過了，」劍青魂說到一半，嘴角掠過一抹冷笑，「而流雲飄蹤和夏宸，將計就計，廣邀宗祠一聚，藉故演這齣戲，好瞞過江湖諸雄的耳目。」

「這麼說來，看似流雲飄蹤和各大幫要人俱皆活埋宗祠底下，生死不明，然而，想必他們早已潛入龍脈密道，一則為了尋覓龍脈真正的祕密，二則暗中觀察，看江湖諸雄的反應。」蘇境離長吁一口氣，又道，「這是條險計，可是大有問題。」

「什麼問題？」

「流雲飄蹤總要找得到人，而且是有心搞事的『死間』，把這戲的內容洩漏出流雲府以外的地方，又不能讓太多人知道內幕，這齣戲，才唱的有用處啊！否則，他們一群人埋在地下，兀自瞎演戲，這不是發瘋了嗎？」

「所以他才要放羽家『三兇星』陪同進宗祠裡啊！」劍青魂笑道，「或許誰都沒料到驚神羽、軍龍羽二人意外造訪，還用奇毒挾持了空虛禪師，但流雲飄蹤，恐怕心裡也巴不得他們來搗亂，順道助他把流雲府、疾風鏢局內鬨的假消息，給洩漏到大漠南北一帶，好遂行其計吧！」

蘇境離深以為然，嘆道：「這麼說來，此計高明之甚，宗祠不過塌了兩天，那些有心搞事的，一個個便露出獠牙來了。」

「可不是？」劍青魂細數道，「流雲氏在臨湘的大本營遭敵入侵，可臨湘城的主帥，宇文承峰，早先一步逃出來了；雲樓人在將軍城也遇上了麻煩，先是昨日宗祠一聚後，雨紛飛遭独孤客的黨羽挾持，今天稍早，連天馬神探也被人用計害了。用計的是個叫白珞罌的姑娘，據我所知，此計背後另有高人指點，恐怕也是罪淵人所為。」

蘇境離亦道：「而雲樓近年來的兩大仇家，羽家軍和雷家軍，也有所行動。就這兩天來看，羽家表面上向雲樓結盟示好，實則私心叵測，或許是打算見機行事，也或許是企圖造成罪淵內鬨，藉此和独孤客爭奪罪淵勢力；至於雷家軍，自從數年前給暗部太歲和朝廷密探聯手殲滅後，本該一蹶不振，卻也在此混亂時刻重新聚攏人馬，在大漠一帶四處作亂。」

「師弟不錯，這兩天的局勢你一清二楚。」

「可是羽家軍的『三兇星』軍龍羽，就在宗祠一聚的同一天傍晚被殺了。」蘇境離蹙

緊了眉頭苦思著，「兇手所為何事？為了提防羽家和雲樓聯手？還是純粹為了削弱羽家實力？」

「這我無從所知，不過，我大概看過兇手，當然她並未坦承犯行。」

「你看過？」

「就在昨晚，我赴雲樓人倚不伐、宋遠頤的約，在那兒遇到昀泉諸氏的後人，包括兇嫌在內。」

「兇手是昀泉人？昀泉自外於仙泉遺境，怎會牽涉在裡頭？」

「不只昀泉，連寒門都要牽涉進去。師弟你可知道寒門？」

「知道，我已聽聞過寒門當年的盛名。」

「那好，」劍青魂道，「首先，昀泉絕不會自外於大漠的紛爭，當年之所以密築龍脈密道，便和昀泉有關。至於寒門的顯門沐家，也因寒天宮私藏的龍脈密道圖，無端地捲入這場糾葛。臨湘的宇文承峰下落不明，有人猜測他潛入大漠救人，但我認為，他更有可能上寒天宮去，保護龍脈密道圖不至於落入敵人手中。畢竟，掌握住密道圖，就有可能搶先搜出藏匿其中的流雲飄蹤等人。」

「敵人？會是誰？」

「誰都有可能，流雲兵府和雲樓樓主，這些年下來得罪的江湖高人，難道還不夠多

嗎？」

劍青魂一笑後，又肅起神色道，「此外，羽家家主十二羽本來駐紮大漠邊關，昨晚突然失去了消息，就怕他已掌握住什麼祕密情報，先我們一步行動了。畢竟，和他一起消失的，還有鳳顏訟人蒼羽夜，和山巔一寺一壺酒。說到這一壺酒，你以為他得知龍泉被毀滅後，就該死了心才對，但他這段日子裡差遣手下黑狐驕四兄妹，到處打探可能的龍脈出入口，其心可議，不得不防。」

劍青魂又斟滿兩杯酒，遞給蘇境離，續道：「你說昀泉人理應不該涉入大漠糾紛，但這些日子以來，昀泉人的行蹤並不單純。他們先是涉入夢仙觀的內鬥，並暗殺五行道之四人。此後他們旋即現蹤將軍城一帶，而且這段期間，恐怕他們還殺過不少江湖名士。」

說到這裡，他喘一口氣，和蘇境離舉杯相敬，端詳著酒杯道：「接著，他們在將軍城兵分三路。過客殺手祁影潛伏至大漠邊關，據傳曾與『自在莊』的莊客碰頭；大總管燁離則領著昀泉司姬，在將軍城殺了軍龍羽後，徹夜趕到不夜城；至於最是神祕的，昀泉大小宗主墨柘、墨冰，連我一時也察不出他們的行蹤。」

「可是我還是不明白，羽家和昀泉諸氏一向友好，昀泉人為何要殺軍龍羽？」

「也許兇手並非自願的，且聽我說完昨晚發生的事。」

說到此，劍青魂側耳聆聽屋外傳來的捕快喊聲，又道：「這兩晚捕快翻遍了不夜城，也

是為了他們。」

＊　＊　＊

原來就在前一晚，夢仙觀一干女弟子襲擊昀泉四司姬，卻遭馳援的日月擊殺。事後宋遠頤喚來一批雲樓幫眾，和店小二一起將死傷的夢仙觀弟子搬出酒樓，並等候捕快到場問案。昀泉大總管燁離見風波暫息，便託詞說另有要事，留下三司姬照顧古琰，帶著賜衾、白然離開酒樓。

這時，酒樓外的捕快方才審訊完畢，正要差遣人帶走屍體時，忽然一批大部隊轟隆而至，鎧甲兵士們將酒樓重重包圍，剛問完案子的捕快見狀困惑不已，找到帶隊的捕快頭目，抱拳行禮問道：「學長，學弟正在辦夢仙觀弟子命案，方才問完話，並無別情。請問學長有何裁示？」

「我不是為你的案子，此地另有重犯藏匿，我帶人來捉拿。」捕快頭目說完，朝向酒樓朗聲大喝，「殺人重犯！勸你束手就擒！」

酒樓裡頭，司姬們包了樓上的房間，給古琰躺著靜養。古琰一聽到捕快的聲音，掙扎著起身，就要走出酒樓，卻被其他三個司姬擋了下來。容纔氣急道：「阿琰別出去！躺著好好休息。」

古琰卻不肯從，掙開司姬們三人六臂，出了房門。然而，她在迴廊遙見樓下的倚不伐佇

立門口，攔住欲入內盤查的捕快們，道：「諸位大人，這裡只有病患，沒有重犯。此病患需要靜養，不宜審訊，還請諸位大人海涵。」

捕快頭目向倚不伐一揖道：「大夫胸懷仁心，在下很是感動。無奈上頭有命令，此案關乎朝廷聲望，不能就這麼罷了。懇請大夫見諒。」

說完，捕快頭目把手一揮，示意部隊搜查酒樓。部隊正要移動時，卻感受到一陣沖天殺氣。原來竟是倚不伐抱元守一，蓄力貫通六脈，外人從他那垂下雙掌間沁出的騰騰霧氣，便足見其蘊含的雄厚內勁。倚不伐虎睜雙目，沉聲道：「倚某說了，病患不宜審訊，請勿打擾。」

捕快頭目神色不悅，但未動氣：「在下說了，事關朝廷聲望，在下也很無奈，但你若真的不肯讓步，我們只好對不起大夫你這股仁心正氣了。」

眼看酒樓就要再掀起一場惡鬥，樓中忽然傳出另一道清朗嗓音，亢然高聲道：「我跟你們走，別為難人！」

倚不伐回頭一看，原來是日月。但見日月放下重劍，舉著雙手，步步向前。捕快頭目喝問：「雷皇日月，你可知罪否！」

話未說竟，忽有兩隊鎧甲兵士，抽出長劍，魚貫闖入酒樓，擠開捕快們和倚不伐，重重包圍日月。倚不發細瞧這批蠻橫兵士，其身上的鎧甲盡皆烙上一輪熾焰烈陽，一看便知此乃

中原北方王侯，宇文家的家徽。他不禁心頭一驚，問捕快頭目道：「你們要找的是那個小兄弟？他做了什麼？殺了誰？」

捕快頭目眼看日月束手就擒，於是把手一攤，低聲相告：「其實他也沒殺人，只能怪那小夥子條件太好，桃花太旺。好些日子前，宇文將軍雇了他做私軍教練，怎料得到宇文家的千金大小姐，宇文明月，竟對他一見傾心。據傳他為了避嫌，逃離宇文家，可是明月大小姐卻因此患了相思病，杯水粒米都入不了她那玉喉。宇文將軍愛女心切，疏通衙門，弄來一張殺人的拘捕令，還從他的『北禁軍』裡調動這支精銳，專程南下，非要逮到這隻小公狗崽子不可吶。」

倚不伐聽了，心頭是三分好笑，七分著急，頭目又連聲訴怨道：「大夫，莫怪我等不講情理，要不是上頭有令，我們幹嘛去管別人家務事，妄動干戈？衙門又不是閒到吃飽了撐的……」

正說著，忽然一陣巨響，頓時地動天搖！地板下竄出十來條粗壯藤蔓，宛如巨蟒般，猛然彈破宇文家兵的重重鐵桶陣，並輕輕地將日月托上半空。原來是青衣小司姬繆箏，用莫名道術操控藤蔓，助日月脫了困。她冷眼俯視狼狽的宇文家兵，道：「斗膽欺負日月哥哥，不怕我派藤蔓絞吃了你們？」

說罷，地下又竄出數株新藤蔓，將倚不伐捲上二樓。二樓除了繆箏外，尚有司姬容繾和

末翮、巾幗郎中有毒和隨從無毒，一起攙扶著氣虛的古琰。

繆箏向倚不伐淺身一禮，道：「大夫，咱們得幫忙日月哥哥逃離這裡，阿琰就拜託您和有毒姑娘了。」

末翮低頭道：「大夫，求您照顧好阿琰娘親。」

容繾遞上一包沉甸甸的銀兩到倚不伐懷裡，卑詞下氣道：「我等先前有所冒犯，懇請大夫包涵。求您保護好阿琰，她是我們最好的姊妹。」

「這是當然，何須多禮？」倚不伐退回銀兩，擺了擺手，問道，「不過，眼下我們該先煩惱，要如何全身脫離這困局？」

「咱們自有脫困妙方，只要先將您們安置好了便可。」

一聽「妙方」二字，倚不伐心裡已料著八、九分。而繆箏不待他回話，便低吟咒語，操使一條藤蔓轟然破牆，另一條則托起倚不伐、古琰、有毒和無毒四人，自牆上大洞送出酒樓。

四人甫平安落地，但驚聞連番巨響，眾人遽然回頭，只見藤蔓狂舞，掀樑破牆，剎那間，哀嚎聲中，眾兵士和捕快大隊紛紛給打飛出樓外，鏗鏗鏘鏘摔落一地，旋即，整間酒樓像片掌中枯葉般，給張牙舞爪的藤蔓狠狠絞碎，木屑飄散、泥砂紛飛、大片斷樑殘瓦碎石塌落一地，教人見了好不心驚肉跳！而三司姬便挾著日月，自蔓尖躍入銀色夜空，消失了蹤影。

待人都逃了，捕快和宇文家兵們，方才紛紛狼狽起身，重整態勢。他們放過倚不伐等四人，分成數個小隊，徹夜搜索不夜城，務將日月逮捕到案。倚不伐無從插手，只得目送眾人離開後，向有毒提議道：「這孩子剛退了迷毒，身子正虛，不宜久留此地，我們得另外找個地方安置她。」

於是三人找了一間小客棧，包下一間房間。倚不伐將古琰安頓床上妥當了，便獨坐一張窄桌，藉著油燈微薄的光，翻查藥草綱目。

「大夫，」這時古琰奮力撐起身子，虛聲問道，「你明知道我是連續殺人的兇手，為何不舉報我？還要保護我？」

「倚某不管妳殺不殺人，」倚不伐頭也不抬，「倚某只知道妳是病人，保護病人，是醫生的天職。」

古琰聞言，呆坐半晌不能言語，怔怔地望著倚不伐高大的背影。

而今晚這風雲變色的一切風波，身影藏在暗中的劍青魂，全在一旁看在眼裡。

＊　＊　＊

到了三更，月上半空。蘇境離聽完劍青魂所述的那段風波，慨然嘆道：「沒想到今晚不夜氣氛如此異常，背後竟還有這麼一段大事。話說那位日月老弟實在無辜，無端地惹上北方一霸的宇文家，這，絕非他的本意吧！」

「我看他的面相，看來他還要被桃花難糾纏好一陣子。」劍青魂道，「且別管他，那不過是這齣大戲裡的小曲子。」

蘇境離道：「大師兄說得是，如今找出流雲飄蹤等人的下落，才是左右江湖的一等一大事。但假若他們真的循這地下龍脈逃了，江湖諸人又從何找起？」

「只要找得出他們的目的地，自然找得到他們。」劍青魂道，「況且，空虛禪師與他們同行。禪師身中奇毒，按理說今天便會毒發，既然如此，他們不會躲藏太久，快則今天，遲則明天，我定能接獲禪師的消息。」

「大師兄，何以如此肯定？」

「禪師所中的奇毒『三日喪』，解方難以到手，即便到手了，只有一等一的醫術高人，才能在三天內調配出解藥來。」劍青魂答道，「有這等本事的高手，就我所知，只有四個人。至於這四人，除了羽家義妹之外，另外三人的行蹤都在我掌握之中。」

「想必墨璃大嫂，一定是這三人的其中之一，」蘇境離笑問，「那另外兩個人又是誰？」

「一個正是醉華陀，倚不伐。至於另一個，我已請她來了。」

正說著，有人敲響房門，蘇境離應門一看，竟是少女有毒，和她的隨從無毒。兩人一前一後進了屋內，向劍青魂問候道：「夜安。」

劍青魂笑迎兩人道：「恭候蒞臨寒舍，想來姑娘已看過我的信了？」

「看過了，」有毒的語氣意外地冷漠，「您的要求，恕我礙難照辦。我今夜來，就是為了交代這句話。」

「礙難照辦？這是何故？」劍青魂笑問，「挽救得道高人於瀕死之際，功德無量之舉啊！總不會有毒姑娘連區區『三日喪』的解方都合不出來？」

「就怕你要的不只是解方，」有毒回答，「天下奇毒千百種，惟有『三日喪』，解方和配方都是一樣。你既是『藏鋒不露』劍青魂前輩，理應知曉此事。」

劍青魂聽了，乾笑數聲又問道：「難道妳懷疑我，是想騙妳調出同樣的毒藥來？姑娘，這誤會可大了，我不犯人、人不犯我，我又何必去使毒害人？」

「我發過誓，此生只解毒，絕不使毒。」有毒微微欠身行禮，道，「假如兩位沒有其他要緊事，那我們便告辭了。」

說罷，有毒無毒轉身便要離開，卻給劍青魂再次叫住：「且慢，你們一旦出了這門，只怕活不過今晚。」

兩人聞言，停下腳步。無毒迴身戒備劍青魂，目露兇光。劍青魂見狀，笑著辯解道：「不，我不會殺你們，我是說怕你們活不過今晚。」

「前輩，此話何意？」

「看到外頭的捕快了嗎？可知道他們為了什麼搜遍全城？」

「正是為了今晚的風波，要找出日月大俠。」

「不止。」劍青魂道，「五日前，衙門裡傳出八個字：『梧家有後，鴞啼不夜』。」

有毒和無毒聽罷，臉上盡皆失卻了血色。蘇境離在一旁聽得一頭霧水。

劍青魂貌似要留客長談，為兩人各斟了一杯淡酒，又道：「河西梧家的血脈，代代單傳，每一代都曾經在江湖上掀起不小的腥風血雨。然而這幾年來，梧家最後的傳人竟然消聲匿跡。人們只道梧家終於絕了後，江湖從此斷了一禍根，可是，實情似乎並非如此。有毒姑娘，妳怎麼說？」

有毒慌了心神，正待開口，無毒卻伸手阻止了她。但見無毒向前一步，向劍青魂一揖，罕見地開了口，用低沉嗓音道：「前輩，難為你費心調查我的身世。然而我和父執輩所做的一切，我自會擔起責任，與有毒姑娘並無瓜葛。你若想藉我威脅有毒，那你便錯的離譜，這把如意算盤打得太響了。」

「我是盡己所能，謀策行事，倒不是想什麼如意算盤。話說回來，究竟我們誰對誰錯，尚未分曉呢！無毒，不，梧鴞小老弟，」

化名「無毒」的少年漢子，梧鴞，漠然凝視劍青魂，劍青魂指著有毒，問梧鴞道：「小子，你以為只要不連累到有毒姑娘，就算賠了這條命，也是對得起她了，是嗎？看看她的

臉，你認為她也是這麼想？」

有毒的雙眼，像是抽乾淚水的湖，梧鳩只消看她一眼，便明白劍青魂的答案。此刻劍青魂又問梧鳩：「你真以為，同夥的羈絆，能在衙門前切割的清清楚楚嗎？」

梧鳩和有毒，雙雙聞言而不能答。劍青魂換了一副和顏悅色，勸道：「我不逼你們，只要相信我，我絕不會藉今晚之事殺人或害人，至於你們做了什麼或說出什麼，其實不是那麼的重要。可不是？」

說到此，劍青魂忽然話風一懍：「然而，今晚時效一過，姑娘妳的藥方就沒了用處，屆時，又會發生什麼事呢？姑娘妳的好夥伴，下場又會是如何？」

有毒正要開口，梧鳩又搶先道：「有毒，別擔心，就算前輩要親赴衙門告發我，我也自有脫身辦法。」

說罷，梧鳩站開一步，此時眾人注意到他手中多了一只紙包，顯然是從有毒的藥箱裡偷來的。有毒瞄到紙包一眼，失聲驚呼：「不可！」

「妳教過我，有些解藥，也是毒藥。」

梧鳩回頭一笑，不等有毒撲來奪下藥包，兀自將它整個吞下，不一會，他便臉色由白轉青，由青轉紅，身子一陣抽動，便口噴毒血三尺，頹然雙膝跪地。劍青魂和蘇境離見狀，不禁倏然起身，心頭更是掀起一陣寒慄。

有毒衝上前，隻手按住梧鴆左腕，飛速點穴，氣急急道：「傻瓜！撐著！你以為這樣做我就會心安嗎？」

這時，窗外忽然飛進三根銀針，掠過蘇境離的耳邊三寸。蘇境離一驚，回頭正要察看誰發來的飛針，忽地聽見一陣嘔血咳聲，又回頭看，原來那三根銀針正好刺中梧鴆的止命三穴，梧鴆因此咳了好幾口血後，大口喘息，模樣十分狼狽，但臉色恢復了正常的紅潤，顯然體內的毒已被銀針給鎮住了。

劍青魂見了，苦笑一聲道：「結果妳還是跟來了。」

說罷，窗外又飛來兩針，刺中劍青魂的單膝，劍青魂膝後中了穴道，便不由自主，咕咚聲單腳跪地。

同一時刻，某女子千里傳聲，一股細柔婉約的冷然嗓音迴盪室內，說道：「師兄，說過多少次了？有事求人就找我幫忙，無須玩手段欺負人家。下次再給我看到，就叫你五體投地。」

劍青魂竟不敢反駁半個字，只一再柔聲道歉：「是、是，我的錯，對不起。」

蘇境離則笑道：「還是大嫂厲害，連大師兄也不敢招惹妳半分！」

陋室內又響起柔聲道：「蘇境離，你一開口就招人厭，還是少說話的好。」

蘇境離聞言大笑，劍青魂則小心翼翼地抽出膝後銀針，解開點穴，勉強起身，向有毒致

歉道：「事發突然，我一心急，用的手段就強硬了些，還請小姑娘見諒。至於藥方一事，我便尊重兩位的意願，不再強求。」

有毒見狀亦退讓一步，欠身應允道：「只要前輩絕無害人之意，有什麼請求說了便是，晚輩自當鼎力相助。」

「那太好了，」劍青魂欣喜道，「萬事皆備在即，待我召集那新來的院生，便可開始行動。」

「夫君，要找柳芯的話，她好幾天前就往霧淖去囉！」

「什麼？」劍青魂吃了一驚，「她去霧淖做什麼？」

「她不是跟誰下了道戰書，約在霧淖一較匠藝高下嗎？」那股柔聲反譏諷道，「怎麼你對江湖大小消息瞭若指掌，對自己院下的門生，竟都不知道行蹤？」

劍青魂聽了，連連搖頭道：「我明明叫她們別亂跑的！這群小鬼，一個個視長輩如無物似的。」

＊　＊　＊

連續幾天，大漠南北到不夜城，皆瀰漫著躁氣和殺氣。譬如大漠邊關的旅店，如今除了三人以外，無人敢再投宿，這三人正是祁影、秋霜夢焉，以及初次結識的少年劍客，劍無雙。

秋霜夢焉雖受了重傷，幸好不至於害了性命。劍無雙對此極為自責，一再致歉道：「都是我誤信假消息，以為自己是為民除害，沒想到誤傷了前輩。」

秋霜夢焉並不懷恨，反安慰他道：「你也沒誤傷我，是我自己不小心。」

祁影思忖道：「那個差遣你們夜襲的官差，身分來歷動機都大有疑問。恐怕幕後主使並非真正的朝廷要人，反而是江湖中人。」

「江湖中人，要怎麼左右朝廷聖命？」

「只要能和朝廷命官攀上關係，有的是方法。」祁影話說到此，忽然想起了什麼，又問秋霜夢焉道，「話說前輩，你是怎麼攀上自在莊？為何兵府衛士會放你進宗祠裡？為何無須像我一樣大費周章冒充他幫使者？」

「我為了就近照顧某人，兼任『自在莊』的三莊主，」秋霜夢焉解釋道，「而那人，說來話長，現在任職『自在莊』的大莊主，且如今和流雲飄蹤一同陷入宗祠地下。我一來是為了找出他，二來是為了找出小貓兒。」

「你是說任雲歌？」祁影道，「他可是流雲飄蹤的義弟，假如流雲飄蹤從地下密道逃脫了，一定會帶上他的。前輩你大可安心。」

「不怕一萬，只怕萬一，」秋霜夢焉嘆問，「萬一他們真的出事了呢？」

說罷，兩人默然相覷。這時劍無雙插口道：「我來這之前，行經龍虎山下，似乎有聽聞

兩個自在莊家丁出沒的消息，不知是否和那位任雲歌有關？」

「雲歌和我此行是祕密行事，理應不會驚動莊客。」秋霜夢焉問道，「無雙兄弟，你何以一口咬定，那是自在莊的家丁出沒呢？」

「我是沒親眼見到，但聽那訴說消息的人說的會聲會影，描述他們昨日所見的神祕人影，其裝束看來都是自在莊的人。」

「可知道是什麼裝束？」

「據說兩人當中的其中一人，有一身飄然自在衣衫，還帶了一柄單鋒古劍，和一把雪白鐵扇。」

「那哪是什麼自在莊的家丁？」秋霜夢焉驚呼，「那正是雲歌本人啊！他竟然出現在龍虎山下了？」

祁影道：「那麼，也許他已返回自在莊了。」

「是有可能，但是，」秋霜夢焉思忖道，「這麼一來，另外一人同樣身穿自在莊的裝束，又會是誰呢？」

＊　＊　＊

大漠邊關外的田家店，在遭遇惡徒騷擾後，尚未能恢復營業。老闆田季發不以為意，勉強騰出完整的空房間，招待唐零和谷藏鋒暫歇一晚。

唐零問同房的谷藏鋒道：「我是為了尋找友人而來大漠邊關，那你呢？」

谷藏鋒隔著油燈火花，道：「我本來是要去霧淖，陰錯陽差到了將軍城，又輾轉來到這裡。」

「你到霧淖，也是為了訪友？」

「不是訪友，是赴約。」谷藏鋒忽然嘆一口氣，「現在想想，沒去霧淖也好。去了只怕也會惹上一堆麻煩。」

唐零心生好奇，再三追問。谷藏鋒便將他去霧淖的原因，娓娓道來。

而這晚的將軍城下，亦掀起一場小風波。那是在亥時三刻，有一人叫喚城門。守城的軍官秉著燭火，盯著此人的通行證，連連搖頭。

「這是霧淖的通行證，你拿來將軍城沒用的。」那軍官叨念道，「上次才有一個傻子犯了跟妳一樣的錯，真是，現在的江湖中人都不看地圖瞎闖嗎？」

「你說幾天前有人也是？拿霧淖的通行證？」

那叫城門的少女頂著一頭浪捲雲亂髮，身背一只精鐵百寶箱，目光炯炯，一臉薰得黝黑的男孩子氣，掩住了她原本的姿色。她追問守城軍官道，「那個人，可是叫谷藏鋒？」

守城軍官覷了她一眼，道：「他叫啥不關妳的事。妳得辦好臨時入城證……」

話未說完，忽然「轟隆」一聲，震得那軍官人仰椅翻！少女的百寶箱竟從下方爆出兩

道赤焰，將她整個人吹上將軍城的夜空！夜空中的少女神色自若，輕巧降落在五丈高的城門上，俯視將軍城內的星火點點。

軍官甫恢復神智，驚惶大喊：「有人闖城門啊！小心那女人會妖術！」

少女凝望城下的守軍亂成一團，奚落道：「不過是個『火飛箭』的簡單機關，就把你們嚇成這樣？看來中原工匠不過爾爾，根本沒讀過幾本『簿坷』，就算是塞墨名匠也一樣。」

說完，她又咬牙自語道：「谷藏鋒，你躲不掉的。我以鏞劍師之名發誓，一定要贏過你，揚名中原賺大錢！」

重聚不夜（下）

每一個時代，都會有屬於那個時代的英雄，在跌宕不安的江湖亦是如此。譬如天風浩蕩、天下五絕、霜月三妖、疾風鏢局、雲樓樓主和流雲飄蹤，此外，昀泉十二氏重聚江湖，兼以明教紅軍東歸，俱在江湖掀起連番波瀾，他們承先啟後，在江湖上各自闖出了自己的一番天地。於此同時，從南方大漠至雪山，龍虎山綿延至不夜城，往昔的關外龍泉寶地，有一股新人崛起江湖，其勢堪稱可與北方中原諸雄並列。在這群江湖新人當中，包括了文武兼修的一代儒俠宋白，他師承江湖一代畫師唐廿，文載八斗車，武冠十二幫。十年後，宋家子弟更將成為江湖的一則傳奇，揚名中原南北。

然而，現在的宋白，還只是個不夜城的落魄人。他出身世家，惟家道中落，故以酒樓跑堂維生，結識了一個叫小癩子的前輩。小癩子時常吹噓他年幼時經歷過的一場江湖死鬥，令宋白對江湖心生敬畏和嚮往。但他時運不濟，就在那年驚蟄後的一晚，昀泉司姬們為了搭救日月，毀了他的酒樓，他因此被酒樓老闆掃地出門。宋白無處可依，淒然蹲坐在不夜城的暗巷，無人聞問。

打更聲過，他聽到一陣腳步聲在他面前停下，抬頭一看，是個陌生男子，從外貌看不出

年歲。男子手捧一枚沉甸甸、亮晃晃的大銀碇，映著銀白光澤，照出宋白怔傻的模樣。

宋白伸手就要拿銀碇，男子迅速收手在後，對宋白道：「小子，想賺銀子的話，有個差事給你，跟我來。」宋白怔怔地點了頭。

男子隨即自報姓名，叫陸仁賈。陸仁賈領著年少的宋白離開不夜城，夜半喊城門過關，守城軍官見了他倆，莫不唯唯諾諾，不敢有一絲攔阻刁難之意，宋白見狀，益發驚訝。

他們走過一小段黯淡無光的夜路，到了城外一間破敗草廬，草廬裡閃著幽微燈火，裡頭尊坐著一位男子，身長約莫六尺，面如美玉，穿一襲華美羅袂，抓一只衣帶角在手上。宋白雖然已在酒樓見識過不少江湖人物，但仍被眼前這男子嚇得失卻了臉色，只因他認出那男子不是別人，正是往昔的霜月三妖之首，今日的雲樓大前輩臨光！

陸仁賈見了臨光便是長揖一拜，臨光笑問：「等你等的可心急了，信差帶來了嗎？」陸仁賈點點頭，邊指著身旁的宋白，道：「哪，就是他。」

臨光見了宋白，笑意更深了。他招呼宋白坐下，熱切問候道：「小兄弟，你叫什麼名字？家住哪兒？堂上還有哪些家人呢？」

宋白一五一十招了，臨光耐心聽罷，隨即收斂神色，凜然道：「宋兄弟，要拜託你的，可是江湖一等大事，攸關中原南北的十年和平。」

宋白被這突然的一句話嚇得臉色發白，臨光又轉而安慰道：「沒什麼好怕的，只是拜託

你捎個信息到龍虎山巔的自在莊，我等涉事江湖已久，不便行此事，小兄弟年少有志，正是此行最佳人選。」

說完，臨光以目光示意陸仁賈，陸仁賈頷首領命，進去廂房暗處，端出一只紫玉盤，盤中有一封蠟封的密函，和一小只包袱。臨光示意要宋白打開包袱，裡頭是四枚大銀碇，約莫有二百兩重。臨光道：「這是盤纏，你斟酌著用。只要將這密函送到自在莊，便算了事。事成後盡速回來，我再奉送五百兩酬謝。」

宋白既驚又喜，雙膝一彎就要跪謝，臨光連忙扶他起來，又叮囑道：「惟獨再次提醒，此行祕密至上，這信息千萬不能洩漏半點。萬一事洩，必遭橫禍。」

臨光看宋白揣揣不安的神情，忽然將他拉到身邊，附在他耳邊悄聲道：「此外，千萬記住，到了自在莊，你務必言明要找任雲歌，我會告訴你任雲歌的樣貌，你得親眼見到他本人，親口告訴他這封密函的消息。若是密函中途不幸被劫，你切莫驚慌，當死命逃到自在莊，將口信告訴任雲歌即可。」

臨光停了一會，又一次壓低聲音，叮囑口信內容：「見了任雲歌，告訴他，『臨湘第一武書』就在不夜城。」

宋白聽到「臨湘第一武書」，脫口驚呼：「難道是臨水瀟湘訣？」

臨光一笑，忽然將手中緄帶一甩，緄帶繞過屋上大樑，落到宋白頸子上纏了一圈。接

著臨光冷道：「既然被你說出來了，只好殺你滅證。」說罷，他作勢要將宋白吊上大樑，嚇得他頻頻哀求，大喊「饒命！」陸仁賈亦在一旁求情，臨光這才收手，惡狠狠再三警告道：「聽好，這份密函切莫落入他人手中，而口信更是不能洩漏半點，特別是奇兵院的人，你要格外當心。」

聽到奇兵院，宋白一愣，竟不知是什麼名堂。臨光見狀搖頭嘆道：「原來你還不知道奇兵院的來歷？也對，你涉足江湖未深。」

話說奇兵院的來歷，和龍虎山的血淚史息息相關。龍虎山本是關外部落共同的聖山，但自從中原勢力深入大漠南北後，各方江湖人馬便陸續進駐龍虎山一帶，先後盤據在這個處於邊陲的天然要塞，各自立地稱雄，如此一來，中原諸幫便與山住民起了衝突。山住民民風強悍堅韌，平時四散雌伏在尋常人家打雜謀生，然而只要有人登高一呼共同族語「姆嘎亞！」餘眾便同聲響應，抽刀尋兇，凡找到中原人，見一個殺一個，見一群殺一群！因此，兩方勢力長久相抗，迄今仍未見歇止之勢。然而常年械鬥下來，山住民漸趨劣勢，生計困頓、家庭破碎者不計其數，於是便出現了有心人士，收容兩方人馬留下的孤兒，久之，在龍虎山一帶漸成風氣。

最早占據龍虎山戰略要地的蘇家觀和自在莊，俱有收容孤兒之舉，而奇兵院，更是因應此風而生的一個祕密組織。據說奇兵院主長於因專才而施教，廣召無依靠的少年少女，滲透

入中原各幫各派，行事低調，擴張迅速，其名聲在大漠和將軍城漸漸傳開。然而奇兵院的院生來歷、規模、甚至盤據的確切地點，鮮少有江湖人說得明白。

臨光攤開地圖，為宋白指點自在莊的位置和任雲歌的模樣，又吩咐道：「蘇家觀、奇兵院、血醫閣，千萬小心，倘若遇上這三方人馬，能迴避且迴避。我還為你找一個幫手，凡事計議而行，切莫造次。」話說血醫閣，乃緣起於崋瀾郡南，本於洛水以北活動，和龍虎山諸雄理應河水不犯井水，至於血醫閣是如何與蘇家觀、奇兵院牽扯上關係的，至今亦是江湖上的一個謎。

宋白領命後，在草廬小歇片刻，至五更時分匆匆辭行。待天明後，他已行至城外山腳，並找到一間茶肆，打算片刻歇息。才剛坐下，一位藍衣姑娘便貼近宋白身邊，藍衣姑娘年約十九，生得一副細滑杏子臉，梳一頭俐落髮髻，有一雙深邃的赤瞳，抹上兩筆黛青眼影。她用一把青扇掩著朱唇，附在宋白耳邊悄聲道：「這位哥哥，你被人盯上了，不信往後面瞧瞧，有個雪衣白帽的，這一路上都尾隨你。」

宋白往後頭探了一眼，果然有位雪衣白帽的神祕人坐在門邊，貌似正盯著宋白。宋白一慌，正要起身離去，卻被藍衣姑娘一把抓回長凳坐定。藍衣姑娘道：「前輩囑咐在下，這一路上和你隨行，凡事計議而行。哥哥，你切莫造次，萬一驚動了奇兵院和血醫閣，就麻煩了，倘或連蘇家觀都要插手，那事情更是棘手難辦。」

宋白聽了益發惶恐，低聲連問：「這位姑娘，那該如何是好？」

藍衣姑娘道：「哥哥請直呼在下『青姑娘』。並請教哥哥上龍虎山，預定走哪條路線？」

宋白憑著記憶裡的地圖，據實相報，青姑娘摸著下巴，思忖道：「這條路線怕是已被奇兵院的門生給盤據，不好走了。在下知道另外一條通往自在莊的舊徑，雖然難走了些，卻可以甩掉奇兵院的人馬。哥哥要是想定了，便告訴在下，我們即刻出發。」

宋白連連點頭，就這麼和青姑娘走上另外一條路，此路崎嶇蜿蜒，卻也稱不上難行。豈料走到半途，青姑娘忽然加快腳步，催促宋白道：「快！」

剛說完，宋白只聽到「咻」的一聲，一支暗箭劃過他臉頰三寸，直直打在樹幹上。宋白定睛一看：那豈是什麼暗箭？竟是一尾赤白相間的蛇箭！蛇箭盤住樹幹，盯著宋白和青姑娘，張口露出白森森的毒牙，撲向前去，差點就要咬住宋白的咽喉！就在千鈞一髮之際，青姑娘回身橫檔在宋白面前，張開手中青色鐵扇一揮，一道內勁十足的刃風便將毒蛇給搧的老遠，救下了宋白。

就在此時，兩人發現前方不遠處，有兩名少年蹲坐樹梢俯看著他們。他們其中一人，蓄一頭玄色長髮盤在後腦勺，面容淨白姣好如女子，右肩右臂盤著一尾嘶聲吐信的白蛇，臉上掛著不屑的輕笑；另一人雖然相貌平平，卻有一雙炯炯虎眼，猙獰地瞪著樹下的宋白，隻手

按耐著腰間刀柄，冷笑不已。

青姑娘惱恨道：「果然，血醫閣來了。」

兩名不速之客正是「血醫閣」的少年高手，盤髮弄蛇人拱手一笑，自稱道：「血醫閣，墨羽夜。」

虎眼男亦咬牙道：「血醫閣，龍破天！」

介紹完畢，兩人齊聲喝道：「來者交出密函！」說罷，一齊縱身躍下樹梢。墨羽夜自衿口和袖裡抽出數條毒蛇，發向宋白，龍破天則抽出腰間寶刀，刀口冷光凜冽，刀聲瀝瀝宛如小兒夜泣，憑一股修羅殺氣，橫砍青姑娘！

宋白在驚惶間，連退數步，險險乎避開了蛇箭。而青姑娘迴舞青扇一旋，又掃出一陣銀亮刃風，架開龍破天的刀氣，旋即她踏幾個墊步，閃到宋白身後，順勢一掌拍在他的背上，宋白只感到一陣狂風大作，竟被那青姑娘的狂烈掌風給吹上半空，飛過墨羽夜和龍破天二人後徐徐落地。青姑娘在後方大喊：「在下攔住他們，宋哥哥你快走！」

宋白連忙領命，趁亂逃脫，在杳無人煙的山徑上奔走了約莫數百尺遠，方才停下腳步，低著頭，牛喘不止。這時他忽然聽見山徑前方有陣陣嘈雜聲，慌忙抬頭，但見一道袍加身的男子，身形顯得福態，動作卻極其靈活俐索，領著一名隨從，扛著布袋，自山徑的另一端來。隨從見了宋白便向前一揖，問道：「我是自在莊莊客，名叫洛湮。這位乃自在莊名士，

逍遙道人遨遊。敢問你是雲樓的使者？」

宋白聽到自在莊的名號，頓時欣喜，趕忙求救道：「兩位前輩，我的夥伴被血醫閣的刺客困在後面，還請您們快去救她！」

遨遊道人拱拱手道：「你我同是江湖人，莫分什麼長輩晚輩。至於你的夥伴，他已先一步抵達自在莊了，後面的那位又是何人？」

宋白一愣，說不出話來。這時青姑娘從後頭追上，遨遊見了青姑娘，立馬向宋白示警道：「那位姑娘就是你口中的夥伴？她才是奇兵院的奸細啊！這位兄弟，她假意接近你，正是要趁隙偷出你的密函，千萬留意！」

宋白聽了大吃一驚，回瞪青姑娘，青姑娘則怒斥遨遊道：「休得挑撥離間！你才是奇兵院的奸細，假冒自在莊的人，企圖汙衊在下！」接著青姑娘又懇求宋白道：「求你切莫誤信惡人謊話，耽誤了大事。」

但是宋白已滿腦子懵懵懂懂，無法分辨一切真偽，但見他哀嚎數聲，撞開了遨遊，兀自倉皇奔逃，然而逃沒幾步路，後頭便噴出一股黑色煙霧籠罩住他，黑霧蘊藏數種古怪氣味，令宋白感到一陣天旋地轉後，便昏倒在地，正好給洛湮套進布袋擄走，不知去向。

此時此刻，臨光和陸仁賈依舊靜坐城外草蘆中，貌似在等候某位貴客。陸仁賈突然開口問道：「前輩，這宋白倘若真陷入奇兵院的圈套裡，被問出其他不該說的話，該如何是

好？」

臨光聳聳肩膀，答道：「反正我也沒告訴他太多事，最最關鍵的，還是那句口信。」甫說完話，兩人聽見屋外一陣輕盈急迫的腳步聲，一齊轉過頭去。但見一神祕黑衣人，闖入草廬，喘著大氣道：「他們，兩個，在後面。」

臨光釋然一笑，信手拿起几邊一只銀票，又用後腳跟往牆邊一蹬，地下竟轟隆隆冒出一處密道。臨光信指一甩，將銀票射向那黑衣人，道：「辛苦了，說好的五百兩銀票，你就從密道離開，那防身的羅袂也送你吧！」

黑衣人接下銀票，匆促道別臨光二人，迅速鑽入密道不見蹤影。待密門合起時，又有二人碰磅一聲，破門而入！

臨光見狀笑道：「果然等到你來了。」

＊　＊　＊

話說在不夜城中的另一端，蘇境離仍待在劍青魂的居所，助其將一切應對計策籌措妥當。待劍青魂交待有毒幾句話後，便轉向蘇境離道：「大事已備，等會便通知那群臭小子們。」又抬頭問道，「還有些時間，墨璃妳想去哪兒走走？」

問罷，劍青魂停下片刻，以為會聽到某人以千里傳音應之。然而等了半晌，小屋周遭卻是空寂無聲，劍青魂霎時臉色一凜，縱身翻窗躍出屋外，倏地仰首一見，屋外三尺有一棵大

樹，樹上有一人著夜行裝，對劍青魂露齒而笑。

劍青魂見了他，忽地大怒，亢聲高喊：「別想逃！」一旁的蘇境離奔出屋外，但見劍青魂使出十足內勁，不顧雙腳舊傷，提膝蹬腿，以鴻鵠之姿躍上樹梢的不速之客，一瞬間，他逼近對方，收在腰際的拳頭順勢揮出！那純粹的一拳，蘊含了層層數重的深厚內勁，且快到外人幾乎看不見拳形，而光是那虎虎拳風，竟可將拳身三寸外的枝葉給吹散在空中漫舞！蘇境離在下方看了，心知此乃他大師兄動真格的五成力，思索道：「師兄只使出五成力，是怕對手關係到嫂子的音訊，不敢貿然致之死地，然而這一拳之快，憑此人身手，絕對避不開。」

下一秒，不出蘇境離所料，那神祕人閃避不及，硬是接下了劍青魂這一拳！但出乎蘇境離意料之外的，那人竟然不過被拳勢逼退了五、六步之遙，卻還站得直挺挺的，笑道：「又見識到『拳意藏鋒』，果然淩厲！接過兩次，還是躲不掉。」

劍青魂驚見他的拳竟然傷不了此人，頓悟而斥道：「好傢伙！這回有防身準備！」

當下那神祕人躍上天際，藉著夕陽餘暉掩蔽身蹤，朝劍青魂朗聲道：「血醫閣主已在我等手上，若要見她，便隨我來！」

劍青魂聞之大怒，幾乎要咬斷牙和血吞入肚內，大喝一聲：「可恨在臨湘沒能殺了

你！」便追了上去。事後蘇境離方知，此人原來名叫墨滿，曾在臨湘城被劍青魂所重傷，此後下落成謎，如今方現身不夜城。

而在那危急當下，蘇境離心中徒有無限懊惱，不假思索，提氣聚於丹田，蹬腿使出龍行千里之勢，奔追在劍青魂的身影之後。兩人一前一後，追到不夜城外三里處，就在天色昏暗時分，劍青魂遙見神祕人遁入遠方一間草廬，便追了上去，破門而入！

屋子裡的不是別人，正是陸仁賈和臨光。臨光一看到劍青魂二人，便笑道：「果然等到你來了。」又示意陸仁賈搬兩張青石凳子去。

劍青魂氣息未定，臉色忽然一凜，疲累的雙腿舊患突發，險險乎就要倒下，幸虧蘇境離先一步攙扶住他，一同坐定了石凳。臨光又笑道：「讓你跑了好一段路，難為你一雙病腿。」

兩人凝視臨光，神情肅穆，心知自己中了「調虎離山之計」！顯然血醫閣主遭擄乃臨光所指使，但目的並非挾持人質，而是要把他倆引出不夜居所——引開有毒郎中身邊。

陸仁賈為劍青魂二人備茶，臨光則拱手道：「若非情勢緊迫，我也不想行此唐突下策，有所得罪，還請見諒。」

劍青魂餘怒未消，斥道：「閒話少說，墨璃呢？」

「血醫閣主人身平安，請你放心。」臨光答道，「畢竟，我們與她並無嫌隙，又不是為

了她，何須給自己多添一筆血債？」

蘇境離聽得臨光話中有話，問道：「不是為了她，那就是為了我們？」

「對，為了你們，」臨光答道，「還有，為了奇兵院那群不知天高地厚的傻小子。」

「真想不到，大前輩如此大費周章，原來想圖我奇兵院？」劍青魂冷道，「確實，此刻我和境離都在不夜，大院僅托付遨遊一人主持，若前輩傾盡雲樓之力，是有辦法攻下奇兵院，但你們還得闖過大院外三十六道關卡，院內七十二迷陣，就算勝了，怕也是得不償失。」

「說的是，奇兵院網羅四方奇才，甚至還有機關閣的要人，在大院內外部署重重機關，只怕連我雲樓的護樓大陣亦自嘆弗如。」臨光道，「所以我們沒打算動身去打，要是能以逸待勞，引那群小鬼來自投羅網，豈不更妙？」

劍青魂聽了，臉色一凜，反問道：「你做了什麼？」

「其實，我也不過是在昨晚，找了一個老實人當信差，要他送一封密函到自在莊去。」

稍停片刻，臨光再問：「這信差會經過貴院的地盤，院主想想，接下來會發生什麼事？」

＊　＊　＊

當宋白悠轉醒來，發現自己陷在黑暗之中，渾身被粗繩綁得像條麻花捲似的，而且他稍一試著移動身子，便驚恐地發現自己雙腿竟不知給下了什麼藥，麻木而動彈不得。

他瞥見身旁透出一隙光，便拖著身子貼近隙縫，隱約聽見數人嘈雜交談。他細細聆聽，分辨出當中幾個交談的人，正是遨遊道人、墨羽夜、和龍破天。

宋白竊聽得墨羽夜柔聲道：「好不容易騙到這密函，卻解不開這謎題，豈不等於白搭？就讓我放幾條蛇去咬那個傻蛋，逼他從實招來。」

遨遊細聲苦勸道：「你們幾個別亂來呀！不過就是封信罷了，萬一為此鬧出了人命，待你們師傅回來，該如何是好呀？」

龍破天冷笑道：「最壞不過死個老實人，麻袋一裹，扛去後山埋了就是，有什麼好擔心的？師叔你就是心腸太軟，像個娘們似的，才會教院生瞧不起。」

遨遊尖聲駁斥道：「休得無禮！我可是貨真價實男子漢！」

正當宋白細細聽著門縫外眾人爭執不休時，忽然耳邊傳來一道輕巧聲音：「你沒事吧？」

宋白大驚，倏地轉頭，果然是青姑娘！青姑娘將玉指停在宋白唇邊，示意要他安靜，悄聲道：「在下不力，才導致密函落入奇兵院手中，幸虧哥哥你還活著，請忍耐片刻，在下這便救你離開。」

宋白羞慚交加，低聲慨歎不已：「唉！不是妳的錯，是我誤會了妳，才落得這番田地。」

青姑娘勉強擠出一絲笑容，寬慰宋白道：「別自責了，來，在下為你鬆綁。」

「別救我了，妳自己逃吧！」宋白忽然道，「我雙腳麻木不得動彈，連走路都成大問題，和妳在一起，只怕又要連累妳了。」

青姑娘急道：「可是在下也不能留下你啊！這群人肯定要嚴刑拷打你到死為止，在下怎能丟下你一個人逃走？」

宋白淒然一笑道：「我辜負臨光大前輩所託，死不足惜。惟大事要緊，得請青姑娘代替我，將大前輩交付的口信傳給自在莊的任雲歌，如此，此行尚稱成功，我亦死而無憾。」

青姑娘靜默半晌，輕輕問道：「請問宋哥哥的口信？」

宋白要青姑娘將耳朵貼近他，低聲道：「請轉達自在莊的任雲歌，臨湘第一武書就在不夜城。記得，務必親口轉達任雲歌本人。」

宋白說完，發覺青姑娘的神情不太對勁，但見她驚得張大了嘴，又喜得雙頰泛滿紅暈。

「原來，『臨水瀟湘訣』就在不夜？」青姑娘高聲歡呼，「大消息呀，大消息！」

這時，密門「碰」一聲大開，好幾個人一擁而入，圍在青姑娘身邊問道：「幻華姊，妳

套出什麼來了？」

「套出來了。真是，費了在下好一番工夫。」青姑娘環望眾人，取香帕輕擦額頭的汗，「原本看到那蠟封密函竟然只包了一張白紙，還以為白費工夫了，幸好在下及時想到這一計，總算將這條大消息給套出來了。」

宋白頓時失卻了臉色，結巴問道：「青，青姑娘？」

「什麼『輕姑娘』、『重姑娘』的？」龍破天在後頭冷笑道，「只能怪你不識相，連瀾月閣少閣主『琋月幻華』也認不出來。」

當下，宋白終於恍然大悟，涕泗滿面，悔恨交加。這時墨羽夜口中咕溜幾聲，喚出長袖深藏的數條毒蛇纏上宋白，逼他招供：「雖然幻華姊是套出消息了，可我還是不放心，說，第一武書的事可是真的？」

宋白寧死不屈，闔上雙眼，任憑毒蛇纏上雙腳。這時琋月幻華突然出面勸阻，掩面笑道：「別這麼急著殺他呀！不然我們再賭一次，這次賭誰先從這小子口中問出真話。可是，別把人家給玩死了哦！」

其他人聽了盡皆稱善，紛紛拿出逼供的獨門法寶。墨羽夜道：「青蛇上身，哪怕他早上吞了幾粒包子，私下藏了幾個小老婆，都要一一招來。」

一旁的洛湮則連連搖手道：「非也、非也！難得機會，且先來試我這獨門的歐氣毒

霧。」

邀遊道：「什麼獨門？還不是學帥叔我的『非氣』？」

龍破天則再度抽出腰間寶刀，笑道：「你們要玩就玩，記得留條手給我，我這修羅寶刀可在一天內連砍百顆巨石不折其鋒，要將他手指一節節給剁下來。」

眾人圍著宋白嬉鬧之際，忽然狂風大作，夾雜暴雪紛飛，吹的大夥兒睜不開眼睛。霎時，宋白感到身軀一陣輕盈，像是被那狂風給托起，宋白不敢睜開眼睛，但感到周圍風聲呼嘯作響，身子左拐右彎，上衝下鑽，不知過了多久，忽然有一股芳香的沁涼晚風撲鼻而來，他不禁張開眼一瞧，赫然發現自己已然脫身，被某個人懷抱著，騰躍在龍虎山的夜空之中。

救出宋白的，正是當時尾隨他的那位雪衣白帽人。宋白細細一瞧，原來此人是個與其年歲相近的少女，內力和輕功十分了得，在夜空疾行時尚有餘力，輕聲斥責他道：「傻子，信錯了人，差點求生不得求死不能。」說的宋白臉上白一陣，紅一陣。

約莫又飛躍了一刻鐘，雪衣少女稍停在某一樹頂暫歇片刻，俯瞰大地，這時她自報姓名道：「雪山，曲洛紜，你叫什麼名字？」

「宋，宋白。」

曲洛紜又嘆道：「其實他們沒那麼壞，只是愛欺負人罷了。」

宋白這時已解了身上的束縛，坐在枝椏間，淒然問道：「我辜負臨光大前輩所托，大可

讓我死了算了，曲姑娘何必冒險救我？」

曲洛紜輕嘆了一聲，答說：「我就是看不慣他們欺負人，特別是欺負你。」

宋白怔了，望著曲洛紜雪一般的肌膚出了神，感到胸口跳得好快。忽然，他對上了曲洛紜那雙夜星般的眸子，曲洛紜問道：「你的心跳好快。現在脫離險境了，你還怕什麼？」

宋白慌的別過頭去，忙道：「怕、怕高。」

就在此刻，奇兵院的眾人眼看追不上二人了，面面相覷。琋月幻華提議道：「人追丟就算了，我們即刻出發到不夜城，報告院主大人這個好消息。」

餘眾聽了盡皆稱善，惟獨遨遊道人微皺著眉，提醒琋月幻華道：「大師兄有交代，我們負責守衛大院，沒有他親自下令，不可妄動。為了這麼一句話，擅自更動大師兄的安排，萬一大師兄怪罪下來，可怎麼辦吶？」

琋月幻華不以為然，駁道：「這個消息至關重要，所以雲樓才費了這麼大工夫，用這層層障眼法想掩人耳目。若不趕緊報告院主這個大消息，耽誤了時機，他才會怪罪我們呢！」

「即便如此，這大院也不能就這麼放下。」

「既然師叔您這麼為難，就麻煩您留守老家，在下且帶著大夥兒一起去不夜城找院主邀功啦！」琋月幻華說著，便笑出聲音，「對了，師傅也在那兒。」

其他院生盡皆稱善叫好，惟獨遨遊仍舊雙手抱在胸前，喃喃自語道：「可是，我就是覺

得有哪兒不太對勁哩？」

「老實人有老實人的用處，好使喚，而且說出來的話聽來就是可信，即便那根本是天大的謊話。」

＊　＊　＊

時值二更，臨光在不夜城外的草廬，款待劍青魂、蘇境離二位。他笑道：「現在，貴院的院生們應該已經逮到那個老實人，他們都很有本事，可惜涉世尚淺，只要他們費過一番苦心，逼出口信，一定會相信不夜城真的有天下第一武書。」

臨光的眼光飄向搖曳燭火，續道：「奇兵院主一向謹慎行事，此行隻身來到不夜，想必已再三囑咐院生們坐守主營；然而，他們自以為得到好消息，必會按耐不住，私下到你不夜城的居所邀功，殊不知你已被我用調虎離山之計請來這兒作客，而我雲樓樓主淩雲雁大人，已趁此破綻，接走了有毒郎中，並在你的居所四周佈下重重伏兵，好迎接這群小鬼頭們。」

劍青魂跨坐石凳，眉頭深鎖，不發一語，臨光見了便笑道：「你擔心那群孩子嗎？擔心的話就回去吧！現在去城門等著攔截他們，還來得及。」

劍青魂躊躇一會，深吸了一口氣，肅然道：「有幻華和遨遊在，一人主外，一人主內，我毋須擔心。倒是大前輩，你用計引出了我，現在又打算嚇退我，顯然其中另有別情。」

臨光覷了劍青魂一眼，又問道：「你真的不走？刀劍無眼，倘或一個閃失，傷了你那群

可愛的院生們，你可真捨得？」

「老祖的計策著實高明，令人舉步維艱，走或不走，都是難題。」劍青魂苦笑道，「但，看來你要我走，那我偏要留下，看看你的下一步是什麼。」

臨光望著兩人，又問蘇境離道：「他不走，你呢？」

「既然師兄相信那群孩子，我也相信。」蘇境離道，「倒是老祖居心叵測，不能相信，我不能留下師兄一個人對付你們。」

臨光眼光在兩人之間掃視，忽然拍手大笑道：「好！很好！你們都要留下，再好不過！」

這突然的轉折，使劍青魂愣了半晌，一時竟摸不出個頭緒。蘇境離則問道：「話說回來，若是大前輩只是要留我們來作客，派個使者來請就好，又何必使出這計中計，萬一有了差池，豈不徒生是非？」

臨光乾笑數聲，反道：「如果我直來直往，遣個使者好言相請，你們難道就不會多生心眼嗎？還不如用點手段激你們，你們一心想著救人，不作他想，事情反而好談了。」

「大前輩想談的，是什麼事？」

「簡單來說，」臨光收斂笑容，肅然拱手行禮，「中原共同的大敵，就在眼下，不夜或將成為戰場。臨光在此請求諸位，率蘇家觀、奇兵院、血醫閣三方之力，與我雲樓戮力抗

敵。大事若成，自然備有薄酬，聊以答謝厚恩。」

「大敵就在眼下？」蘇境離又問，「這敵人，是誰？」

「或許你們以為，敵人指的是羽家軍或独孤客？」臨光迂迴答道，「我也希望如此，可惜，敵人尚有他人，底細難知如陰，否則我們何須如此大費周章，演一齣戲來欺敵？」

話說到此，劍青魂問道：「這麼說來，想必宗祠一聚的各幫高人，盡皆早已脫身？」

「還沒完全脫身，至少，」臨光忽然慨歎道，「空虛禪師尚未脫離險境，是我失策。」

劍青魂端詳著臨光好一會，說道：「我便以實情相告。當我算到宗祠一聚時，本欲算出諸位前輩潛行的龍脈密道，在最有可能的出口處埋伏重兵，伺機挾持空虛禪師。禪師名滿江湖，又身受三日劇毒，性命垂危，一旦我擄獲禪師，必可交涉到不少好處，有助於我等稱雄於江湖。」

這時陸仁賈插口道：「這算盤打得挺響。」

臨光也反問道：「可是，是把如意空算盤。即便你料到我們必走龍脈密道脫身，密道複雜曲折，出入口無數，你要怎麼算得到我們會從哪裡現身？」

「密道分佈確實複雜，但，只要大前輩你們想的，和我料的一樣，」劍青魂答道，「那麼，只要有境離在，我就一定算得到。就像現在，大前輩這不就現身不夜城外了嗎？」

臨光吸了一口氣，繼續打著啞謎答道：「這麼說也沒錯，你會留在不夜，確實有算到我

們的行蹤。」

「可惜大前輩道高一丈，短短一天，就壞了我的部署。」劍青魂苦笑一聲，又問，「但是大前輩，您說空虛禪師尚未脫離險境，貌似他還活著，然而算算時間，離『三日喪』發作時刻已超過將近一天，您可有對策？抑或那劇毒早已解開了？」

「既然你坦白了，那我也坦白相告，」臨光答道，「禪師體內的『三日喪』還沒解開。能解開此毒的三人之中，妖姬‧妲己是十二羽的人，我不能求她；老倚分神陪著那昀泉的小姑娘，即便我打算成人之美，也只好硬著心腸去打擾他倆，卻不能全仰賴他，是故，樓主大人方才又從貴舍請回了有毒姑娘，兩人合力，總算是來得及合出解藥，一如你原本的部署。」

「哦？所以解藥已經有了？」

「正是，雖然過了時效，但禪師的身子想來還支撐得住。」臨光又道，「現在告訴你們也無妨，如今禪師的生死，全得仰賴『將軍』那兒。」

聽到將軍二字，劍青魂問：是那隱居大漠的『邊疆君子』？你們將他請出江湖了？」

「我們哪有那個本事？」臨光笑道，「將軍就是將軍，不是什麼邊疆君子啥的。」

這時，蘇境離忽然插口道：「在將軍城？」

臨光反問：「你發現了？」

「只是隱約感到異變。」蘇境離思忖道，「前輩此舉，可是逆天。」

臨光闔目養神，道：「這全是不得已的，但願還來得及。」

蘇境離不再追問，改問道：「話說，諸位又是如何從宗祠逃出來的？又為何與禪師失散，且不得而知其下落？」

臨光臉色微微一懍，又問道：「連這也被你發現了？」

「剛才聽聞大前輩所述，稍一細想，便略為知道大概。」蘇境離拱手問道，「既然大前輩有求於大師兄，何不多透露一點詳情，以示誠意？」

臨光嘆道：「趁現在還有時間，我自然要告訴你們。」

於是三人深談至三更，方才各自稍作歇息，預備翌日即將上演的大戲。

＊　＊　＊

翌日五更，天且微明，雨紛飛已經醒了。她被独孤客黨羽挾持到某間大宅，住了兩天。她雖然行動自由，卻不敢擅自離開或送出消息。

這兩天，雨紛飛細細地看過這間宅子的每一處廂房亭謝，宅子佈置極其雅緻，令人不禁讚嘆屋主的品味。然而宅院貌似有十餘年歷史了，有不少角落地方，已可見敗壞痕跡。

雨紛飛在院子裡逛了幾圈，看不到其他人。她心知在高牆之外，必有独孤客的黨羽巡邏

著，且當中必不乏當天在將軍城市集所見到的高手，於是便不敢妄動。她好生無聊，便走去另一邊的廂房，去找她這兩天惟二的談天對象。

當雨紛飛輕敲房門，聽到裡頭傳來一幽然嗓音道：「請進。」便兀自推開了門。

房間裡坐著一男一女，男子扶著床邊，凝望窗格子上的雕花，女子則雙手環抱著一把東瀛長刀，隻掌按著刀柄戒備，端坐石凳子上，一雙眼睛盯著男子和雨紛飛。

「雨姊早，用過早膳了沒？」

男子回首問候，舉手投足，宛若在隨著三月微風搖曳的桔梗。雨紛飛猶記得兩天前與他初次見面的光景。他自稱李無憂，據他所說，他身體內中了劇毒，惟有這宅院的屋主才有解藥。但李無憂又告訴雨紛飛說：「屋主極為謹慎，從未露面，凡事只派使者傳達。使者說，如果雨紛飛逃了，我也得死。」

這便是雨紛飛不敢輕舉妄動的另一個原因。因此即便百般不願，她只得待在這間大宅院，享用美食、享受美景，但什麼事也不能做。她不知今日是何日，不知此處是何處，悶得百般無聊，心慌不已，卻是束手無策。

「今天早膳的甜品可謂一絕，雨姊一定要嘗嘗。」說罷，李無憂又轉問一旁的女刀客道，「我留了一份給妳，放下『紀乃』，妳也嘗一嘗。我知道妳最愛甜品了。」

女刀客咂了咂嘴，仍無動於神色。雨紛飛坐看著膳盤華食，感慨道：「你真沉得住

氣。」

「怎麼說？」

「你被困在這處院子起碼有三、五天之久了，和外頭斷了聯繫，竟然一點也不慌張。」

李無憂聽罷淡然一笑，舉起玉杯端詳一陣：「自知者明，知人者智。」他回道，「只要自知知人，了然於心，便毋須慌張。」

「你自知知人些什麼呢？」雨紛飛駁道，「不說別的，独孤客想必不會向你透露此地的位置，你連自己身何處都不知道。」

「我說過了，我未見過屋主本人，不過就當他確實是妳所說的独孤客吧！」李無憂答道，「看此地春景，此地是何處，我已經猜出個五、六成了。若屋主真是那独孤客，那麼連這宅院的來歷，我也有八、九成的把握了。」

「你知道？你從沒告訴過我？」

「因為雨姊妳沒問過我呀！」

李無憂笑著放下杯子，起身推開房門，指著屋外庭苑道：「這院子有些稀罕的花草，只有在某個地方才種得活。」

雨紛飛半信半疑地問：「哪兒？」

「洛水。」

雨紛飛聽完，吃了一驚。李無憂回頭見她瞪大了眼，又笑問：「我們被屋主困在洛水，這有什麼好訝異的？」

「這裡可是命運神教，命運聖主的屬地！」雨紛飛訝然反問，「独孤客怎會有辦法，調動罪淵閣眾集結於此？他不怕驚動傲天前輩嗎？」

「命運聖主潛沉已久，少問江湖事，若独孤客算到這一點，伺機侵門踏戶，也不是不可能的事。」

雨紛飛沉吟了一會，又問道：「那這宅院的來歷，你說已了然八、九成？」

「正是，難道妳還沒想到嗎？」李無憂瞪大了眼，「我以為，雨姊對罪淵的來歷，以及罪淵和命運聖門之間的糾葛，必定十分了解。」

雨紛飛盯著前方半晌，忽地恍然大悟，「噢」的一聲，以拳擊掌。

「看來雨姊想到了，」李無憂道，「這裡十之八九，是當年命運聖主從弟所住的別院。」

話說到這，李無憂環望四周，續道：「『深淵的惡魔』覺醒於此，罪淵的起點，亦源於此。這，妳也該知道了？」

「那惡魔，」雨紛飛因地生情，心生萬千感慨，「當年全因他一個人，江湖幾近掀起一場滅幫之戰。」

李無憂點了點頭，仰望晴空，忽道：「說起來，上巳節快到了。」

雨紛飛似乎想起了什麼，驚呼一聲：「不好！」

李無憂嚇了一跳：「什麼事？」

「我曾答應過某人，上巳節有個約定。」

「這，別想那麼遠的事。」李無憂苦笑道，「先想想我們能否活著離開這裡吧？就算知道了這是何處，又該如何把這消息傳到外面去呢？」

雨紛飛緊抿雙唇，心裡愁悶盡寫在臉上。李無憂寬慰道：「算了，暫且看看花吧。」

聽到「花」，雨紛飛忽然有個念頭閃過，她掏出腰間的香囊，端詳出神。

命歸何處？

就在流雲宗祠一聚後的第二天深夜，夜半丑時，甫過四更。大漠邊關的明月就要西沉，照著破敗不堪的田家店。

「看來一直到後天，都叫不到足夠的工料。」在此之前的晚膳時分，田老闆看著狼狽店面，拍拍谷藏鋒的厚實臂膀，「荒郊僻壤，工料本來就難求，可惜咱們這兒來了上好工匠。好在離上巳節的旺季還有段時間，這幾天就當做放大假吧！」

四更，狼煙雨躺在一樓小床上輾轉難眠，悶的發慌，一眼覷到身邊熟睡著，一身毛絨的小巴大人。話說，當狼煙雨在行囊裡發現了這「小偷」時，竟不顧眾議將它留了下來，引得田季發徒呼：「唉，女人難懂！這長毛小偷兒有啥可愛的？」

「老闆才不懂呢！」或許是女人天生的母性使然，狼煙雨忍不住又伸手握來小巴大人，湊在嘴角邊又吸又蹭，不忍釋手，「就是這小小模樣才可愛呀！」

可嘆小巴大人一整夜就這麼熬受著如此磨人行徑，若它能說人話，肯定會尖聲高喊不滿，怨自己命運「如此多舛」！它被握在狼煙雨的掌心，半睡半醒間百般掙扎，好不容易脫困了，隨即一溜烟竄出房間外。狼煙羽笑著追出去，發現客座有盞油燈猶然透著微光，照著

五花大綁的俘虜。田季發老闆端來一碗水，一盤肉，跨坐板凳，不發一語。

須臾，他為俘虜鬆綁，道：「你且先吃飯，別想亂來。」那俘虜抬起眼睛，面無表情，不敢輕舉妄動，乖乖端碗喝水，又默默吃起肉來。

田季發邊看著俘虜吃飯，邊自言自語道：「人生在世，總有許多無奈。無奈的是，我不犯人，人卻犯我。」

田季發見俘虜默不做聲，又問：「話說回來，我越想越不對勁，你們的確像雷家軍的人，但是，你們真是那將軍城的雷家軍？」

俘虜本鎮靜不動聲色，突然，四處奔逃的小巴大人，倏地竄進他的衣襟，驚得那俘虜顧不了一切，跳起來胡掏亂抓，叱道：「臭老鼠！出來！」

這騷動驚醒了唐零和谷藏鋒，於是兩人合力制住俘虜。田季發欺前一手掏出小巴大人，覷見小巴大人小巧雙爪緊抱住一只銅牌。俘虜見那銅牌曝光，臉色由青轉白，伸手就要抓取，田季發先一步蹬腿向後，瞧一眼銅牌，立馬明白了事情梗概，連聲嘆道：「哎，造孽！」

此時唐零一眼認出那銅牌，顫抖著問田老闆道：「那信物？」

田季發反問唐零：「你也知道這玩意？」

待唐零緩緩點了點頭，田季發轉而質問俘虜道：「顯然你決不是雷家軍的餘孽。你是

誰？誰派你們來的？」

俘虜沉默良久，忽然露出一抹微笑，虛聲輕吐八個字：「蒼天有靈，王朝再起。」

他旋即口溢鮮血，咬舌自盡。田季發不禁為之凜然，帶大夥一起把屍體拖去屋外埋了。

＊　＊　＊

自宗祠一聚的當日從臨湘城出發起，宇文承峰一行人涉水拔足，終於在第三天午後抵達寒天宮。大夥走在殘雪未盡的長廊上，但見長廊上三門三進，兩側石柱臺階，盡皆遭刀砍劍劈，可知當晚此地曾經歷過慘烈的的殺伐。然而，四處可見砍殺痕跡，卻沒有半點血跡，更古怪的是，即便是鼻子敏銳如曲無異，也嗅不到任何殘存的血腥味，空氣中反而帶些燻烤香料的氣味，貌似有人特意將此地打掃、薰香過一番。

「這般乾淨的戰場，頭一遭看到。」曲無異說著便笑了，笑的五味雜陳。

過了長廊，有幾戶樸實人家，圍著一棟三層的磚造樓閣。只有涉足江湖已久的高人，方能一眼認出這再普通不過的樓閣，正是寒門沐家的藏書閣。當今藏書閣主乃一介年輕女子，自報名號為孜然。孜然出面為諸貴客接風洗塵，欠身一禮，笑道：「小女子誠摯感謝諸君相援，承蒙諸君之福運高照，強敵當前，危急之時，來了一位援軍，硬是殺退諸惡徒。」

「一位？」曲無異問道，「援軍只有一個人？」

「是，一位年輕道長。」

「想來是雀道兄沒錯了，」宇文承峰問道，「我見得到他嗎？」

此時，後方廂房的門簾掀起，現身的卻是個身穿青色短掛、肩披雪白毛裘的道士，他搓了搓手，向四人作揖道：「青鳥向諸位請安。」

「居然是你？」宇文承峰掩不住滿臉的訝異，「誰找你來的？四生雀道兄呢？」

「我三天前上寒天宮，雀道人託我代為守護此處。」

「那你可有聽說雀道兄要去哪？有什麼消息？」

「我這三天都在寒天宮，收不到山下消息，也不清楚四生雀前輩的去向。他僅留下一句話，求我為兵府和雲樓守住寒天宮，而他另有要事，不便在此。」

說罷，青鳥不待宇文承峰繼續追問，轉向孜然笑道：「可麻煩再多添點柴火？」

孜然頷首欠身一禮，吩咐僕人為爐子添加柴火，並為在場五人各斟了一杯溫酒。宇文承峰舉杯敬在場諸位，但見青鳥淡淡回禮，將溫酒一飲而盡，便藉故外出，不再回來。

車伕阿雄徑自喝乾一杯又一杯暖酒，苗實冠頭端著酒杯，細聽周遭動靜，但聽得閣外悠揚笛聲，佐以殘雪「積冷」垮落聲。他忍不住靠到女主人孜然耳邊，悄聲問說：「這不是才剛打完一場勝仗？怎麼氣氛不太對勁呢？」

這時，有隻雪白信鴿飛入書閣，輕巧停在孜然的肩上。孜然取下信鴿腳爪上的來信，攤開來看，欣然道：「是臨湘的消息，流雲府已收復了。」

宇文承峰聽了，起身拱手道：「願聞其詳。」

孜然便輕聲讀著信紙上的訊息：原來在臨湘城的流雲府遇襲當晚，流雲家兵在一番激烈抵抗後，不得已棄守而走，在這危急存亡之秋，全靠兵府客卿「白然君」挺身而出，集結殘兵、重整態勢。待白然君正要回頭反攻時，忽然又來二路援軍，一路是雲樓四奇之三：上官楓、周天策、蕭寒，領著百餘人馬星夜前來；至於另一路援軍，竟是無心門的一批高等弟子，約莫數十餘人，特來馳援流雲家兵。

一聽到無心門馳援，曲無異訝然問道：「難道是上官風雅大前輩，親自來救流雲府？」

孜然端詳手上信紙，答道：「非也，領軍者是無心門『少輔印』，上官文仔。」

據信中所述，流雲兵府、雲曦迴雁樓、和無心門三路人馬，趁夜色昏暗，潛回流雲府外三里處的一處廢棄宅院，選間空房充當主營，謀劃反攻之計。雖說三路人馬聲勢已和敵軍旗鼓相當，但敵軍得憑恃流雲主府天險地利，墨守不出，白然君深知此事，不得不從長計議，一群人秉燭深談，商量好些時間，卻說不出個好主意。

躊躇間，外頭忽地颳起一陣怪風，吹得人仰馬嗚，眾人向外一探，夜色中但見一只包袱隨風落下，裡頭滾出一顆血淋淋的人頭！白然君定睛一瞧，人頭竟是敵軍大將的首級！

眾人驚疑之間，但聞千里傳音道：「敵將已亡，敵軍自亂，不戰而勝，就趁現在！」

三方人馬慌忙尋遍四周，卻早已不見人影。白然君自忖時機寶貴，不再多想，集結三方

俠士，徹夜趕回流雲主府，果然遙見占據主府的敵軍亂成一團，陣形部署全無章法，眾俠士見機不可失，同揮旗號，合力反攻，一時間威聲震動方圓百里，而占下地利、理應死守的敵軍，見來兵殺勢兇猛，竟無心戀戰，四散逃逸，前後不過半個時辰，三路盟軍便收復了流雲主府。

臨湘的局勢演變，就這麼在一紙信中簡單的說個梗概。孜然又道：「據信使轉述上官文仔所言，那輕取敵將人頭的刺客，正是近年來惡名昭彰的『白鴉盜』夜白，但是夜白何以有如此驚人行刺之舉？上官文仔又如何得知夜白的身分？信中並無詳述。」

語畢，孜然收摺信紙，而宇文承峰慨然吁氣，摸著下巴自忖自問：「所幸臨湘的局勢就這麼穩住了，但是無心門的動向著實令人狐疑。雲樓的援軍，自然是樓主大人在宗祠一聚前便預備好的，可是無心門的援軍又有何目的呢？」

宇文承峰一時想不出個頭緒，遂取杯啜飲溫酒，凝視爐火出神。好一會，他驚覺身旁的曲無異不見人影，心生疑惑，出門四處探找。尋了好一段時間，方於書閣三百尺外的某處空地，發現了曲無異和她的白虎隨從，此地開闊約五百尺平方，但是堆滿成排戰死者的屍體，屍體經過簡單處理，或攤或疊，教人眼見心驚。

「我和曲姑娘聊到這些人。祂們生前亦欲進犯寒天宮，我請祂們收拾了自己，順道將這裡的殘局打掃乾淨，好迎接貴客。」

青鳥現身在曲無異身邊，問道：「我已安排明早『天葬』。策士，你可知祂們的來歷？」

戰死者屍體身上穿的都和刺客一模一樣的服裝，宇文承峰見狀便答道：「這些人的裝束，和那晚在雪山間偷襲我們的刺客一樣，是雷家軍的餘孽。」

「憑一身裝束，就能明辨敵我？」青鳥冷哼一聲，「看過了這個，再說看看。」

說罷，青鳥掏出了一只殘缺的銅製令牌。一旁的曲無異眉頭皺的死緊，緊握雙拳不能放下。宇文承峰見此令牌，亦微蹙柳眉。

「這是我兵府十二快馬，得暢行五城無阻的通關令。」

「這是在屍體身上發現的。」曲無異問，「宇文老弟，這是怎麼回事？」

青鳥看著兩人，臉上掛著笑，神色間全無笑意：「聽說妳們曾在雪山遇襲，而我一直想不通：當年雲樓人馬一舉擊潰雷家軍，一統將軍城的江湖勢力，從此雷家軍在南方一帶就成了過街老鼠，而在大漠血案爆發後，無論朝廷或江湖，更是人人得見而誅之。這般光景下，雷家軍要怎麼在如此短的時間內，重新集結人力物資，遍地開花、四處作亂？」

曲無異氣音虛然：「除非他們還有來自流雲兵府的祕密援助，並安排他們通關無礙。甚至，他們根本就是流雲私兵，平時以令牌通關，遇事便冒充雷家軍來欺敵，這樣，一切才勉強說得通。」

青鳥點了點頭，轉向宇文承峰，意有所指地問道：「如果說，自宗祠一聚以來的這一切血腥事，都是這個流雲府的幕後主使所為，自導自演呢？」

「不無可能。」宇文承峰道，「我也一直懷疑兵府有人扮演內奸，主導這一連串的毒計。這張通關牌，正是最有力的證據。」

「那個人可能是任何兵府要人，包括你在內。」

宇文承峰笑了一下：「如果那內奸是我，我何必專程上寒天宮，把自己搞得這麼狼狽？」

「倘若你要設法令自己置身事外，免除外人的懷疑，就會這麼做。」

「承蒙青鳥居士如此看得起在下，可惜在下不敢受此過譽，況且，在場有嫌疑的可不止在下一人。」

「哦？這有意思，」青鳥揚起眉毛，「如今寒天宮中，除了你們以外，可還有其他兵府要人？難道仁兄暗指雲樓曲姑娘涉嫌？這指控可嚴重了。」

「當然不是，即便雲樓和兵府長年交好，曲姑娘也不可能拿到這通關令，行此詭計。」

「那麼，仁兄是在說誰？」

「你明知故問。」

「好了，」曲無異插口道，「本姑娘最討厭拐彎抹腳的說話，宇文老弟，我不想懷疑

你，你想說什麼就直說，說的有理，我一樣信你。」

說著，曲無異轉向青鳥問道：「道人，我不想再待這裡，這裡的氣氛太教人不愉快了，請你且出示真身，換個地方坦白長談。」

青鳥反問：「什麼真身？」

曲無異臉色一沉，冷道：「我說過，我最討厭拐彎抹腳。」

話未說完，曲無異身形徐然一晃，踏一步欺近青鳥，抽出焚刃，但見空氣中劃出一道凜冽冷光，那焚影刃鋒竟劃開青鳥的頸子，青鳥退了幾步，頓時垮然倒地，身首異處。

宇文承峰臉色一凜：「這？何必現在殺他？」

「你沒注意到嗎？呆子，」曲無異嗤一鼻子氣，「頭斷了卻沒血，是屍體扮成的假人。」

話甫說完，悠揚空中的笛聲乍然停止，反而響起一道急促的口哨音，滴溜哨音間，天葬場的屍體一具具如傀儡般地緩緩起身，悠悠晃晃，步步圍向兩人一虎。曲無異手握雙刀，身旁的白虎亦伏低身子戒備。宇文承峰亦拔劍，問道：「話說無異姑娘，妳怎會跟他來這裡？」

「他說有要事相告，我姑且看他在耍什麼把戲。」

「那真虧得妳識破這假人。」

「咱們山住民的鼻子很靈光的。」曲無異道，「可是這不代表我全信你噢！兵府的軍師老弟，那令牌確實是從屍體身上發現的，你一定有話瞞著我。」

「抱歉、抱歉，因為時機未到，我一時不敢說破。等咱們揪出這幕後操屍人，我自會坦白招來。」

「我亦欲坦誠傾告，」屍體傀儡一齊張開了口，「我佈下諸多『屍傀』障眼，實在是為了保護自己。若是曲姑娘答應我，秉持公正，絕不加害於任一人，我自會解除術法，以真身相見。」

「用不著你解除術法，我一樣能揪出你！」

曲無異說罷，沉聲一喝，舞起焚影雙刃如雨雪紛飛，衝進傀儡屍陣之中！傀儡「唯唯哦哦」嘶叫，紛紛圍住曲無異，伸出爛手枯爪，作勢要將眼前活人撕成碎片！

宇文承峰憂忖道：「這些傀儡毫無武功修為可言，但是打不死殺不退，著實麻煩。」於是舞劍參戰。豈料曲無異不待宇文承峰支援，一雙銀刃俐落玩轉間，屍傀群已頭斷腰斬，屍塊如瓜滾果落般散了一地。當中幾具尚稱完整的勉勉強強站起來，而曲無異的那頭忠心白虎亦朝天大吼，撲了上去，將屍傀又一次撲成支離碎片，再起不能！

剎那，曲無異揪起一具屍傀的襟口，斥道：「在那！」隨即一咬牙轉圈，將整具屍體拋向天葬場邊，攔腰撞上一棵高大松樹，松樹上倏地閃出一道影子，正是青鳥本人！青鳥狼狽

落地，收起術法，見曲無異和宇文承峰冷眼視之，苦笑無言。

曲無異又道：「我沒懷疑你是內奸，只是討厭遮遮掩掩、拐彎抹腳的人。」

「招人疑竇，亦非我所願。但你我怎知眼前這位宇文策士大人，或許正是幕後主使？若然，我輕率以真身示之，豈非為自己招來殺身之禍？」

「你不信他，他不信你，那什麼都沒得談了。」曲無異的手中一雙亮晃晃的銀刃，同指宇文承峰和青鳥，「就算你不相信眼前的我們，起碼還有孜然閣主當『公親』，我們回藏書閣，大家把話都說開來。」

＊　＊　＊

時光飛速，日甫東升，又要西落。田家店的一行人為了修繕店面，忙了一整天。唐零累得頹然癱坐板凳上，有感而發，長吁一嘆道：「當年家父在亦水遭豪強誣陷，眼看行刑在即，正是流雲飄蹤，用這枚十二快馬銅令牌，攔下行刑官，救了家父。這枚救命恩人的信物，怎麼會在這批惡棍手上呢？」

「別把這事放在心上，只要知道，事情沒我們當初想的那麼單純。」田季發換下汗濕的上衣，拍拍唐零的肩膀。

正當唐零默然反芻這句話的用意時，忽然一陣地動天搖，險些又要將田家店面給搖垮！眾人倏地起身四處張望，此時狼煙雨大喊：「昨晚！埋東西的地方！」

於是狼煙雨、唐零、谷藏鋒三人奔向昨晚埋屍的地點，驚見地表破出一道湧泉衝向天際，湧泉下站立一人，渾身濕透，神色極其狼狽。他看到狼煙雨等三人，收起頹色，從容作揖問道：「我是兵府使者，請問這是何處？」

田季發從後頭趕來，四人齊聲反問：「你是誰？」

他頓了一會，答道：「賤名不足掛齒，叫我打雜工就好。」

田季發一揖答道：「這裡是大漠邊關，小兄弟從何處來？」

打雜工又停頓一會：「雪山。」

「從雪山到這裡，起碼要兩天。再說，這道湧泉怎麼回事？小兄弟為何會跟湧泉一同出現？」

打雜工自思忖道：「說來話長。」說完，冷得打個哆嗦。

＊　＊　＊

寒天宮的藏書閣裡，宇文承峰和青鳥冷目相視，餘眾或站或坐，在一旁看著。

「既然要把話說開，那我請問，」青鳥冷問，「宇文承峰，你此行理應還帶了一個兵府隨從，那隨從到哪兒去了？」

宇文承峰撫掌一笑，語氣帶著譏諷而道：「青鳥居士真不簡單，整整三天足不出寒天宮，竟能將我等在臨湘的動靜，查的一清二楚。是誰給你通報消息的？」

「我自有管道，何須多問？」

「可是，你人在雪山，卻將眼光緊盯在臨湘流雲府，這一點，就著實可疑。」

「最可疑的，還是那塊通關令牌。那片銅牌足證，流雲府的內奸涉入這連番戰事。策士，你如何解釋？」

「說到兵府內奸，前些日子來，兵府內部早流傳著流言，說某人心懷不軌，聯手独孤客，傳言更有甚者，在大漠有人大量私鑄舊王朝符令印璽，這不忠不義不臣之心，昭然若揭，無怪乎流雲府上下都會做此聯想。」

待宇文承峰說到此，青鳥反問：「既然是兵府內奸，軍師卻懷疑到我，作何居心？我何時任職兵府要職了？」

「那我就直說了，」宇文承峰臉色一凜，「既然你出現在此，我敢以性命擔保，米亞神君和『百輪轉』，正是這些日子來連串風波的幕後主使！他們的目的是奪我兵府大權，拱手讓與独孤客，助其禍害江湖！」

青鳥聞而不應，宇文承峰又問道：「青鳥，你和『百輪轉』交情深厚，非比一般，『百輪轉』要搞事，加害我流雲少主，你敢否認不曾涉入其中？」

青鳥聳肩一笑道：「『百輪轉』涉及兵府內亂一說，不過是策士片面之詞，倘若今天操弄內亂的是策士大人你自己，你也會『先聲奪人』，指控我等，藉此混淆視聽。至於我，我

奔波中原四方，自然仰仗『百輪轉』助我旅資和通關，但，我區區一介操屍道人，何德何能涉入兵府內鬥之中？」

「正因為你受恩至多，百輪轉有何請求，你礙難拒絕。」宇文承峰冷道，「比方說，請託居士你藉故上寒天宮，為他們偷得龍脈密道的分布圖。」

「說的如此斬釘截鐵，那請問，當初你委請四生雀前輩守護寒天宮，不正是為了守住密道圖？」

「正是。」

「而前輩又將此重任托付給我，試問，你難道懷疑『天外謫仙』雪海雀道人，所託非人？」

「這……」

見宇文承峰一時語拙，青鳥乘勢逼問：「既然雀道人信得過我，如何你信不過我？」

「話不是這麼說，」曲無異開口道，「四生雀信得過你，自然有他的道理在。可是居士，你是三天前才在這兒遇到四生雀。那麼你此行專程上寒天宮來，為的又是什麼？」

青鳥聞言未答，躊躇了一會，慨然一嘆道：「對，妳猜的不錯，在我遇到雀前輩前，『百輪轉』亦私下遣使託我，要我想辦法潛入藏書閣，為他偷來龍脈密道的地圖。」

曲無異制止蓦然而起的宇文承峰，又問青鳥：「但是你來到這裡，卻什麼都沒偷？或

者，你在等著什麼？」

青鳥又躊躇了一會：「我說了，你們會信？」

「你就說說看？」

青鳥再一聲輕歎：「我在等，『百輪轉』陳兄回心轉意的一刻。」

「回心轉意？」

青鳥以手託腮：「我對江湖的現狀，沒什麼不滿，可是『百輪轉』陳兄和米亞君，他們陷在王朝復辟的夢想，陷的太深了。」

「王朝復辟？」宇文承峰插口，「所以，傳言千真萬確。」

青鳥闔眼，點了點頭，續道：「我想勸他，但勸不動。我不欲助之，但受人恩惠，不得不回報。於是我一面敷衍陳兄，上寒天宮奪地圖，另一面呢，我打算自行扣住地圖，不想讓它落入陳兄的手中。」

當青鳥侃侃而談，曲無異和宇文承峰盯著他一舉一動，欲揪出他任何一絲說謊的徵兆。宇文承峰又問：「就算你說，不想讓地圖落入『百輪轉』手中，但你既然有門路探得我們在臨湘的一舉一動，我又怎麼知道，你是否早已把行軍水道的脈絡，不動聲色的洩露出去呢？」

青鳥瞪大了眼，身子前傾：「什麼行軍？那不就是龍脈的寶圖而已嗎？」

「龍脈密道的價值，不在於藏了什麼令人武功長進的法寶，而在於密道本身，便是潛行大漠各方的捷徑，正是兵法上絕佳的行軍路線。」

＊　＊　＊

是時已過了酉時，天色昏暗，打雜工在田家店換了套乾爽衣服，烤著火、喝著熱茶，一邊說著他這兩天的故事。原來打雜工自從和宇文承峰上了雪山，途中遭遇刺客突襲，有賴暮沉霜出面搭救。於是宇文承峰思忖局勢有變，提議兵分兩路，由他和曲無異上寒天宮，而暮沉霜則領著打雜工，找出雪海一帶的龍脈密道入口，自龍脈密道取捷徑，直達大漠邊關，助流雲兵府行事。

「據說龍脈密道，本是大漠住民擭取高山雪水，灌溉墾荒的坎井水道，但是水道開通百年來，逐步擴張，貫通大漠南北，橫亙龍虎山和雪山之間，且密道雖不甚寬，卻已可容下一批少數精銳的勁旅，從地底下伏擊地上各處要害，出奇制勝。據我所知，朝廷和江湖中，不乏野心人士，意欲掌握地下密道全貌。譬如，當年稱霸將軍城的雷家軍，和叱吒中原一時的罪淵閣。」

田季發等人聽打雜工的描述，聽得呆了。唐零又問：「但是龍脈密道既然這麼危險，有心人士一定會嚴加防範呀？況且密道開通百年，通道複雜難辨，加上年久失修，恐怕有不少處早坍了，怎麼進去是個問題，進去了，又要怎麼出得來？這問題更大了。」

「或許正因為如此，野心家們才會覬覦掌握水道全貌的地圖，據說當年黑暗時代，寒門密探首先畫出水道全貌，並藏匿在寒天宮裡。」打雜工思忖道，「而據軍師大人所述，龍虎山蘇家觀、自在莊、昀泉十二氏、和雪山的山住民，多少都掌握各地的水道梗概，這回我就是託人當嚮導，才能平安進入地下龍脈。」

「但我可不記得這裡有什麼龍脈出口，」田季發問，「小子，假如你真走了地下龍脈，又是怎麼來到這裡？還有那湧泉是怎麼回事？」

「一點意外——其實是相當危險的大意外。」

據打雜工回憶，原來當時暮沉霜領他走雪山水脈，那水脈中間有一條水道，陰暗狹隘，然而泥濘的兩側尚可容兩、三個成年人比肩並行。此行起初尚稱平安，但不知何時，來了一個神祕刺客，乘一條小舟，自中間水道乘流而來，從後方偷襲兩人。打雜工和暮沉霜見來勢洶洶，亦不退讓，聯手抗敵！豈料此二人武功均稱上等，一劍一刀，聯手對付那殺手，竟然只能勉強打個平手。殺手招式貌似綿軟無力，內力卻是驚人，只消一招掌風掠過打雜工耳際，竟令打雜工寒徹筋骨，彷彿全身骨肉都要酥軟溶蝕掉，氣血亦為之幾近凍結。

打雜工平生頭一遭遇到如此邪門陰狠的功夫，情急之下，他喊暮沉霜快走，自己則獨身一人糾纏那刺客，且戰且避，且攻且走，僵持了十來回合，殺手似乎急了，聚精凝力，打出快至無形的一掌，那一掌差點就要打穿打雜工的心窩！幸得偏了半寸，打中水道石壁，頓

時將石壁打穿一孔。那時忽然爆發洪流，將石孔沖破成一個大洞，打雜工情急之下，躍入洪流，隨波翻滾，最後給沖上地表，狼狽落足田家店，而那殺手早已不見蹤影。

「後來，我也不知刺客到哪去了。」說到此，打雜工面色憂慮，「怕他去追殺那暮小兄弟了，但願小兄弟他平安。」

說罷，店裡又是一陣不安的沉默。田季發道：「話說，還真多謝小兄弟，你願意告訴我們這麼多事。」

唐零則慨然道：「倒是想不到，此地有龍脈水道如此祕辛，而且裡頭不但能走人，竟還能行船！」

「而且我想不透，那道救了我的洪水是哪來的？」打雜工思忖道，「貌似水道的另一端，發生了什麼事，掀起洪水，波及了我們？」

眾人一致無奈搖頭，無從解答，惟聞遠方的龍虎山麓隱約傳來狼嚎，迴盪在大漠的乾冷空氣中。

＊　＊　＊

是夜，臨湘禍事暫時告一段落，大漠邊關也陷入了寧靜。然而不夜城的裡外，此刻方才湧現陰謀的暗影！

不夜城外的茅廬中，久違的雲樓大前輩臨光，用計引來蘇境離、劍青魂二人，置酒款

待。二人受迫而光臨此「鴻門宴」，即便臨光滿臉笑意的殷殷相勸，他倆卻是緊繃著精神，絲毫不敢放鬆。

臨光問道：「兩位何須如此拘束？我這兒話都講開了，當前局勢尚須兩位鼎力襄助，又怎會萌生害人之意呢？」

劍青魂聞而不答，倒是蘇境離勉強咧出一抹乾笑，拱手致歉道：「您先擺了我們師兄弟倆一道，雖身為後生晚輩，我們又豈能全無防備？」

臨光聞之亦回以一笑，道：「防人之心不可缺，這麼說來也有道理。」

「況且，我等地處龍虎邊陲的邊緣人氏，和雲樓諸位權貴的交情，可沒到推心置腹的地步。」此時劍青魂忽然也笑了，「與其拘泥於互信，不如敞開話，談談我們怎麼互利？究竟有什麼事非要我們出手相助？大前輩您所說的薄酬，又是什麼條件？」

「要請兩位幫忙的，有兩件事，只要做到其中一件，我自會備禮答謝。當然兩件事都做到了，更是感激不盡。」

「您且先說第一件事？是要借用墨璃的力量，救回空虛禪師？」

「那的確也是要緊事，不過和我要說的無關。」臨光答道，「第一件事，請別出手。」

劍青魂和蘇境離，聞言一時懵了半晌，忽地頓悟！

「我預料這幾天內，不夜城外將有一場血戰。」臨光臉色沉了下來，拱手一禮，「我們

無意去求蘇家、奇兵、血醫三幫為我等出戰，畢竟戰爭乃死生之事，不可不慎。但求諸位龍虎山的新銳後進，秉持中立，切莫插手戰局的任何一方。」

劍青魂和蘇境離互覷一眼，轉而向臨光答道：「這不成問題，那另一件事呢？」

「請兩位與我回到不夜城，赴我雲樓樓主的約。」臨光笑道，「附帶一提，尊師妹現在亦為樓主的座上嘉賓。」

劍青魂臉色有些訝異：「就這兩件事？」

「沒錯。」

「聽起來，大前輩的心裡，還藏了些自己的打算？」

「這你們就別管了。」臨光換了副臉色，「說完請託，再談酬勞。第一件酬勞是樣保障，以我臨光之名，保障這三十天內，龍虎山諸位後進子弟，人身盡皆平安。」

「過了三十天，就沒保障了？」

「沒錯。不過考慮到當前亂局，連我也不知道會發展到什麼地步，這麼看來，三十天夠久了。」

「無所謂。」劍青魂聳聳肩膀，「酬勞就這樣了？」

「當然不止。」臨光聞言又是一笑，「第二樣酬勞，是割地致謝。」

這話勾起了劍青魂的好奇心，他身子一傾，問道：「什麼割地？」

「話說，這五十年來，蘇家觀一向偏安關外龍虎邊陲，但我相信兩位——蘇家觀掌門人、奇兵院院主——，想要的絕不止於此。」

兩人聽了，不約而同冷哼一聲，劍青魂又問：「是，又如何？」

「眼下有個機會，正是龍虎山稱雄江湖，問鼎中原的第一步，就看兩位願不願意爭取了。」臨光笑道，「我們打算，過十五天後把將軍城蘇家酒樓，頂讓予『任情自在莊』，一旦事成，十五天內，雲曦迴雁樓全數幫眾，將退出將軍城。」

蘇境離聞言，頓時臉色大變。臨光又問：「兩位，江湖自古來就有『將軍得權，臨湘得勢』一說，這回你們可有機會入主將軍城，與自在莊三分大權。成或不成，就看兩位的意思，如何？」

「這根本是塊空心大餅，」劍青魂冷笑一聲，「自在莊與蘇家觀，數十年來競逐龍虎山『天道頂巔』的地位，視彼此如水火，倘若自在莊要取代雲樓，入主將軍城，豈有容忍我們蘇家子弟插手的道理？」

「劍兄說到一個重點，自在莊和蘇家觀確實形同世仇，但，世仇也可以為了共同利益，放下成見呀！」

「仇恨是一窒礙，另一樣窒礙，即便我等和自在莊同掌將軍城，還不是一樣淪為雲樓的傀儡？」劍青魂冷道，「自一年前，自在莊前任三大莊主，陸續死於非命，新任莊主的人選

便始終未定，但，在雲樓暗中操弄下，莊客們早安排雲樓樓主的愛徒，年輕後進任雲歌，祕密繼承自在莊大莊主了。我說的沒錯吧？」

臨光笑答：「果然是『藏鋒不露』，我們為避免生事，封鎖這消息近一年，結果還是給你查出來了。」

「既然你們承認了，那我們與自在莊合作，美其名為共治，實則委身自在莊下，這樣豈不是和投降雲樓，沒什麼兩樣？」劍青魂說完，眼角餘光飄向蘇境離。

「話這麼說就過分了，劍青魂院主。」臨光駁道，「雲歌公子少孤，拜樓主為師前，便由自在莊收留了十四年，本是自在莊的一分子。假如我們藉此干預自在莊的莊務，豈不是給他難堪，也給樓主和流雲難堪？」

「但是說起來，自在莊在這一操弄後，終究成了雲樓的囊中物。」劍青魂冷笑道，「現在是自在莊，接下來該不會就是蘇家觀，然後奇兵院、血醫閣？」

「夠了！」臨光稀罕地動了怒，一掌拍桌，蘧然而起，「我等為了江湖難見的百年和平，苦心安排這一切，豈容得你這麼瞎說？」

不等劍青魂斥聲相抗，臨光又道：「如果我們真有那個吞併龍虎、大漠諸幫的心思，早就動手了，豈容得你們逍遙至今？再說，雲歌公子的確和雲樓、兵府淵源甚深，但自在莊向來採共治共決，大莊主有何行動，也得徵詢二莊主、三莊主的同意，豈可能任我雲樓借勢攬

權？」

「難說。歷來自在莊主都早死。誰知道，」劍青魂鼻子一嗤，「即便現在大莊主繼任有人，可是接下來，二莊主、三莊主的人選又會有什麼安排？」

「這無須劍兄擔心。想必你已知道，除了大莊主外，現任三莊主也有人頂下了。」臨光轉瞋為笑道，「那人正是昀泉後人，十二氏之上的耆老『秋霜夢焉』，昀泉人一向命大頸子硬，無須擔心他的安危。」

臨光無視劍青魂臉上挑釁之意，續道：「至於那僅次一人之下，自在莊眾人之上的新任二莊主，也早已後繼有人，且與蘇家息息相關，對吧，蘇二莊主？」

待聽到「蘇二莊主」四字，劍青魂旋即臉色深沉下來，緩緩回頭，看著身旁的蘇境離，示意徵求他一個回答。

而蘇境離，從臨光提及自在莊的那一刻起，便抱手在胸，死寂無語。待劍青魂回頭看他，他方才頷首示意。劍青魂見狀，一時百感交集神色間，好一會後，簡短吐出幾個字：「你，瞞的我可真周密。」

「我倒是能體諒『蘇二莊主』，茲事體大，一旦泄密，足可動搖龍虎山一帶幾十年來的勢力均衡。因此不得不保密周全。」臨光又笑問蘇境離，「那天，你我相遇龍泉客棧，龍虎山下，你先是說為了驅趕意欲寶泉的閒雜人，又說為了尋得失散母子的消息，其實，這全

都是幌子，你那次重返龍虎山的真正目的，是到自在莊述職，正式繼任二莊主的大位，對吧？」

「對，但也不對。」蘇境離終於開口，「我的確是為此重返龍虎山，並回蘇家觀向師父陳述其要。但我此行也是為了保護龍泉，和尋回我的家人。」

「既然這樣，那麼自在莊得替代雲樓，入主將軍城，蘇家觀自然能從中瓜分其權，甚至澤被奇兵院、血醫閣。」

臨光說著，不自覺起身張開雙臂，倡議道：「其實，江湖之大，有能人士之多，非我雲樓一幫能概括盡囊之。這點，我和樓主心知肚明。當年，我雲樓殲滅雷家勢力，掌控將軍城，實在是為了穩定大漠和中原和平局勢，不得不為之。這些年來謠傳著，雲樓此舉是要伺機奪朝廷大權，吞併中原諸雄，角逐中原帝位，這實屬枉談。雲樓為了和平而拿下將軍城，也可以為了和平而讓出將軍城，這次雲樓退出將軍城，就是最有力的駁證。」

臨光眼光環望兩人，又問：「至於蘇家的諸位子弟，是否要趁勢拿下這個機會呢？這，就看你們自己了。」

說罷，臨光兀自為三人斟滿了夜光溫酒，舉杯待兩人共飲。蘇境離躊躇了一會，終於端起眼前酒杯，劍青魂見了，亦苦笑一聲，端起酒杯。

三人短暫齊賀今晚的盟約成立。酒過一巡，劍青魂問道：「姑且一問，您提出的兩個請

求，第一個，我自會約束院生，避開戰場。但第二個，請我們留在不夜城，所為何事？大前輩可方便透露個箇中梗概與否？」

臨光躊躇了一會，答道：「我們的敵人除了在不夜城外的，還有在不夜城內的。請諸位蘇家子弟留在不夜，為的是嚴加守備，以防萬一。」說完，他停了一會，索性坦誠相告：「城外的敵人，正是流雲兵府。」

兩人聽了，盡皆臉色為之一變：流雲飄蹤和雲樓樓主的關係至深，江湖眾人皆知，但此刻雲樓老祖臨光竟毫不忌諱，直稱流雲兵府乃雲樓敵人?!

臨光想必亦料得兩人的反應，徐圖述之：「詳情一時不好解釋，畢竟牽涉太廣。但如果我沒料錯，我們將不得不與兵府一戰。如今我們能做的，是將戰禍導致的損失降到最小。為此，不得不用點小技倆，『請』來你們兩位蘇家觀的子弟，協商大事。」

「試問，您打算如何降低戰禍損失？」

「這個嘛，首先是設法將戰場外移，盡量遠離精華的不夜城。」臨光起身拿來一卷地圖，攤開來看，「戰場，預計在古佛寺外，一處渺無人煙的古戰場。」

「古佛寺……」

劍、蘇二人沉默半晌，旋即蘇境離問道：「還有一件事，空虛禪師呢？」

「禪師的事，蘇兄不是也察覺到了嗎？」

臨光邊說著，邊闔上雙眼暫歇片刻：「『亡羊補牢』，能做的，我已盡力做了。剩下的，唯有求天了。」

劍青魂端著空杯，亦若有所思，而蘇境離，不自覺飄遠了眼光，飄往東方，將軍城的方向。

＊　＊　＊

今晚的將軍城亦不甚平靜，先前守城軍官不慎，讓柳芯乘著「火飛箭」闖入城中。話說這柳芯在中原默默無名，來歷卻不簡單，是現今中原境內尚稱稀罕的「夷師」，此類夷師顧名思義，乃師法西夷境外奇術歸來，所學奇術種類千奇百怪，俱無相似之處。

柳芯為了閃躲搜捕她的守軍和捕快，躲進一處幽窄陰暗的小巷，發現了一縫小窗透著一絲油膩的昏光。柳芯索性推開半腐朽的窗子，擠進一間狹隘的小房間。整間房間僅有一盞油燈，照著一群髒兮兮的瘦小孩子們。

柳芯心知，自己是闖入了「人販子」的店裡。所謂「人販子」，多活躍戰場一帶和貧民窟，他們威逼利誘，擄來童男童女當成「奇貨」，轉賣中原四方，甚至賣到境外者亦有之，每談成一筆生意，都是上千的利潤，是一樁見不得人，檯面下的大市場。

孩子們見了柳芯，紛紛退到牆邊，惟有一個小孩，套一只麻布袋割成的罩衫，瘦得剩一雙晶亮大眼睛怔怔地望著柳芯。他輕輕拉動柳芯的衣擺，輕聲求道：「姊姊，買我回家

嗎？」

她心裡一動念，蹲下身子看他，這孩子沒小她多少歲數，惟身形實在過於瘦弱，不似他這年紀應該有的模樣。柳芯輕聲哄那孩子道：「姊姊現在還不能帶你走，改天，我一定會帶你離開。在這之前，你要多吃點，好好照顧自己，明白嗎？」

孩子雖然有些失望，仍點點頭，笑了。柳芯亦報之一笑，問道：「你叫什麼名字？」待孩子正要回答，忽然屋外傳來一陣叩門聲響，驚得孩子們慌忙躲進各自的破麻布被裡。柳芯靜靜聆聽外頭動靜，先聽見應門的人販子一陣惱怒叫罵，待開了門，又聽得他換了一副油膩諂媚嗓子道：「哎呀我想說是誰呀？原來是道長大人大駕！敢情您有何貴幹？需要什麼『貨色』，盡管挑選！」

那「道長」回答道：「我不是來買人，我來找人。看來是個年紀不大的『夷師』姑娘，應該就躲在你們這裡。」

柳芯聽了，臉色一凜。但聞那人販子答道：「道長您說笑了，我們這小店何德何能，賣得起西夷進口的『好貨』吶？」

「就說不是來買人的。罷了，我自己找。」

然後，柳芯但聽到一連串喀答聲響，和人販子連番的勸阻聲響。她心知那個莫名「道長」就要找到她這裡來，退到牆角，取下背後百寶箱，準備應敵。

待門「哐啷」一聲大開，柳芯眼前闖入一個高大道士，內穿白衫，外罩黑袍，生了一頭黑髮、一雙黑瞳，雙眼悠然顧盼四方。然而讓柳芯更加在意的，是那道士腰間的寶劍——雖說是寶劍，卻不似坊間的名劍般刃光滿盈，反而更加的深沉、內斂。

「初次見面，『夷師』小姑娘。」道士拱手一笑，「貧道複姓四生，單名雀。直呼我四生雀也行，或叫我阿雀也行。」

柳芯正要問：「你是誰？」人販子匆匆趕來道：「道長，要什麼貨色且由我幫您招呼，您別自己亂闖呀！讓這些小鬼弄髒了您的上好袍子，我怎麼賠得起吶？」說完，人販子扯開嗓子叱道：「阿月！還偷懶！快起來招呼客人……」

一句話尚未說盡，人販子驚見柳芯，張大嘴巴，說不出話來。柳芯無視人販子，問四生雀道：「找我幹嘛？」

「有件事，請妳幫忙。不是什麼危險的事，事成之後，自有報酬。」

「多少錢？」柳芯伸出掌心。

「這？」四生雀又一聲乾笑。

「沒錢就免談。」柳芯擠開四生雀和人販子，「我要走了。」

柳芯嘴巴說的輕巧，臨走前，她不禁回頭看一眼人販子的房間，看見那「阿月」一雙晶亮大眼，在昏暗中閃爍著光。柳芯抿住雙唇，猛然別頭，邁步走出人販子的店，差點撞倒守

在門口的道士隨從。

待四生雀趕出門來，已不見柳芯身影。一旁隨從手持一竿旱煙，問道：「師傅，這下怎麼辦？」

「話說在前，妳還沒正式拜師。」四生雀接來旱煙管，吸了一口，「這兒給妳收拾，至於那姑娘，我繼續跟著她。」

話說柳芯奔走在月色下，一邊避開守軍的追捕，一邊又顧忌那四生雀是否會糾纏上來。突然，她感到一陣戰慄，未察危機，身形先動！但見她橫躍一個側步，閃過一道迎面劈來的墨影大刀！柳芯取出懷中一把錐子，擲向墨色刀影，隨著一道劈裂聲，墨影應聲被撕裂成兩張碎紙，上面畫著一名手持長刀的天將。

「好樣的！『鏽劍師』柳芯！」

柳芯尋聲抬頭，望見一個年輕道士，道士右手持筆，左手捏符，一雙碧眼怒瞪著柳芯，叱道：「惡棍！搶我娘子，給我還來！」

柳芯被罵得莫名其妙，反問道：「我搶你什麼娘子？你又是誰？」她一夜被連兩個道士纏住，心情煩透了。

道士咬牙道：「好，我就一一道來！叫妳無從辯駁！」

道士自報來歷，原來他名號夏夜流光，年紀輕輕學道有成，還有一位俗門結髮的青梅竹

馬，名為墨惜缺，本來夏夜流光和墨惜缺已論及婚嫁，豈料墨惜缺嚮往「夷術」，自稱要拜師西遊歸來的鏽劍名師「柳芯」，就這麼私奔西方，一去不復返。夏夜流光自忖遭夷師「橫刀奪愛」，憤恨難平，誓言要用己身所學道術，打敗柳芯的邪門夷術。於是夏夜流光一路向西，今晚本打算在將軍城暫歇片刻，卻湊巧從路過守軍的口中，打聽到柳芯擅闖此城的消息。

柳芯聽到「墨惜缺」這三字，猛地想起一段初訪中原的往事，心頭不禁冒起一陣肝火，一連串怒罵道：「墨惜缺！說什麼要跟我學『夷學』，學了三天就跑了，說什麼想家了，要回頭找她的夫君！『憂斯累斯』，沒志氣不長進的大傻蛋！原來她的夫君就是你！」

夏夜流光聞言，感動得涕泗齊洩，仰天謝道：「娘子！果然妳的心還是在我這兒！」但旋即他又轉喜為怒，叱柳芯道：「妳以為自己幾斤兩重？膽敢罵我娘子是個傻蛋！」

說罷，他又拿出紙符，抹上數筆寫意飛墨，瞬間，紙符騰空化作一團煙霧，柳芯隱約可從霧氣裡聽到刀劍鏗鏘聲，須臾，霧中衝出十二個精壯剽悍的漢子，各持一把蕉黃墨心大黑刀，十二彎刀的墨黑刃光，如暗夜暴雨橫流，齊指柳芯殺去！

柳芯機敏連退數步，取下百寶匣，正要伺機反擊，豈料那十二墨影猛漢竟忽地消失無蹤。柳芯被這突如其來的變化嚇了一跳，定神一看，但見夏夜流光竟被四生雀從後偷襲，四生雀不知用的是什麼招數，連點夏夜流光身上三六一十八穴道，頓時封住他的四肢軀幹，令

他直挺挺動彈不得。

「百聞一見『朝雀三指』。」夏夜流光掙扎著吐出數個字，「四生道兄，見識了。」

「從後偷襲，我勝之不武。擇日再約，堂堂正正一較高下。」

四生雀笑著拍拍夏夜流光肩膀，徑自繞過他走向柳芯，笑問道：「所以妳叫柳芯？柳姑娘，可否助我一臂之力？」

「我說過，沒錢免談。」

「錢我會想辦法，但是這當下，起碼我能幫妳個忙。」四生雀指著後頭夏夜流光，「妳看，那個小伙子要妳的命，雖說我制止了他，可是我和他無冤無仇，就這麼壞他的報仇大事，結了怨，在江湖上也說不過去。如果妳拜我為師，做我的徒弟，幫我辦事，那麼師傅助徒弟脫困，可就是天經地義了。對不對？」

柳芯一怔，叱道：「誰要做你徒弟？」

四生雀又道：「而且我看，除了那小伙子要妳的命，外頭的守軍和捕快也想要捉拿妳。俗語云『人不怕死，就怕麻煩』，跟了我，我還能幫你疏通衙門，守軍看在我的面子，不會再追究妳擅闖的罪過，妳也省卻不少麻煩。怎麼看這把算盤都打得不錯，妳不考慮看看？」

話說到此，四生雀忽然拉下臉來：「或者，我就解開這小子的穴道，然後和他一同拿下妳這『夷師』，交付城門守軍。他報仇，我揚名，城門守軍拿住妳這重犯，治罪立功，這盤

算可也是面面俱到。那，事情該要怎麼發展，就看妳的意思囉，柳姑娘。」

柳芯聽四生雀連番軟硬兼施的懇求兼恐嚇，聽得臉色青一陣又紅一陣，躊躇良久，方才心不甘情不願，拱手囁嚅問道：「師傅，啥事要徒弟效勞？」

四生雀聞言撫掌大笑：「我就知道，妳是個聰明的姑娘。」

笑罷，又收斂神色，談起正事：「今晚，將星欲墜，某人將於今夜殞逝，我受好友之託，要挽回此人的命運。但我是一介道士，只懂得用道士的辦法救人。此法逆天反斗，世之大忌，非我一人能辦得到。」

四生雀說的柳芯一陣驚惶困惑、不知從何應之，他見狀趕緊又解釋道：「不過妳別擔心，我只要妳運起體內三元歸一之力，助我張開『四柱通變星陣』便可。話說此陣需要東南西北四方，天賦異稟之人做為陣法人柱，這三天來，東、南、北三方皆備，唯有西方人柱，一時從缺，我不得不以天眼覓人，就這麼巧，竟找到妳這位來自西方，天賦異稟的小姑娘。就是今晚，我需要妳的力量。」

柳芯聽了，頓生難為之色，退卻道：「你說的我一個字都不懂，我沒學過道術，也不懂什麼三元歸一啥的。」

四生雀寬慰她道：「這妳不用擔心，我自會教妳。妳資質好，一定一點就通。」

柳芯一度懊悔，懊悔自己如此輕率地答應這麼件麻煩事！然而一諾既定，千金不轉，即

便心裡惴惴不安，也不得不跟著四生雀走，至於後續如何發展，且勿多想，走一步算一步就是了。

＊　＊　＊

是夜，洛水大院燈火幽微，雨紛飛和李無憂對坐銀月下，仰望繁星點點。

李無憂道：「聽說，這兩天陸續有人馬加駐此地。顯然有個大人物要來了。」

雨紛飛應了一聲。

「或許是宅子的主人，妳口中的独孤客？」

雨紛飛應了一聲。

「我聽說妳下戰書一事。」李無憂問，「倘若後天，妳就要赴約一戰，妳做好準備了嗎？」

雨紛飛聞而不答，闔眼一嘆。

李無憂見狀亦不追問，轉而問道：「妳送出的『信物』，可有回應？」

雨紛飛搖首以應，李無憂一笑慰之：「別擔心，也許『信物』沒那麼快被發現。好在還有兩天，事情或有變數。話說回來，我可真服了妳，想得出這般方法。」

雨紛飛笑而無言，凝望月過夜空，靜候自己的命運。

國家圖書館出版品預行編目資料

江湖：二部曲（上冊）／乙寸筆主筆；江湖全體玩家共同創作. --初版.--高雄市：江湖創作團隊，2020.9
面； 公分.——（江湖正史；02）
ISBN 978-986-97116-1-6（上冊：平裝）

863.57 109007726

江湖正史（02）

江湖：二部曲（上冊）

作　　者　乙寸筆主筆／江湖全體玩家共同創作
校　　對　乙寸筆
出版發行　江湖創作團隊
　　　　　電郵：swiven@ms39.hinet.net
設計編印　白象文化事業有限公司
　　　　　專案主編：黃麗穎　經紀人：張輝潭
經銷代理　白象文化事業有限公司
　　　　　412台中市大里區科技路1號8樓之2（台中軟體園區）
　　　　　出版專線：（04）2496-5995　傳真：（04）2496-9901
　　　　　401台中市東區和平街228巷44號（經銷部）
　　　　　購書專線：（04）2220-8589　傳真：（04）2220-8505
印　　刷　基盛印刷工場
初版一刷　2020年9月
定　　價　300元

【請拿起手機掃描QR Code，立即闖蕩江湖】

ISBN 978-986-97116-1-6
9 789869 711616 NT$300

主筆：乙寸筆
創作：江湖全體玩家
網站：www.vw.idv.tw
江湖RPG GO